Einaudi. Stile L

Dello stesso autore nel catalogo Einaudi

Almost Blue
Il giorno del lupo
Mistero in blu
L'isola dell'Angelo Caduto
Guernica
Un giorno dopo l'altro
Laura di Rimini
Lupo mannaro
Medical Thriller (con E. Baldini e G. Rigosi)
Falange armata
Misteri d'Italia
Il lato sinistro del cuore
Nuovi misteri d'Italia
La mattanza
Piazza Fontana
L'ottava vibrazione
Storie di bande criminali, di mafie e di persone oneste
G8. Cronaca di una battaglia
La faccia nascosta della luna
Protocollo (con M. Bolognesi)
L'ispettore Coliandro
I veleni del crimine
Giudici (con A. Camilleri e G. De Cataldo)
Il sogno di volare
L'ispettore Grazia Negro
Giochi criminali
(con G. De Cataldo, M. de Giovanni e D. De Silva)
Carta bianca
Albergo Italia
Il tempo delle iene
Intrigo italiano
L'estate torbida
Peccato mortale

Carlo Lucarelli
L'inverno piú nero

Einaudi

www.einaudi.it

ISBN 978-88-06-24244-2

L'inverno piú nero

Siamo stati travolti, eppure qualcosa mi dice che non è finita, che la nostra idea, la nostra natura continuerà a sopravvivere. Perché i vincitori, i nuovi padroni presto avranno bisogno di me. Finché l'uomo sarà fatto della stessa merda. Conto su di voi.

CARLO CASTELLANETA *Notti e nebbie*

Parte prima

Gli omicidi

«Il Resto del Carlino», venerdí 1 dicembre 1944-XXIII, Italia, Impero e Colonie cent. 50.

L'AVVERSARIO SPRECA LE SUE FORZE CONTRO LE INCROLLABILI DIFESE DELLA WERMACHT - NUOVE MICIDIALI ARMI TEDESCHE APPRONTATE PER LA GUERRA MARITTIMA - BATTAGLIONI DI MUTILATI VOLONTARI CONTRAEREI E ANTIPARACADUTISMO. In una località dell'Italia settentrionale continuano ad affluire i mutilati e invalidi di guerra che chiedono di entrare a far parte dei Battaglioni la cui bandiera porta il motto «Onore e Sacrificio».

Cronaca di Bologna: MATERASSI E BIANCHERIA RUBATI. Materassi e biancheria per un valore di 20 mila lire sono stati rubati dall'abitazione sinistrata del 53enne Dario Guizzardi fu Andrea. L'OSCURAMENTO. Orario: inizio alle 17.10 e termine alle 7.

TUTTO COME IN ITALIA. Leggete la corrispondenza dei lavoratori italiani che prestano servizio in Germania. In generale, questi vostri camerati vi diranno che, qualunque sia la loro zona d'impiego, conservano perfetta l'impressione di essere ancora in Italia. QUESTI SONO I FATTI, A VOI LA DECISIONE.

Il tedesco spalancò la portiera e infilò la testa nella macchina, attento a non sbattere l'elmetto contro il montante. Si era tolto un guanto che teneva in bocca, tra i denti, come un cane, perché l'altra mano la stringeva sull'impugnatura del mitra, l'indice gonfio di lana ruvida che riempiva il ponticello, sul grilletto. Prese i documenti che Franchina gli porgeva, già pronti, e restò a lungo a guardarli in faccia tutti e due, impassibile, il ragazzino con ancora i brufoli e i capelli ondulati di brillantina al volante e De Luca a fianco, infossato nel sedile della 1100, avviluppato nel soprabito chiaro, troppo leggero per quell'inverno già cosí freddo.

Franchina accennò un sorriso, ma il tedesco non lo raccolse. Allungò il collo per vedere dietro, sotto il sedile vuoto, la mezzaluna di metallo della Feldgendarmerie che gli penzolava sulla stoffa pesante del pastrano, attaccata alla catena, come un collare, poi spalancò ancora di piú la portiera mentre si tirava fuori, non tanto perché non ci passasse, anche se era un cristone alto e grosso, quanto per rimarcare che non la chiudessero, e si allontanò.

Il vicebrigadiere Aurelio Franchina lo seguí con lo sguardo mentre raggiungeva un collega altrettanto imponente, appoggiato col sedere alla scocca del carrozzino di un sidecar, i polsi appesi alle estremità della *Maschinenpistole* portata a tracolla, una sigaretta fumante persa tra le dita guantate.

– Ammazza 'sti tedeschi, comandante! – disse. – So' proprio tosti! – E soffiò anche un sibilo sottile, di ammirazione, che gli uscí tra le labbra in un pennacchio di vapore.

De Luca guardava da un'altra parte. Seduti su un cumulo di macerie accanto a uno degli archi piú piccoli di Porta Saragozza, proprio sotto il cartello che indicava l'ingresso nella Sperrzone del centro di Bologna, con quell'altro, piú piccolo, *verboten*, proibito, mezzo strappato da una scheggia dell'ultimo bombardamento, c'erano due militi della Brigata Nera. Fumavano anche loro tranquilli, i fucili mitragliatori di traverso sulle ginocchia.

De Luca girò la manovella per abbassare il vetro del finestrino, batté le nocche del pugno sulla portiera per attirare la loro attenzione e con un cenno della testa indicò la donna che stava ferma davanti a loro, con i documenti in mano e una sporta stretta sotto braccio, a pestare i piedi su un mucchietto di neve sporca. Era ancora mattina presto, appena finito il coprifuoco, e c'era soltanto lei.

I militi lo fissarono, poi quello con la barbetta quadrata alla Balbo fermò quell'altro che stava per scattare, gli occhi fiammeggianti su De Luca, spense la sigaretta picchiettandola delicatamente contro un mattone, la mise nel taschino della giubba e si alzò a controllare i documenti della signora. Solo un'occhiata, distratta, senza neppure farle aprire la sporta che su un lato aveva una striscia di farina biancastra, farina di contrabbando, comprata a borsa nera da uno dei mulini fuori porta, sicuramente, De Luca la vedeva anche da là, in mezzo alla strada.

Anche il tedesco appoggiato al sidecar aveva sollevato la testa quando aveva sentito bussare contro la portiera. Sembrava colpito dall'autorevolezza di De Luca perché restituí i documenti al collega, anche se stava ancora esaminando il primo, il tesserino di Franchina, che ripeté *ammazza 'sti tedeschi, ahò, quanto so' forti.*

– Occhio, Franchí, – disse De Luca, – perché io a Roma c'ho vissuto, e i modi di dire li conosco, ma se qua a Bologna ti sentono dire di ammazzare i tedeschi, magari capiscono male.

Franchina impallidí.

– Oddio, comandante, ma io intendevo... lo sa cosa volevo dire, no? Era un complimento, giuro!

Balbettava, e quando il soldato infilò di nuovo la testa nella macchina deglutí, rigido. Prese i documenti e li passò a De Luca, in fretta, per liberare il braccio destro da stendere in un saluto a cui il tedesco non rispose.

– Non mi avranno mica sentito? – sussurrò, abbassando la leva del cambio troppo in fretta, con la marcia che grattava. De Luca si aggrappò alla maniglia mentre l'auto sobbalzava sulle rotaie del tram.

– Piano, Franchí... stavo scherzando. Dov'è che andiamo, esattamente?

– Via... come si chiama... Senzanome. Non è una battuta, comandante, si chiama davvero cosí.

– Lo so, è qua vicino. Anzi, guarda, è quella là.

C'erano soltanto tre persone sotto il portico, ma era cosí stretto, il piú stretto di Bologna, che sembravano una folla.

Uno era un commissario della Criminale, De Luca lo conosceva da quando stava ancora alla Squadra Mobile, il dottor Qualcosa, non se lo ricordava piú. Anche il secondo era un questurino, De Luca conosceva pure lui, il maresciallo Qualcos'altro, che uscí dal portico sfilando il moschetto che teneva sulla spalla, quando vide arrivare la macchina.

Il terzo era il morto, seduto per terra, la schiena contro una colonna e i piedi su quell'altra, con le ginocchia piegate, dentro quell'arco cosí piccolo.

– Lascia, lascia, – disse il commissario al maresciallo, – è la Politica. Sei De Luca, giusto? Come mai qua? È un caso vostro? Ce ne andiamo subito.

– Passavamo di qua e vi abbiamo visto, – disse De Luca. Santi, si chiamava il commissario, gli venne in mente, piccolo e grassottello, infagottato in un cappotto grigio che lo faceva ancora piú rotondo, aveva anche il naso all'insú, come un maialino. Bravo, però.

De Luca girò attorno alla colonna del morto e si infilò sotto il portico, voltando la schiena a Santi, che si fece indietro di qualche passo, per fargli posto.

– Posso? – chiese. – Curiosità di questurino, – e intanto pensò: *quando ancora lo ero.*

Santi si strinse nelle spalle. – Figurati. Non l'ho neanche toccato, aspettavo il medico legale. E poi siamo appena arrivati anche noi. Ci hanno chiamato ieri notte, ma abbiamo aspettato che si facesse giorno, sai col buio, tra i tedeschi e quegli altri non si sa mai. Cioè, niente da dire sul camerata tedesco, per carità, gli incidenti succedono, intendevo soprattutto i partigiani, cioè i fuorilegge delle bande antinazionali, quelli, sai com'è, no? Cioè, non che abbiamo paura, però, meglio essere prudenti, no?

Aveva cominciato a parlare piú velocemente, ansioso, ma De Luca non lo stava ascoltando. Si era chinato sul morto, piegandosi sulle ginocchia, sempre di spalle al commissario. Aspettava, e infatti Franchina, che stava vicino alla macchina a fumare accanto al maresciallo, in mezzo alla strada, chiamò Santi, che fu ben contento di potersi allontanare. Allora De Luca allungò una mano e sbottonò il cappotto del morto, un bel paltò di lana color cammello, che doveva tenere caldo, prima, quando il suo padrone era ancora vivo. Poi tirò fuori un foglio di carta piegato in due che teneva nella tasca interna del suo impermeabile e lo infilò in quella del cappotto. Rapido, litigando appena con un principio di rigor mortis interrotto dal gelo della notte.

Si rialzò, facendo scrocchiare le ginocchia irrigidite dai reumatismi, chiamò *Santi!*, e si allontanò di qualche passo, la schiena appoggiata al muro e le braccia conserte, sul petto.

– Magari puoi prendergli i documenti, – suggerí. – Giusto per sapere chi è.

Il commissario fece un cenno al maresciallo, che si mise il fucile a tracolla e a gambe divaricate sul morto, perché era troppo alto per chinarsi dentro l'arco del portico, frugò dentro il cappotto, piano, con la punta delle dita. Tirò fuori un portafoglio e il foglietto piegato in due, e consegnò tutto al commissario.

– Tagliaferri Francesco fu Giuseppe. È... cioè, era un ingegnere. Abitava da queste parti –. Il commissario allargò il portafoglio, che era vuoto, a parte il documento di identità e la fotografia di una donna sorridente, a mezzo busto, con i capelli ricci e le labbra marcate dal rossetto. Una bella donna. – Niente soldi, – disse, – eppure si vede che era un signore. Magari è una rapina. Ha reagito e gli hanno sparato.

Teneva il foglietto tra le dita, distrattamente, come se lo avesse dimenticato, e forse era cosí, perché annuí, sorpreso, quando De Luca lo indicò con un cenno del mento. Il commissario lo aprí e corrugò la fronte, le labbra strette e sporte in avanti che davvero lo facevano sembrare un maialino.

– Cosí finiscono i fascisti, – lesse, poi lo girò per farlo vedere a De Luca, *cosí finiscono i fascisti*, scritto con una calligrafia inclinata e sottile, graffiata, piú che tracciata, sulla carta. Santi lo ripiegò, lo mise dentro al portafoglio e lo porse a De Luca.

– Roba vostra, – disse, – politica. Ci togliamo subito dalle scatole. Piacere di averti rivisto.

– Ci mancherebbe, siete arrivati per primi sul luogo del delitto e tocca a voi. È un omicidio, competenza della Criminale.

– Ma è evidente che gli hanno sparato i partigiani! Cioè, volevo dire, quei vigliacchi delle bande antinazionali.

De Luca sospirò. Santi era bravo, lo sapeva, e dallo sguardo rapido che il commissario aveva fatto scivolare sul cappotto era sicuro che avesse notato che De Luca lo aveva dimenticato aperto, mentre prima era abbottonato, anche se non aveva detto niente. E allora perché insisteva?

Si vedeva benissimo che l'uomo sotto al portico era stato ammazzato a bastonate. Aveva la testa ridotta a un grumo di sangue che lasciava intravvedere appena i capelli bianchi, il volto nero di lividi come quello di un africano, e non c'era un solo buco sul cappotto, che era sporco, sí, ma intatto. Non gli avevano sparato, lo avevano ammazzato di botte.

Lui lo sapeva che era cosí. Era stato qualcuno della Guardia Nazionale Repubblicana, o di una Brigata Nera, o qualche altro Ufficio Politico, lo avevano portato in una caserma, lo avevano massacrato e poi lo avevano mollato lí. Cosí Rassetto, che comandava la Squadra Autonoma di cui De Luca faceva parte, aveva mandato lui, che se ne intendeva, a intorbidire le acque nel modo giusto, visto che qualche settimana prima la Brigata Nera aveva lasciato sui suoi morti rivendicazioni dei partigiani scritte con i lapis da ufficio su frammenti di cartelline color panna, da schedario criminale. *Facciamo un favore a degli amici, De Luca, a buon rendere.*

Lui lo sapeva con certezza, va bene, che lo avevano ammazzato di botte, ma Santi poteva immaginarlo. E allora perché insisteva che gli avessero sparato?

Glielo chiese: – Santi, perché continui a dire che gli hanno sparato?

– Perché il tizio che ci ha telefonato ha detto di aver sentito colpi d'arma da fuoco.

– Sarà stata una pattuglia che ha sparato dietro a qualcuno, magari per il coprifuoco.

Santi allargò le braccia corte. – Può darsi. Anche se...

– Anche se?

– Il tizio ha parlato di due colpi secchi, da pistola. Poi un urlo. E poi un altro sparo, poco dopo, tipo colpo di grazia.

De Luca annuí, pensoso. Il suo lavoro l'aveva fatto, poteva rimontare in macchina con Franchina e tornarsene al suo ufficio, alla sua stufetta elettrica e alla scrivania su cui mettere i piedi da vicecomandante della Squadra Autonoma di Polizia Politica, a fingere di lavorare, allontanando il piú possibile il momento in cui Rassetto l'avrebbe chiamato per un altro incarico, di solito trovare qualcuno che nessuno riusciva a stanare.

Ma non si mosse.

Pensava, e da come lo guardava era sicuro che anche Santi pensasse la stessa cosa.

– Allora vuol dire che c'è un altro morto.

Non ci tornò, in ufficio.

Santi era entrato in un caffè per telefonare al commissariato e chiedere rinforzi, De Luca lo aveva seguito e poi c'era rimasto, assieme a Franchina, a fare colazione. Solo surrogato di orzo e cicoria e un ciambellone nero piú di crusca che di farina, poi il vicebrigadiere aveva mostrato il tesserino ed erano saltati fuori caffè caffè e zuccherini.

– Bravo, – disse De Luca, e Franchina sorrise.

– Grazie.

– Era sarcastico. Adesso tutti sanno che siamo sbirri. Vabbè che probabilmente si vedeva lo stesso, ma ora è ufficiale.

E infatti, appoggiata al bancone a bere una tazza di brodaglia nera c'era una coppia, lui con una borsa di pelle sotto braccio e quello che era stato un bel cappotto, adesso liso sui gomiti, lei con un soprabito rivoltato, con quello che era stato un bel collo di pelliccia, anziani tutti e due. Lui aveva tirato fuori dalla borsa un cartoccio fatto col giornale, che lei aveva preso con delicatezza, le mani aperte a coppa, sotto, come per la Comunione. Aveva detto *le uova a nove lire l'una! Va mo' là che se non si sbrigano ad arrivare gli Alleati finisce che qua moriamo di fame!*, poi aveva visto il tesserino di Franchina ed era ammutolita, la faccia piú bianca dei capelli raccolti a crocchia. Cosí l'uomo aveva detto, *gli Alleati tedeschi con le armi segrete!*, forte, e poi se ne erano andati tutti e due, in fretta, lasciando nelle tazze il surrogato alla cicoria.

Ma non era quello che preoccupava De Luca. Adesso, col fronte bloccato dall'inverno, le azioni dei partigiani si erano fatte meno frequenti, ma prima, quando sembrava che gli Alleati stessero per sfondare le linee ed entrare a Bologna, gli agguati a Gnr, Brigate Nere e tedeschi erano all'ordine del giorno. E anche ora, per quanto demoralizzati dall'attesa, due agenti della Politica, da soli, in un caffè, sarebbero stati un obbiettivo appetitoso per i gappisti della Temporale.

Quando De Luca glielo fece notare, Franchina si strinse nelle spalle, tirò fuori la pistola e la mise sul tavolino.

– Che vengano! Ce l'ho anch'io l'arma segreta!

Cosí De Luca scosse la testa, si tirò indietro sulla sedia fino ad appoggiare lo schienale al muro, in equilibrio, e chiuse gli occhi con un sospiro, assaporando quel caffè vero, amaro e caldo, che gli bruciava sulle labbra.

Non ci voleva tornare, in ufficio.

Voleva vedere il morto.

Sapere che c'era stato un altro delitto oltre a quello che già conosceva, averlo scoperto lui, con una intuizione facile, sí, ma sua, e prima degli altri, gli aveva fatto tornare dentro quella sensazione di smania sottile che da tempo non provava piú. Da quando *il piú brillante investigatore della polizia italiana*, come lo chiamavano, cosí bravo a risolvere gli omicidi piú difficili, si era ridotto a coprire gli errori di altri assassini.

Era una cosa cui non voleva pensare. Cosí finí il caffè in fretta, scottandosi la lingua, e prese uno zuccherino, che tenne tra le dita, sbriciolandolo lentamente, mentre ricominciava a riflettere al morto.

Sí, certo, poteva essere un altro a cui infilare un bigliettino dentro il cappotto, oppure un milite sorpreso dai partigiani, cose politiche, cose di guerra. Ma fin dall'inizio, quando Santi aveva parlato di quei tre colpi, aveva avuto una sensazione diversa, immotivata, irrazionale, sesto senso da questurino, che lo aveva fatto pensare a qualcosa di diverso. Non ci aveva mai creduto a quello che i romanzi gialli e i giornali, quando ancora c'era la cronaca nera, chiamavano *il fiuto*, però in quel momento, eccitato da una frenesia febbrile che lo agitava come quel caffè a digiuno e lo distraeva da pensieri piú fastidiosi, gli piaceva immaginare che fosse cosí.

Trovarlo, quel morto. La posizione, il luogo, i segni sul corpo, cercare di capire cosa gli fosse successo. Fare domande, scavare, riflettere, concentrarsi, perdersi in quella febbre da brividi che travolgeva tutto e scoprirlo, l'assassino. Chi, come e perché.

Aveva finito di sbriciolare lo zuccherino e stava per chiedere un altro caffè quando arrivò una guardia a chiamarli.

Ansimava, pallido come uno straccio, gli occhi ancora spalancati, una mano appoggiata allo schienale di una sedia e l'altra sul petto. Non riusciva a parlare.

Il sottotenente Stanzani Attilio era stato precisissimo. Era un reduce dal fronte di Albania sfregiato da una bomba che gli aveva staccato anche un braccio, e siccome non poteva piú dormire passava le notti seduto davanti alla finestra del salotto, con una coperta sulle ginocchia, a sentire sulla pelle bruciata l'aria fredda che filtrava tra i vetri socchiusi. Sorrise, anche, quando Franchina gli fece notare che le lampadine della stanza non erano oscurate, e a tenere cosí la finestra aperta, di notte, se fosse passato, come lo chiamavano qui l'aereo che sparava alle luci, Pippo?

Poi De Luca gli strinse il braccio e Franchina arrossí, perché il sottotenente Stanzani Attilio, si vedeva subito dagli occhi vuoti, era cieco.

Ma ci sentiva benissimo. Ed era molto preciso.

Tre colpi, nel silenzio della notte. Piccolo calibro e non militare. 22, che fa un rumore particolare, come lo schianto di un ramo che si spezza, ne era sicuro perché nell'esercito era istruttore di tiro.

Due colpi in rapida successione, poi l'urlo di un uomo. Di paura, ma soprattutto di dolore, roco e lamentoso, conosceva anche quelli.

Qualche secondo e il terzo colpo.

Silenzio? No. Nessun grido ma poco dopo passi di corsa. Passi di donna, tacchi sul selciato di vicolo della Neve, che però, poco prima di arrivare sotto la sua finestra, all'improvviso, si erano interrotti. E allora sí, il silenzio.

Cosí aveva svegliato la moglie, e siccome avevano il telefono, e infatti si vedeva che era un bell'appartamento, quasi da signori, quello, le aveva fatto fare il numero e aveva chiamato la Questura. Erano esattamente le 22 e 35, aveva segnato l'ora. Com'è che ci avevano messo tanto, ad arrivare?

Il sottotenente Stanzani aveva indicato verso sinistra, per la direzione dei colpi e l'origine dei passi, verso via Nosadella, ma non lo trovarono lí, il morto.

– Ma che nomi gli dànno alle strade quassú? Sapete come la chiamavano questa, una volta? Via Fregatette, perché era cosí stretta che se ci passava una donna, col balcone davanti, ci strisciavi per forza.

Franchina rideva, le mani dalle dita aperte davanti al petto, a distanza, ma De Luca non lo guardava neanche. Il centro di Bologna era pieno di sfollati dalla campagna che si piazzavano dovunque, riempiendo tutti i buchi liberi, ma quel magazzino nella parte alta di via del Fossato era rimasto vuoto da quando una bomba aveva troncato la tubatura che ci passava sotto, riempiendo il seminterrato di acqua stagnante e fangosa. Prima o poi lo avrebbero svuotato, e messo a posto, il pavimento dello stanzone che per metà ci era caduto dentro, ma per adesso restava cosí.

C'era una guardia, davanti alla porta, che aveva appena vomitato, e un bambino, piú lontano, seduto per terra sotto il portico, che si stringeva le ginocchia tra le braccia e tremava, scosso dai singhiozzi. Anche Franchina smise di ridere quando fu dentro, con ancora le mani aperte a tenere quell'enorme seno immaginario.

– Abbiamo sentito i bambini che urlavano, – disse Santi, – vengono qua a tirare i mattoni nell'acqua e l'hanno visto. Sono scappati tutti tranne uno, paralizzato, praticamente.

Lo scantinato sembrava una grotta, illuminato dai raggi pallidi del sole che arrivavano da un buco nel tetto. Mezzo pavimento era franato in quello stagno nero come una rampa di sassi e su quello stava il morto.

Nudo, supino, fradicio, le gambe e le braccia aperte come in croce, lasciato cosí dalle guardie che lo avevano tirato fuori dall'acqua in cui stava galleggiando, una era quella che aveva vomitato sulla strada.

Non aveva piú il naso, le orecchie e le labbra, e dal buco livido della bocca si vedeva che non c'era piú neanche la lingua, come pure gli occhi nelle orbite, che erano vuote.

– Non è il nostro morto, – disse De Luca. Avrebbe fatto impressione anche a lui quella mummia che urlava muta in quell'antro bombardato, se non fosse che aveva notato subito il colore bluastro della pelle, e stava pensando a quello. Santi lo seguí mentre si chinava sul corpo, un passo indietro e con i pugni stretti di ribrezzo, ma interessato, anche lui. Era bravo.

– Sarà in acqua da tre o quattro giorni, – disse, – e vabbè che il freddo lo conserva, però….

– Anche una settimana, – disse De Luca. Allungò l'indice verso quegli occhi che lo fissavano vuoti e si fermò a qualche millimetro dal volto, strappando a Santi un sospiro spaventato. C'erano dei segni minuscoli, attorno alle orbite, che sembravano graffi.

– Morsi, – disse De Luca. – Se lo sono mangiato i topi –. Ce n'erano tanti, infatti, che solcavano l'acqua nuotando come bisce, e alcuni erano anche sulla rampa, poco lontani, in piedi sulle zampe di dietro, col naso che vibrava per aria ad annusare quegli intrusi, ma senza paura. De Luca spinse sulle ginocchia e si sollevò senza scrocchiare, questa volta.

– Giriamolo, – disse, poi alzò le mani. – Scusa, – rivolto a Santi, – è roba tua. Dimenticavo che non sono piú un poliziotto.

Fece anche un passo indietro, ma probabilmente Santi pensava la stessa cosa, perché a parte i morsi dei topi sul corpo della mummia fradicia non si vedevano segni di ferite, almeno non con quella luce e in quelle condizioni.

– Giriamolo, – disse Santi, e fece un cenno al maresciallo col moschetto a tracolla, che si guardò attorno ma nello scantinato c'erano rimasti solo loro e un soldato tedesco che si era affacciato alla porta e se ne stava curioso sulla soglia, coprendo quasi quella fonte di luce. Il maresciallo sospirò, infilò le mani sotto le ascelle del morto e lo girò con un colpo secco, come un grosso pesce sul bancone di una pescheria, con uno schiocco umido che strappò a tutti un conato di vomito, a tutti, anche a De Luca.

Al tedesco invece no.

Si era spostato dalla soglia per vedere meglio, e il sole di via Fregatette, per quanto pallido, era entrato di colpo a illuminare la schiena intatta della mummia, le sue natiche lucide, e anche il fianco destro, che prima era nascosto dalla posizione. Il braccio si era alzato, dritto, come per un saluto, e lí, sopra l'ascella, dietro al bicipite, c'era una macchia. Non una ferita, ma un'ombra, nerastra, come sbiadita dal tempo. Un vecchio tatuaggio.

De Luca si sarebbe avvicinato ancora, curioso, ma il tedesco lanciò un urlo, e spingendolo di lato con una spallata si avvicinò lui, al morto. Sfregò le dita sul tatuaggio, quasi provasse a cancellarlo, poi aprí la fondina con uno strappo, tirò fuori la pistola e ricominciò a urlare.

A forza di frequentare la Kommandantur un po' di tedesco De Luca lo capiva, cosí alzò le mani, allargando anche le braccia, e camminando all'indietro trascinò fuori Santi e il maresciallo.

– Andiamo via, tutti, – disse. – Tra poco arrivano i tedeschi e saranno furiosi.

Aveva fatto in tempo a intravedere il tatuaggio, piccolo e rotondo, come una *o*, ma sapeva che invece era uno zero. Il gruppo sanguigno che le SS si facevano tatuare sotto l'ascella.

La mummia urlante era un tedesco.

– E comunque, neanche questo è il nostro morto.

– Ho dato la caccia a teste senza corpo e corpi senza testa, ma di perdermi un morto intero non mi era mai successo, – disse De Luca, e Rassetto sorrise, stirando le labbra sottili sui suoi denti da lupo.

– Quando eri un poliziotto, – disse.

– Quando ero un poliziotto.

– Un misero questurino che dava la caccia ai ladruncoli, ai borsari e alle puttane. Adesso invece difendi la Patria da traditori, fuorilegge e spie dello straniero che vorrebbero minare la sua implacabile volontà di riscossa. Un vero lavoro da sbirri. Ti piace cosí?

– Non davo la caccia solo ai ladruncoli. Cacciavo gli assassini. Una volta.

Rassetto si strinse nelle spalle. Seduto sull'angolo della scrivania di De Luca, faceva dondolare una gamba, battendo a ritmo il tacco di uno stivale contro la struttura di legno. Aveva colto l'allusione agli assassini, perché i baffi che portava stretti sul filo del labbro si raddrizzarono in un sorriso che quando era cosí teso, De Luca lo sapeva, diventava cattivo. Ma non aveva paura. Non piú, almeno.

– L'hai messo il bigliettino su quello là?

De Luca annuí, abbassando lo sguardo per fissare qualcos'altro, da qualche parte. Gliela stava facendo pagare, l'allusione, perché sorrise ancora, piú cattivo.

– L'hai fatto trovare al questurino?

Sí, mormorò De Luca, tra i denti.

– Bravo.

Sembrava una di quelle cose che si dicono ai cani, e quando Rassetto mosse un braccio De Luca pensò che volesse anche dargli una pacca sulla testa, come ai cani, appunto, e si incassò, istintivamente, tra le spalle. Invece Rassetto voleva solo sistemarsi il cinturone. Si alzò, lisciandosi l'uniforme che portava sempre, lucida e nerissima, la giacca abbottonata anche in ufficio, anche a letto, dicevano gli altri della Squadra, ridendo, però mai in sua presenza.

De Luca si lasciò andare contro lo schienale della poltroncina e sollevò i piedi sulla scrivania, perché sapeva che a Rassetto non piaceva ma voleva rifarsi, in qualche modo, anche stupidamente, di quella sensazione da cane provata prima.

– Chi l'ha ucciso l'ingegnere? – chiese anche.

– Amici.

– E perché?

Rassetto si chinò sulla stufetta elettrica che stava nell'angolo dell'ufficio di De Luca e aprí le mani sulla serpentina rossa che brillava dietro la griglia. La stanza era piccola, e bastava quella a riscaldarla tutta.

– E chi se ne frega? Stava sulla lista, no? Era un traditore. Non vieni a mangiare?

De Luca scosse la testa. Gli altri erano scesi alla mensa e c'era un silenzio innaturale in quell'ala della Facoltà di Ingegneria che era stata assegnata a Rassetto e al suo Nucleo Autonomo di Polizia Politica. Prima stavano in una villa di via Dante, con l'edera a incorniciare le finestre e un albero davanti a quella di De Luca, anche un cancello di ferro battuto in fondo al viale.

Non sembrava un'altra cosa, con le urla che venivano dalle cantine e le guardie armate davanti al portone, ma quando si erano trasferiti al numero 20 di viale del Risorgimento, in quell'edificio modernissimo e ancora cosí bianco da abbagliare la vista, col sole, per De Luca il contrasto era stato anche piú forte. Urla dagli scantinati e sotto il colonnato i militi della Gnr, che quando se ne erano andati i tedeschi della Kommandantur avevano occupato quasi tutto il palazzo.

«Il tempio della modernità, – aveva detto Rassetto, i baffi dritti sulle labbra, come una riga. – E infatti, per gentile concessione del Rettore sperimenteremo qui le piú moderne tecniche di interrogatorio».

Adesso c'era silenzio, quasi. Le raffiche di macchina da scrivere della Vilma, che batteva veloce come una mitragliatrice, la voce del maresciallo Massaron, che parlava da un ufficio all'altro, le risate di Franchina che si sganasciava per qualunque cosa, Rassetto che gridava *De Luca*, con la *elle* che diventava doppia, alla sarda, quando era arrabbiato. Tutto sospeso, anche le urla che venivano dal laboratorio dell'Istituto di Elettronica, al piano di sopra, che usavano per gli interrogatori.

Silenzio. Quasi. Solo un tossire soffocato che veniva da una delle celle del piano di sotto, attutito dal pavimento ma intenso. E continuo.

– Non ho fame, – disse De Luca.

– Io sí, e infatti adesso scendo. Non ti montare la testa, ti sei divertito a fare lo sbirro dei vecchi tempi ma ora basta. Sei nella Politica, non alla Criminale. L'hai trovato il Notaio?

– Ci sto lavorando. Ho un informatore.

– Informatore è da questurino. Noi sbirri diciamo una spia. Attendibile?

– Credo di sí. Vedremo.

– Sbrigati. Il Notaio è l'anello di congiunzione fra i *banditen* che stanno in città e gli Alleati, e adesso, col fronte che è arrivato a meno di venti chilometri... – Si rabbuiò, e il sorriso gli si irrigidí sulle labbra, fino quasi a scomparire. Poi si strinse nelle spalle. – Ma io me ne frego, perché vinceremo. Trovami quel comunista. E cava quei piedi dalla scrivania.

De Luca obbedí, mentre Rassetto se ne andava, scuotendo la testa sulla soglia perché dalla porta aperta quel tossire strozzato arrivava piú forte. Lo sentí mormorare *quel cazzo di Massaron che li picchia sempre sulla schiena*, ma stava parlando a sé stesso, scuotendo la testa.

C'era una cartellina, sulla scrivania. Ce n'erano tante, ma quella era al centro, sopra le altre, e sul cartoncino color panna c'era scritto *Notaio*, in inchiostro nero, con un pennino dalla punta tronca.

De Luca la aprí, sfiorò i fogli che conteneva, battuti a macchina dalla Vilma e annotati a mano da lui, che conosceva a memoria. Poi puntò i gomiti sulla scrivania, appoggiò il mento sulle mani e si mise a guardare fuori dalla finestra, verso il muro di cemento grigio che aveva davanti, immobile, intatto, ipnotico. Per un momento pensò che doveva farsi la barba, perché la sentiva pungere tra le dita, poi si spense, risucchiato da una stanchezza profonda che non era sonno, non era niente, soltanto una nebbia intensa, morbida come ovatta, che quasi riusciva a ingoiare anche quel tossire malato, malato e maledetto, del piano di sotto.

Lo svegliò il trillo del telefono che aveva sulla scrivania. Se mai avesse dormito, ma era lo stesso, perché fece un salto sulla sedia, strappandosi le mani dalle mascelle indolenzite.

– De Luca, sei te?

Santi aveva una voce diversa, al telefono, piú acuta. Da porcellino, davvero. Un porcellino da latte.

– Sono io.

– Senti, mi hai detto di chiamarti, perché ti interessava... insomma, ecco... credo che questa volta l'abbiamo trovato.

Sí, pensò De Luca, *sí*.

Era lui.

All'inizio no. Quando erano entrati con la 1100 in via Ca' Selvatica, che anche se era nel centro di Bologna sembrava davvero campagna selvaggia, con tutte quelle mucche e quei covoni di fieno in mezzo alla strada, ammucchiati dai contadini con i forconi, gli era sembrato impossibile.

Non era una sorpresa. La Sperrzone, la Zona Chiusa, col fatto che almeno teoricamente i soldati non ci potevano entrare, e che cosí, almeno teoricamente, gli Alleati non la dovevano bombardare, si era trasformata in un enorme ghetto alla rovescia, zeppo di residenti autorizzati, sfollati e profughi, cinquecentomila aveva detto il Podestà. Un sacco di gente.

Ma soprattutto, visto che i tedeschi, sempre teoricamente, non c'erano e quindi non razziavano animali e vettovaglie, e neanche i fascisti, il centro di Bologna era diventato una stalla a cielo aperto. Diciottomila bestie, diceva il Podestà, ed era un calcolo approssimativo.

Via Ca' Selvatica pareva un casolare. Carri lungo la strada, stie di polli contro i muri delle case, mucche legate da una corda, capre in un recinto, c'era anche un trattore. L'androne in cui avevano trovato il morto, in fondo, verso via Frassinago, sembrava un fienile, e aveva anche due buoi dalle corna larghe, attaccati a un anello piantato nel muro.

Era per quello che gli sembrava impossibile. A parte i sorveglianti armati di bastone che sicuramente ci dovevano essere, gli spari avrebbero svegliato tutti gli animali. E se la gente si era abituata a chiudersi in casa quando sentiva urla o colpi d'arma da fuoco, e a non dire niente a nessuno, tranne il sottotenente Stanzani, gli animali ancora no, anche le galline si sarebbero messe a strillare come aquile.

– È vero, – disse Santi, – e infatti è per questo che fin qua non c'eravamo neanche venuti a guardare. Poi abbiamo saputo che questa specie di circo ieri notte non c'era, si sono trasferiti qui soltanto stamattina, insomma.

Cosí cambiava tutto. Ma fu soltanto quando vide il corpo sui gradini, avvitato su sé stesso come una spirale e con quel buco in un occhio, che si convinse che era davvero il morto giusto.

C'era un dislivello tra i due lati del caseggiato che chiudeva la strada. L'androne lo attraversava come un tunnel e dall'altra parte c'erano due scalini stretti e lunghi. Per questo non lo avevano visto subito, l'uomo era caduto oltre la soglia e se non ci fosse scappata una gallina sarebbe rimasto là chissà per quanto, l'odore di morte confuso con quello di merda di mucca e letame. Stava disteso a testa in giú, le gambe in alto, una piegata innaturalmente sotto quell'altra, e la parte superiore del corpo girata su un fianco, con la testa gettata all'indietro. Al posto di un occhio aveva un buco insanguinato, come un piccolo fiore rosso, appassito dal sole.

– Gli hanno sparato, – disse Santi, con convinzione, ma De Luca non lo ascoltò neppure. Era cosí preso dal suo morto finalmente trovato che si dimenticò che non era lui, il poliziotto. Si chinò sul corpo e sollevò la falda del cappotto che gli copriva il sedere per arrivare alla tasca di dietro dei pantaloni. Il portafoglio stava proprio lí, e assieme c'erano i documenti.

Franco Maria Brullo. Era un professore universitario, Facoltà di Medicina. Permesso di circolazione per esigenze speciali. Un bell'uomo, dalla fotografia.

Portava un cappotto nero, di lana pettinata, appena segnato da una striatura lucida sulla spalla destra, e un completo grigio, molto elegante, col nodo della cravatta ancora a posto, nonostante tutto.

Il ricordo di un odore, piú dolciastro di quello della morte e piú pungente di quello del letame, gli fece venire un'idea. Allungò un braccio e col dorso della mano toccò la guancia del morto, come per fargli una carezza.

– Ma che cazzo... – mormorò Santi.

– Si è fatto la barba anche la sera. Riccio e nero com'è si sentirebbe. E deve averci fatto praticamente il bagno nell'acqua di colonia, con tutto quello che è successo si percepisce ancora. O è un gran vanitoso o aveva un appuntamento galante. O tutti e due. Hai chiamato il dottore e la Scientifica?

– Ci ho mandato Guarrasi.

Ecco come si chiamava il maresciallo col moschetto, ma De Luca si era già dimenticato anche di quello. Il professore aveva il braccio sinistro allungato sui gradini, le dita piegate attorno a una bruciatura nerastra. De Luca le forzò una a una, con delicatezza, mentre osservava l'ustione che le attraversava diritta all'altezza della seconda falange.

– Vuoi sapere com'è andata? – Poi aggiunse: *secondo me*.

– Magari.

– Qualcuno gli ha sparato mentre era sui gradini, senza colpirlo, se non di striscio –. Indicò la striatura sulla spalla del cappotto e fece volare le dita di una mano in aria, verso lo spazio aperto oltre l'androne, dove dovevano essersi persi i proiettili, e Santi guardò da quella parte, come fosse stato importante. – Allora è caduto e si è rotto una gamba –. Indicò il ginocchio dell'uomo, fasciato dalla stoffa grigia dei pantaloni in una piega che faceva male solo a guardarla. – Ecco il grido che ha sentito il testimone. Due colpi che non hanno bucato niente, – mano aperta verso cappotto e vestito intatti, – un urlo di dolore. Chi ha sparato si è avvicinato con la pistola, il professore l'ha afferrata per la canna, si è bruciato le dita con la fiammata e si è beccato un colpo in un occhio. *Secondo me*, aggiunse di nuovo De Luca, e Santi, che aveva girato lo sguardo per seguirne le mani in tutte le direzioni, annuí.

C'era gente alle loro spalle, una piccola folla di passanti e contadini tenuta in fondo all'androne dal maresciallo Guarrasi. De Luca si voltò a guardarli e vide Franchina, appoggiato al muro, che strisciava la suola di una scarpa contro una pietra, disgustato. Piú vicino, al di qua della linea di sicurezza del maresciallo, c'era un altro uomo. Magro, non molto alto, le mani dentro le tasche di un cappotto grigio, allungava il collo, curioso, ma restava in disparte, come non volesse disturbare. De Luca si soffermò sulle scarpe, che erano bicolori, ma su due sfumature di nero e di grigio, quasi anche quelle non volessero farsi notare.

– Chi è? – chiese De Luca, accennando all'uomo, con la testa.

– Un collega, – disse Santi, sbrigativo, perché gli interessava un'altra cosa. – Concordo con la tua ricostruzione. E quindi?

– Quindi cosa?

– Chi può essere stato?

De Luca sorrise. Santi era bravo, indubbiamente, ma a volte anche cosí semplice che faceva tenerezza.

– E chi lo sa? Magari un marito geloso. Chiedi alle pattuglie che facevano servizio ieri sera, se hai la fortuna che abbiano fermato qualcuno che ha una relazione col morto, allora il caso è risolto.

– Se ho la fortuna che mi rispondano, – disse Santi.

– Oppure cerca la pistola. Il proiettile è ancora qui dentro, – e indicò la testa dell'uomo, dietro l'occhio scoppiato, nessun foro d'uscita tra i riccioli neri, – se davvero è un calibro 22, come dice il sottotenente, – e il buco nell'occhio era abbastanza piccolo da farlo supporre, – e qualcuno che ha una relazione eccetera eccetera possiede una .22, e rigatura e magari guanto di paraffina corrispondono, il caso è risolto lo stesso.

Si alzò dopo essersi chinato su un cadavere per la terza volta, quella mattina. Avrebbe voluto rimanere, aspettare il medico legale, il tecnico della Scientifica, dirgli cosa fotografare e mandare i suoi in giro, a fare le domande giuste, mentre lui pensava, con quella smania, quella febbre esaltante che adesso lo mangiava dentro, feroce e inutile, per cui era meglio che se ne andasse subito.

Passò accanto al collega con le scarpe bicolori, e ricambiò il cenno di saluto che gli aveva fatto con la testa.

Sí, lo aveva visto tempo fa, qualche volta, in Questura. In un'altra vita.

Parte seconda

Le indagini

«Il Resto del Carlino», lunedí 4 dicembre 1944-XXIII, Italia, Impero e Colonie cent. 50.

L'IMPIEGO DELLE ARMI «V» IN CAMPO TATTICO. IL FRONTE DELLA 9° ARMATA AMERICANA SOTTO IL MICIDIALE FUOCO DELLE BOMBE VOLANTI - L'OCCUPAZIONE GERMANICA RIMPIANTA DAL POPOLO BELGA.

Cronaca di Bologna: I BOLOGNESI E LA GUERRA. Ce la descrivevano come una spoglia città martire dove la vita è impossibile. E invece ecco Bologna venirci incontro con i suoi ciclisti, con i suoi operai appena alzatisi da letto per andare al lavoro, con le sue donne pronte a far la spesa. NOTIZIE ANNONARIE. Si ricorda i ritardatari del versamento dei bollini per il burro di ottobre e l'olio di novembre che non versando tali bollini entro il giorno 5 incorreranno in gravi sanzioni. Si ricorda agli esercenti che lo zucchero va prenotato solo con la cedola 11 della tessera stampata con inchiostro rosso.

A QUALI CURE AVRO' DIRITTO? L'operaio volontario che presta servizio in Germania può ormai contare su una organizzazione di assistenza veramente perfetta. QUESTI SONO I FATTI, A VOI LA DECISIONE.

C'era aria di neve. Si poteva sentirne l'odore gelido e umido che frizzava nel naso, portato da un vento che tagliava la faccia. De Luca si era fatto prestare una sciarpa e rimpiangeva di non essersi fatto dare anche un paio di guanti, perché avrebbe volentieri infilato le mani in tasca, ma doveva reggere il giornale.

Via Duca d'Aosta era una strada larga e spoglia, e anche se Bologna era la città piú porticata del mondo non ce n'era mai uno quando serviva. Perché gli avrebbe fatto comodo il riparo di un portico, magari con una colonna dietro cui nascondersi, invece di quell'edicola stretta e appuntita come un siluro alla quale stava appoggiato, facendo finta di leggere il «Carlino».

La macchina l'avevano parcheggiata in un vicolo poco distante, con dentro Massaron, Franchina, il Tenente e le armi automatiche, perché l'avrebbero notata subito una 1100 a benzina piena di gente, e gente come quella. Se ne stava lontano anche lui da quel portoncino al numero 18, soprattutto dalla finestra che ci stava sopra, al secondo piano, da cui si poteva tenere d'occhio quasi tutta la strada, da una parte e dall'altra. Un edificio anonimo, un rettangolo rossiccio scrostato dalle schegge delle bombe, isolato come il dente di un vecchio. Non era stato scelto a caso, sicuramente, ed era stato scelto bene.

Poco piú avanti, però, c'era uno spaccio alimentare con una lunga fila di donne in attesa, perché quella mattina distribuivano il burro, e tra quelle De Luca aveva fatto mettere Vilma, che anche con quel vecchio cappotto, il fazzoletto annodato sulla testa e il borsone di vimini sembrava sempre troppo formosa e troppo impaziente per essere come le altre, le unghie laccate di rosso, le scarpe nuove, con i tacchi, e pure le calze.

Aspettavano che qualcuno andasse a bussare al portoncino. Tre colpi rapidi piú altri due, aveva detto la spia che stava in macchina con gli altri, per non farsi notare lí davanti. Poteva essere il Notaio, che ogni due lunedí, verso quell'ora, andava in quell'edificio a fare qualcosa, una riunione, forse, un coordinamento, non lo sapevano, e neppure con chi e esattamente dove, lí dentro, perché era impossibile sorvegliarlo senza farsi scoprire, il numero 18 di via Duca d'Aosta.

Ma era il lunedí giusto, diceva la spia. Un'informazione sicura, giurava. E preziosa. Valeva cinquemila lire, un certificato di esenzione dal lavoro coatto e sei chili di sale.

De Luca si sporse oltre l'edicola e lanciò un'occhiata a Vilma, che si stringeva nel cappotto, poi tornò al suo giornale. Lo aveva tenuto davanti agli occhi praticamente senza vederlo, e quando focalizzò lo sguardo, per caso, sulla cronaca di Bologna notò il titolo in neretto che stava proprio in mezzo alla pagina.

Risolto il caso Brullo grazie alla sagacia di un brillante poliziotto.

De Luca corrugò la fronte e piegò il giornale, perché un soffio di vento gelido glielo aveva gonfiato davanti alla faccia, poi lo piegò ancora, attorno all'articolo. Si lasciò sfuggire un mezzo sorriso perché aveva letto il nome di Santi, «il sagace dottor Santi, del commissariato di San Francesco».

Aveva seguito i suoi consigli e aveva avuto fortuna. La notte del delitto una pattuglia aveva fermato nei pressi di via Ca' Selvatica un uomo che circolava oltre l'ora del coprifuoco. Era un dottore e aveva il permesso di uscire per visite urgenti, anche notturne, ma non era riuscito a specificare da quale paziente fosse stato. Conosceva la vittima, di cui era collega alla Facoltà di Medicina, e aveva una bellissima moglie di cui si diceva, da testimonianze raccolte, avesse avuto una relazione con il Brullo. Possedeva un revolver calibro 22 registrato a suo nome, che non si trovava piú.

Dottor Professor Attanasio Lorenzo, attualmente detenuto a San Giovanni in Monte con l'accusa di omicidio volontario, probabilmente premeditato. Caso risolto.

E bravo Santi, pensò De Luca, e sorrise di nuovo immaginando la faccia del commissario ancora piú lucida e rotonda per la soddisfazione, ancora piú suina. Soddisfazione anche sua, visto che ci aveva azzeccato, e subito, come faceva notare l'articolo lodando «la tempestività dell'indagine a riprova che pur nelle difficoltà del tempo di guerra la polizia criminale fascista sa assolvere ai suoi compiti di tutela dei cittadini e rispetto delle leggi».

– De Luca! È mezz'ora che mi sbraccio con le mani per chiamarti! Non mi vedevi?

Vilma gli si attaccò a una spalla perché stava per cadere. Aveva corso sui tacchi, la gonna troppo stretta, ed era anche scivolata su una pozza di fango davanti all'edicola, piantandogli le unghie rosse nel collo.

– È arrivato qualcuno? – chiese De Luca.

– Un uomo, ha bussato al portoncino.

– Un uomo come?

– Non lo so, non l'ho guardato bene.

– Un signore, un operaio, un giovane...

– Non l'ho guardato bene! Aveva una borsa di pelle. Ha bussato come dicevi tu.

Picchiò l'aria con la mano chiusa a pugno, tre colpi e poi altri due, e De Luca annuí. Uscí da dietro l'edicola e si mosse veloce lungo la strada, fino al primo vicolo.

L'auto era proprio oltre l'angolo, e appena vide De Luca che agitava il giornale arrotolato come un bastone Franchina mise in moto e lo superò, immettendosi nella via. Fece pochi metri rombando e fermò la 1100 davanti al 18, montando con una ruota sul marciapiede. Franchina, Massaron e il Tenente uscirono in fretta, le armi nascoste sotto le falde dei cappotti, inutilmente, perché ormai si erano fatti notare. Dall'altra parte della strada molte donne si staccarono dalla coda, allontanandosi rapide, ma ne rimasero parecchie, piú schiacciate contro il muro, ad ammassarsi verso la porta dello spaccio, ma ancora lí, perché era piú importante il burro.

Il Tenente aveva alzato il pugno, pronto a bussare al portoncino nello stesso modo, ma Massaron lo fece da parte con una spinta. Passò il suo Mab a Franchina, gli mise una delle sue mani da gigante sulla spalla, per appoggiarsi, e sollevò una gamba, caricando sul ginocchio per sferrare un calcio potente, di piatto, sulla serratura.

Il portoncino si spalancò di colpo, con uno schianto che rimbombò in corridoio stretto e buio. Massaron riprese il fucile mitragliatore e si precipitò dentro assieme a Franchina, lasciando il Tenente per ultimo. Era un giovane magro e alto, e lo chiamavano cosí perché diceva di essere stato tenente dei bersaglieri, prima dell'8 settembre. Rassetto si era fidato, e siccome sembrava davvero che avesse fatto il soldato, almeno un po', lo aveva messo a capo delle operazioni militari della Squadra, anche se cosí giovane, biondino e pallido, con quel giubbotto di pelle nuovissimo, da damerino, non se lo filava nessuno.

Il corridoio finiva in un piccolo cortile chiuso da un cancellino di ferro che Massaron aveva già abbattuto con una spallata da bufalo. C'erano due porte ai lati opposti del cortile, il Tenente gridò *dividiamoci*, ma De Luca, appena arrivato con la pistola in mano, aveva calcolato la corrispondenza con la finestra sul portoncino, e indicò quello di destra.

Troppo tardi, pensava, *e troppo casino*, se erano cosí bravi come sembrava avevano certamente calcolato una via di fuga e adesso stavano già scappando.

Ma non erano cosí bravi.

Stavano al secondo piano, ne ebbero la conferma quando un uomo si precipitò giú lungo le scale, passando in mezzo a loro, pestando i piedi sui gradini per correre piú in fretta che poteva, senza controllo. Doveva essere quello che aveva visto la Vilma, perché aveva una borsa di pelle tra le braccia, stretta sul petto. Il Tenente alzò il mitra e sparò una raffica che uscí con una fiammata dalla canna traforata del Mab.

– No! – urlò De Luca, o almeno credette di averlo fatto perché aveva la bocca spalancata ma non sentiva niente, completamente assordato dal rimbombo degli spari.

L'uomo si inarcò, colpito in mezzo alla schiena, le braccia aperte mentre volava sui gradini trascinato dalla spinta dei proiettili, senza neppure toccarli con i piedi. Andò a sbattere con il petto contro il muro di fronte e scivolò a terra, scomposto, come un sacco di stracci gettato sul pavimento.

De Luca mise le mani sulle ginocchia e si piegò in avanti, la bocca ancora spalancata. L'odore della cordite che gli riempiva le narici gli pungeva la gola come se dovesse vomitare, e tremava, perché il Tenente aveva sparato voltandosi, senza neanche guardare, e soltanto per un miracolo non si era trovato sulla traiettoria della raffica.

Piano piano riuscí a sentire qualcos'altro, oltre il fischio che gli bruciava le orecchie. Capí che erano urla dal piano di sopra, niente spari, per fortuna, cosí lanciò un'occhiata all'uomo in fondo alle scale, scosse la testa, e salí anche lui.

No, non c'erano altre vie di fuga, oltre la porta. Soltanto la finestra sulla facciata davanti e un'altra sul cortile interno, ma troppo alta per saltare di sotto. Era un appartamento di tre stanze, uno strano appartamento, perché erano tutte stanze da letto. A De Luca bastò un'occhiata alle bacinelle, ai flaconi che stavano su un tavolo e anche ai due uomini in ginocchio sul pavimento sotto il tiro dei Mab, con le mani alzate a fatica, uno con la testa bendata e l'altro con un braccio al collo, per capire che si trattava di un'infermeria clandestina.

– Vai a chiamare la spia, – disse De Luca a Franchina. Poi incontrò lo sguardo del Tenente, a cui brillavano gli occhi per l'eccitazione.

– Se quello che hai ammazzato è il Notaio, – ringhiò, – Rassetto ti fa un culo che neanche i tedeschi.

La spia lo conosceva, il Notaio. L'aveva incontrato una volta, al buio e in fretta, non riusciva a darne una descrizione utile, ma giurava che l'avrebbe riconosciuto, se l'avesse visto.

Non era l'uomo in fondo alle scale, che doveva essere un dottore venuto per curare i feriti, dalla borsa che si era aperta nella caduta era uscito uno stetoscopio. Neanche i due in ginocchio sul pavimento, la spia li guardò da dietro i fori del sacco di iuta che gli copriva la faccia, poi scosse la testa.

– Abbiamo fatto un buco nell'acqua, – disse De Luca. – Magari il Notaio c'è anche venuto, qui, ma adesso questa è un'infermeria per curare i partigiani feriti.

– Due prigionieri e un morto, – disse il Tenente, sempre eccitato. – Anzi tre, perché questi li torchiamo un po' a Ingegneria, casomai sapessero qualcosa, e poi vanno a riposarsi dalla fatica al Posto di Ristoro del Partigiano.

Uno dei due, quello col braccio al collo, si mise a piangere, perché lo sapevano tutti che lo chiamavano cosí l'angolo di piazza del Nettuno dove avevano appeso i parigiani fucilati ai ganci da macellaio. L'altro, quello con la testa fasciata, invece sorrise. Un sorriso nervoso, con gli occhi pieni di lacrime, che sembrava piú di rabbia che di paura.

– Stai tranquillo che starò lí a tenerti il posto finché non verrà il tuo turno, – disse, e allora De Luca si voltò, e fece un passo verso la porta, in fretta, perché il Tenente stava già alzando il calcio del mitra.

La spia lo prese per un braccio, sulla soglia, e sollevò il bordo del sacchetto, per scoprirsi la faccia.

– Però almeno il sale me lo date lo stesso, vero? – chiese, trattenendolo il tempo sufficiente a fargli sentire quel tonfo umido, dietro le spalle, che gli strizzò lo stomaco in un conato insopportabile.

De Luca si strappò dalla presa agitando le braccia come per stare a galla, uscí dall'appartamento e con un ruggito roco da animale vomitò sui gradini.

Quando scese alla macchina assieme a Franchina di donne in fila per il burro non ce n'era rimasta piú nessuna.

De Luca si gettò sul sedile di dietro della 1100, facendo segno a Vilma che restasse davanti, dove si era seduta ad aspettarli fino a quel momento. Si era tolta le scarpe e teneva un piede appoggiato al cruscotto e l'altro su un ginocchio, la gamba piegata per arrivare a massaggiarlo attraverso la trama chiara della calza.

– A stare in fila cosí mi saranno venuti i geloni, – disse. Aveva aperto il cappotto e si era tirata su la gonna fin sopra le cosce, quasi sotto il sedere. Franchina la guardò con un sorriso di desiderio, la mano alzata a mezz'aria, che non si capiva se sarebbe andata alla chiavetta, a far partire l'auto o da qualche altra parte. Anche Vilma sorrise.

– Non te le puoi permettere, – mormorò, con uno sguardo cosí provocante che Franchina deglutí a fatica.

– Andiamo via, – disse De Luca. – Riportami in ufficio.

– E gli altri?

– Torni dopo o mandiamo qualcuno, non lo so. Ma andiamo via.

Franchina mise in moto. De Luca si strappò la sciarpa che gli incendiava la gola strisciando fastidiosa contro una barba che avrebbe dovuto farsi già da qualche giorno. Appoggiò la fronte al finestrino, la pelle che scottava contro il vetro gelido, opaco di condensa. Chiuse gli occhi e li avrebbe tenuti cosí per tutto il viaggio, fino a viale del Risorgimento, fino a Ingegneria, anche fino al suo ufficio, se avesse potuto, ma li riaprí subito, perché nell'ingranare la marcia l'auto aveva fatto un sobbalzo e De Luca aveva battuto la testa.

Scorse una sagoma dietro il finestrino appannato, un'ombra bianca che lo sorprese, perché non c'era piú nessuno, nella strada, ma quello sembrava un uomo, fermo all'altezza dell'edicola. De Luca pulí il vetro con la mano, ma l'auto era già partita, cosí si girò sul sedile e sfregò il lunotto di dietro con la manica del soprabito.

Fece in tempo a vederlo prima che scomparisse dietro l'edicola, quasi volesse nascondersi.

Era il collega con le scarpe bicolori che aveva notato qualche giorno prima in via Ca' Selvatica, sul luogo del delitto del professor Brullo.

– Commissariato San Francesco? Vicecomandante De Luca. Passami Santi, per favore, è in sede? Grazie. Santi? Congratulazioni... no, no, dài, è tutto merito tuo. Dimmi una cosa, il collega che era presente quando stavamo su Brullo... quello con le scarpe bicolori... me l'hai detto tu che era un collega, piccolino, cappotto grigio, mi sembra spinato... sí, stava indietro, ecco lui... chi è? In che senso non lo sai? Non ti ricordi il nome? Tipo Petronio? Che cazzo, Santi... ma cos'è, un funzionario, un commissario come noi, un vicequestore... non lo sai. Un dottore, però, va bene. E dove lavora? Non lo sai. Qualche ufficio in Questura. Va bene. No, no, davvero, tutto merito tuo, dài. Ciao.

– Questura Centrale? Vicecomandante De Luca. Vorrei qualcuno del Personale. Non so, il dirigente, qualcuno, dovrei rintracciare un funzionario. Grazie, attendo. Buongiorno, maresciallo, vicecomandante De Luca, Squadra Politica, ho una richiesta un po' strana. Vorrei sapere in che ufficio lavora il dottor Petronio. No, non lo so il nome, e anche il cognome, insomma... siate gentile, fate un tentativo. Grazie, vi lascio il mio numero...

La musica arrivò piú forte, qualcuno aveva aperto la porta, alle sue spalle, in fondo all'ufficio. Era Vilma, la sentí dai tacchi che picchiavano sul pavimento al ritmo saltellante di uno swing. Si sedette sull'angolo della sua scrivania, canticchiando *e Pippo Pippo non lo sa*, e gli porse una piccola flûte di quello che sembrava champagne.

– Sono i dischi che avete sequestrato allo studente di

Giustizia e Libertà. I bicchieri e lo champagne vengono da quell'ebreo.

De Luca prese il calice perché Vilma continuava a tenerglielo davanti alla faccia e lo appoggiò sulla scrivania.

– Grazie, ma lo champagne mi fa venire mal di testa. E devo ancora mangiare.

– Tu non mangi mai. Non vieni a festeggiare?

Vilma si sporse in avanti per afferrare il bicchiere lasciato da De Luca. Lo sfiorò col seno stretto nella giacca del tailleur, e lui si irrigidí, tirandosi piú indietro contro lo schienale della poltroncina. Lei sorrise e accavallò le gambe. Mosse le cosce, aggiustandole dentro la gonna che diventò piú corta, sopra le ginocchia, e sorrise ancora, piú maliziosa.

– Tu potresti permettertele, – disse.

De Luca deglutí, lo stomaco annodato da un desiderio che non voleva, e che non gli piaceva. Spinse con la schiena con la poltroncina, per allontanarsi, come avesse paura di farsi toccare.

Questa volta Vilma rise, scosse la testa e ricominciò a canticchiare tra sé, una scarpa in bilico sulla punta del piede, che faceva battere a ritmo contro la pianta, mentre sorseggiava lo champagne con le sue labbra sottili. Non era bella, il volto troppo affilato, gli occhi troppo vicini, anche i capelli, tagliati corti, troppo biondi, una ragazzona alta con curve e gambe da ballerina vestita da segretaria con una uniforme da ausiliaria della Wehrmacht senza contrassegni, che si era aggiustata addosso con ago e filo, le labbra serrate e gli occhi socchiusi dietro le lenti degli occhiali, che portava solo quando non la vedeva nessuno.

– Dài, Vilma, lascialo lavorare, – disse Rassetto, dalla porta, anche lui con un bicchiere in mano. – Perché va bene che quello col braccio rotto era un pezzo grosso della Matteotti, ma guarda che non ti ho mica ancora perdonato di aver ciccato il Notaio. Dài, bimba, vieni a ballarci questa musica perversa e negroide.

Seguí con gli occhi Vilma che si avvicinava danzando sui tacchi e quando gli passò accanto le schioccò una pacca sul sedere che le strappò un salto e una risata. De Luca non si voltò, aspettandosi che la musica si attutisse ma restava forte, segno che Rassetto era ancora lí. E infatti stava appoggiato allo stipite, e lo osservava, col suo sorriso da lupo.

– Guarda che anche se non festeggi con noi non è che non c'entri.

– Lo so.

– Anche se non vieni agli interrogatori, se non tocchi nessuno...

– Lo so!

Silenzio. Lo poteva sentire quel sorriso cattivo, stretto sui denti.

– Bravo. Se cambi idea vieni che ti faccio fare un *bughi bughi* con la Vilma.

La porta si chiuse e le voci del Trio Lescano che cantavano *Maramao perché sei morto?* si fecero piú ovattate e lontane.

De Luca guardò la flûte di cristallo, la schiuma dello champagne che ne increspava il vetro sottile, l'ombra del rossetto della Vilma, una mezza luna sanguigna, sul bordo.

Per un momento ebbe la tentazione di spazzarlo via con un colpo, col dorso della mano, ma non lo fece.

– Pronto sí, sono De Luca. Sí, era per il dottor... ah, davvero? Non esiste nessun dottor Petronio in forza alla Questura di Bologna. No, va bene... grazie per avermi chiamato.

«Il Resto del Carlino», martedí 5 dicembre 1944-XXIII, Italia, Impero e Colonie cent. 50.

L'INGHILTERRA MERIDIONALE SOTTO IL TIRO DELLE ARMI «V» – AEREI-RAZZO GERMANICI AD ALTISSIMA VELOCITA' - ASPRA LOTTA TRA FORLI' E FAENZA.

Cronaca di Bologna: NORME DEL COMANDO GERMANICO PER L'AFFLUSSO DI CIVILI IN CITTA'. È vietato, con effetto immediato, l'ulteriore afflusso in Bologna di cittadini che - pur avendo domiciliato in precedenza nella città stessa - risiedano in provincia. MATERASSI E COPERTE RUBATI. Ignoti, introdottisi mediante infrazione dalla porta di ingresso nell'abitazione sinistrata del 37enne Elio Conti fu Antonio, asportavano materassi, coperte e indumenti per un valore di 100 000 lire. PICCOLI AVVISI. VENDO pelliccia talpa marrone stivaloni 41 acquisto cambio orologi braccio cronometri. PELLICCIA gatto soriano stivali ragazzo seminuovi acquisto. Indicare prezzo. SINISTRATO vende pelliccia agnellone colorato. PELLICCE gatto, pannofix, orsetto, volpe vendonsi convenientemente. VENDO preferibilmente cambio toeletta donna pelliccia lapin radio con biancheria letto.

LAVORATORI, UNA NUOVA AGEVOLAZIONE ANCHE LA VOSTRA FAMIGLIA PUO' SEGUIRVI IN GERMANIA! Voi siete liberi di decidere, ma non sia contro la sistemazione migliore della vostra famiglia!

Franchina frenò di scatto e De Luca, che non se l'aspettava, batté la fronte sul parabrezza prima di riuscire a mettere le mani sul cruscotto. L'uomo col baschetto aveva praticamente fatto una capriola sul muso allungato della 1100 ed era caduto dall'altra parte. Franchina lo indicò con la mano aperta mentre si rialzava, un po' storto, e si infilava zoppicando in un portone socchiuso, senza neanche voltarsi indietro.

– Anvedi 'sto impunito! – disse, e suonò anche il clacson, due colpi, forti, con il palmo battuto sul pulsante lucido che stava al centro del volante. C'era un camion in mezzo a via Battisti, messo di traverso a bloccare la strada, e soldati tedeschi che spingevano la gente contro un muro, con i fucili in mano. Due di loro vennero verso la macchina, di corsa. Franchina si sporse dal finestrino e indicò il portone in cui era scomparso l'uomo.

– Fai montare una cintura, – disse De Luca massaggiandosi la fronte. – E fortuna che avevo il cappello –. Sentiva già il bernoccolo, caldo e fastidioso, che gli cresceva sotto l'attaccatura dei capelli.

I tedeschi uscirono dal portone stringendo l'uomo per le braccia. Doveva aver perso il basco, visto che era a testa nuda, con i pochi capelli bianchi schiacciati sul cranio. Saltellava sulla gamba ancora buona, per tenere il passo, quasi sollevato dai soldati.

– Amma... – disse Franchina, e si schiacciò una mano sulla bocca, perché stava per dire *ammazza 'sti tedeschi*, di nuovo. – Li rastrellano vecchiotti i volontari per il lavoro, cos'è, il fondo del barile?

Uno dei tedeschi si voltò a guardarli, poi lasciò l'uomo a quell'altro e si fermò a osservare la macchina. Franchina toccò il tagliandino che aveva attaccato al cruscotto, «Z», stampato bello grande, veicolo autorizzato a circolare, ma il tedesco non si mosse, il fucile sotto il braccio e la fronte corrugata, a filo dell'elmetto.

De Luca aprí la portiera, disse *pensaci te*, a Franchina, prese la borsa di pelle che stava sul sedile di dietro e proseguí a piedi. Salutò il soldato con un cenno rapido della mano alla tesa del cappello, e gli passò accanto, abbastanza sicuro e abbastanza deciso, tanto che il tedesco lo guardò un attimo, perplesso, poi tornò a fissare la 1100, e Franchina che sventolava il tesserino come fosse una bandiera.

In mezzo alla strada, poco prima di via IV Novembre, dove avrebbe dovuto voltare per andare in Prefettura, c'era il camion con i tedeschi. Se avesse potuto avrebbe svoltato prima, perché non si sapeva mai, ma doveva proprio passare di lí, cosí accennò di nuovo il suo mezzo saluto alla visiera e tirò dritto, senza guardare la gente seduta sul cassone del camion, tutti uomini di una certa età, uno che ancora sulla scaletta diceva *ma io ce l'ho un lavoro, sono necessario alle esigenze belliche*, l'ufficiale che fumava una sigaretta con le spalle appoggiate al muro, i soldati col pastrano pesante, solo col fondo dell'occhio, appena, lo sguardo fisso verso l'angolo di via IV Novembre, finché un tedesco non gli si parò davanti, piantandogli una mano sul petto con un contraccolpo che gli fece male al collo.

De Luca fece un passo indietro, pensando che sí, aveva fatto un errore a passare di lí, perché davvero non si sa mai, e intanto pensava anche a mollare la borsa per infilare una mano dentro la giacca, a prendere il tesserino, ma piano, per carità, muovendo l'altra come per dire *calma, calma*, pensando pure che nella tasca del soprabito gli pesava la pistola, e anche quella, se la vedevano, era tutta da spiegare.

Il soldato lo spinse verso il camion col piatto del calcio del fucile, come un remo, e De Luca barcollò, senza resistere. Voleva dire *polizia*, ma con tutto quel pensare la parola in tedesco non gli veniva. La disse l'ufficiale con la sigaretta, staccandosi dal muro.

– *Polizei*!

De Luca lo guardò, senza riconoscerlo. L'anno prima aveva fatto da collegamento con il comando tedesco, i servizi di sicurezza soprattutto, aveva incontrato tanta gente, ma quel ragazzone biondo con gli occhi azzurri e la mascella quadrata che sembrava la copertina di una rivista di propaganda non se lo ricordava. Lui però sí, perché gli sorrise e gli fece cenno di andarsene. Anche se poi – De Luca li sentiva piantati nella schiena – gli tenne gli occhi addosso finché non scomparve dietro l'angolo, con un sospiro, e cominciò a camminare in fretta, quasi a correre, verso la Prefettura.

– Il dottor De Luca?
– Non sono dottore.
– Ma siete il commissario De Luca.
– Neanche quello. Sono comandante. Anzi, vice.
– A noi interessa il commissario.

Era un uomo alto e doveva chinarsi un po' in avanti per parlare a De Luca, che sedeva sulla panca in fondo al corridoio, davanti all'ufficio del prefetto. Aveva un'età indefinibile, anche se doveva essere ancora molto giovane, il volto ovale, il naso lungo, gli occhi un po' sgranati e le labbra socchiuse, sottili, a disegnare una piccola *o*, come un comico di varietà.

– Permettete? Spagnuolo, piacere. Sono il segretario particolare di sua Eccellenza il Capo della Provincia di Bologna. Anche se noi preferiamo dire il Prefetto, come una volta.

Non alzò il braccio per salutare, né lo allungò per stringere la mano di De Luca, che abbassò appena la testa in un cenno di cortesia, senza sapere cosa fare, le dita strette attorno al cappello che teneva in grembo, sopra la borsa.

– Andiamo nel mio ufficio. Faccio strada.

– Veramente mi hanno detto che dovevo portare a sua Eccellenza il Prefetto...

– Sono io che vi ho chiamato. Faccio strada.

Fece strada, e De Luca lo seguí anche se attraversarono soltanto il corridoio per entrare nella porta di fronte. Palazzo Caprara era stato bombardato, la Prefettura aveva ristretto gli uffici a una sola ala e gli spazi erano quello che erano, spiegò il segretario Spagnuolo, infilandosi tra gli schedari che riempivano la stanza. Superò una scrivania coperta di faldoni e si sedette sotto il ritratto di Mussolini, di profilo e con l'elmetto, facendo cenno a De Luca di accomodarsi.

De Luca si guardò attorno. L'unica superficie libera era uno sgabello che sembrava quello di un pianoforte, cosí lo prese e si sedette davanti alla scrivania, il cappello sulle ginocchia e i piedi puntati per terra, perché sí, era davvero lo sgabello di un pianoforte, e se si muoveva girava su sé stesso.

– Perdonate la scomodità. E anche il freddo, ma ho paura che una stufa, con tutte queste carte... ho privilegiato la riservatezza al conforto. Siamo come in cassaforte!

Sorrise, e per un momento la piccola *o* diventò una *v*. Se avesse indossato un gessato a righe grandi invece di quel doppiopetto grigio di lana spessa avrebbe avuto un futuro nel varietà, tra due numeri di ballerine.

– Ma non intendo farvi perdere troppo tempo. So che avete veduto un morto, ieri.

– A dire il vero ne ho visti tre.

– Non è una cosa insolita di questi tempi.

– Tre diversi morti ammazzati nello spazio di quattrocento metri.

– Non è insolito neanche questo, purtroppo. Ma a noi interessa il primo.

L'uomo sotto il portico. L'ingegnere ammazzato di botte. Quello del bigliettino, *cosí finiscono i fascisti*.

De Luca non disse niente, e neanche il segretario, che restò a fissarlo con i suoi occhi sgranati e la bocca a culo di gallina finché il silenzio non divenne impossibile.

– Sí, – disse De Luca.

– Sí, – ripeté Spagnuolo.

– È di competenza della Questura, commissariato San Francesco. Io e il mio sottoposto passavamo di lí per caso, con la macchina.

– Sí.

C'era una specie di muraglia di carta, tra loro due, e se Spagnuolo non fosse stato cosí alto, con De Luca appollaiato piú in basso, sullo sgabello, ci sarebbe sparito dietro. Il segretario aprí una delle cartelline che stavano in cima e prese una fotografia che passò a De Luca, allungando il braccio sopra la barriera. Era un ritratto di Francesco Tagliaferri, un mezzo busto da studio, in abito estivo. L'ingegnere era abbronzato, aveva una criniera leonina di capelli candidi e sorrideva come un divo del cinema, mettendo in mostra una fila di denti bianchissimi. Se non avesse saputo che era lui, quel grumo di sangue nero sotto il portico, non l'avrebbe riconosciuto.

Fece per restituire la fotografia ma il segretario scosse la testa, agitando una mano come per scacciare una mosca.

– Tenetela, tenetela pure.

– Ma veramente...

– È uno jacchia, giusto?

– Prego?

– Uno di quelli sulla lista. Anche se dubito che l'avvocato Jacchia ce l'avesse davvero un elenco degli antifascisti della zona quando l'hanno arrestato. E dove, poi? In borsa, in tasca... ognuno dice la sua. Tra l'altro mi risulta che non abbia parlato neanche con la Gestapo, per cui dubito che fosse cosí ingenuo da stilare una lista. Ma non importa.

Era vero. L'avvocato Mario Jacchia era stato arrestato in agosto, a Parma, e i tedeschi l'avevano torturato in tutti i modi, ma non aveva detto niente. Aveva anche cercato di uccidersi, un paio di volte, ma l'avevano salvato, curato e torturato di nuovo, e poi era sparito. Anche De Luca pensava che una lista vera e propria non esistesse e che fosse soprattutto un sistema per proteggere spie e informatori dando la colpa di tutto a un capro espiatorio ideale.

Anche perché di liste tra i vari uffici politici ne giravano parecchie, e sempre diverse, con qualche nome in piú o in meno. Pure Rassetto ne aveva una.

– Se lo dite voi, – mormorò De Luca. Il segretario gli porse la cartellina, De Luca ci mise dentro la fotografia e di nuovo fece per restituire tutto, ma Spagnuolo alzò le mani.

– Tenete, tenete pure.

– E cosa dovrei farci? – ringhiò De Luca, a denti stretti per non alzare la voce. Quella conversazione cosí assurda, in quell'ufficio congestionato di carte, con quel freddo che gli stava gelando la punta del naso, davanti a quell'uomo che lo fissava in quel modo cosí ridicolo, gli stava diventando insopportabile. Dovette capirlo anche Spagnuolo, perché sgranò ancora di piú gli occhi, stringendo la *o*. Ma solo per un momento.

– Siamo convinti che l'ingegner Tagliaferri sia stato ucciso per motivi che non hanno a che fare con la politica. Aprite la carpetta, per favore, vedete quel bigliettino?

Sí, lo vedeva. Era la copia fotografica del biglietto che aveva lasciato nel cappotto dell'ingegnere, carta a quadretti, matita da falegname e anche la sua calligrafia, *cosí finiscono i fascisti*. De Luca si chiese se il segretario sapesse che l'aveva scritto lui. Si convinse di no da come gli disse *per noi è un falso*, ammiccante, quasi gli confidasse un segreto.

– Se lo dite voi, – disse De Luca.

– Lo dice sua Eccellenza il Prefetto. Conosceva l'ingegnere da quando reggeva il partito, a Firenze, credo abbiano costruito insieme la Casa del Fascio, o qualcos'altro, ma non importa. Secondo sua Eccellenza non c'era nessuno piú lontano dall'antifascismo di Tagliaferri, anche se di questi tempi non si può mai dire. Non che fosse particolarmente fascista, come tutti, o almeno, come tanti. Ma che fosse un obbiettivo dei ribelli, ecco, questo è un po' difficile.

– Se lo dite voi.

Sorriso e altra *v*, rovesciata rispetto a quelle piú grandi delle sopracciglia.

– Restate sul vago, vi capisco. Bene, noi pensiamo... no, avete ragione, meglio essere prudenti... noi sospettiamo, ecco sí, sospettiamo che il nostro ingegnere sia finito nella lista per questioni personali e che per queste sia stato ucciso. Non sarebbe il primo, no?

No, pensò De Luca.

– Ecco, vorremmo che scopriste chi lo ha fatto e il motivo.

– Perché? – chiese De Luca e Spagnuolo si strinse nelle spalle.

– Sarò sincero con voi, non è soltanto per una vecchia amicizia. Come certamente saprete sua Eccellenza il Capo della Provincia ha avuto di recente alcuni contrasti con i vertici piú, diciamo cosí, estremisti del Fascio bolognese...

– Intendevo, perché...

– Va bene, sarò piú preciso. Come certamente ricorderete alla fine del mese scorso, nello spazio di un paio di giorni, quattro stimati professionisti bolognesi sono stati prelevati, ammazzati e lasciati in mezzo alla strada, molto probabilmente, no anzi, quasi sicuramente, dalla Brigata Nera del comandante Torri –. Spagnuolo allargò le braccia con un sospiro. – Qualcuno era nella lista, su qualcun altro hanno trovato un bigliettino di rivendicazione da parte dei ribelli, – il segretario fece una smorfia, scuotendo la testa, – certo, quello che si deve fare si fa, i traditori vanno perseguitati, ma c'è modo e modo, e come certamente immaginerete, se la gente pensa che la situazione sia fuori controllo poi si spaventa e diventa tutto piú difficile.

– Intendevo dire: perché io.

– Perché ce l'avrei un nipote questurino, che è anche

molto, molto ambizioso, ma è troppo stupido per affidargli un'indagine. Voi invece siete bravo e come investigatore state a metà tra la squadra Politica e quella Criminale. Insomma, siete perfetto per noi.

De Luca si alzò, e non solo perché stare accoccolato su quello sgabello gli stava facendo male alla schiena. Rimise la cartella sulla muraglia, nel posto esatto da cui Spagnuolo l'aveva presa.

– Sono in forza al Nucleo Autonomo di Polizia Politica. Se il mio superiore mi autorizza sarò lieto di collaborare con voi. Seguite la scala gerarchica e parlate prima con il comandante Rassetto. Con permesso.

Non sapendo come salutare chinò di nuovo il capo, mettendosi il cappello, e si avviò verso la porta. Si aspettava che il segretario dicesse qualcosa e il fatto di non sentirne la voce lo insospettí. Solo lo scricchiolio della poltroncina di legno sulla quale il segretario era seduto.

De Luca lo sbirciò con la coda dell'occhio e vide che si era appoggiato allo schienale, le mani allacciate dietro la nuca. Lo guardò meglio, perché in quella posizione la luce fredda del sole invernale che entrava dalla finestra gli disegnava due ombre profonde sopra gli occhi, e un'altra, inquietante, disturbante, lungo il naso. Non sembrava piú l'attore di un varietà, e se il suo abito fosse stato nero, invece di quel grigio ministeriale, avrebbe potuto benissimo interpretare un film dell'orrore.

– Perché voi, dite? Perché avete scritto il bigliettino per l'ingegnere.

De Luca l'aveva messa, la mano sulla maniglia, ma sapeva che non l'avrebbe aperta prima di sentirlo parlare ancora. Quello però fu un colpo, perché ci aveva creduto all'ammiccamento di Spagnuolo. Il segretario indicò lo sgabello. De Luca si avvicinò ma restò in piedi.

– Abbiamo anche noi i nostri informatori. Sappiamo che l'uccisione dell'ingegnere non è opera della vostra squadra, altrimenti non vi avremmo convocato, ma non sappiamo da che parte sta il vostro comandante, per cui preferiremmo che non gli diceste niente. Vorrei farvi riflettere su una cosa.

Spagnuolo si alzò e appoggiò le mani sul piano della scrivania. Si sporse in avanti, il volto verso quello di De Luca. Aveva perso tutte le ombre ed era tornato l'attore che dice le barzellette in mezzo alle ballerine, anzi, cosí vicino sembrava ancora piú giovane, la pelle liscia come quella di un bambino, ma ormai De Luca non ci cascava piú.

– Perché tutta questa messa in scena? Le quattro uccisioni di novembre sono state un errore politico, ma va bene, nessuno arresterà i militi della «Facchini», e infatti la Questura ha avallato tutti i depistaggi, per quanto rozzi. Per l'ingegner Tagliaferri, invece, qualcuno ha avuto bisogno dei vostri servigi. Chi? Le Brigate Nere, la Gnr, chi? E perché non fare come per gli altri, perché rivolgersi a un esterno? Cos'ha di diverso l'ingegner Tagliaferri? – Ancora piú vicino, l'alito che sapeva di zucchero. – Non è che in fondo a questo strano giuoco di scatole cinesi, casomai qualcosa andasse storto, ci andrete di mezzo proprio voi, vicecomandante De Luca?

La *o* tra le labbra era diventata un foro da spillo. Anche gli occhi cosí sgranati, pure senza le ombre, mettevano paura. Spagnuolo riprese la cartellina e la consegnò a De Luca.

– Se troverete qualcosa di irregolare da attribuire alle Brigate Nere, sia alla «Pappalardo» di Pagliani che alla «Facchini» di Torri, o anche all'Ufficio Politico della Gnr del capitano Serrantini, a noi farà piacere saperlo. Tutto quello che possa essere utile a sua Eccellenza nella battaglia contro gli estremisti farà di lui, e di me, – si toccò con un dito, – un vostro buon amico.

Non aveva lasciato la cartella, la teneva con una mano, assieme a De Luca, che la stringeva con le sue.

– C'è un gran bisogno di amici, – sussurrò, – soprattutto di questi tempi. E non abbiate timore, io sarò sempre qui, qualunque cosa succeda. Il segreto è prendere le distanze dagli estremisti. Perché qualunque cosa tu abbia fatto c'è sempre qualcuno piú estremista da cui distinguersi.

Mollò la cartellina e De Luca la tenne da solo. Spagnuolo si sedette sulla poltroncina e di nuovo allacciò le mani dietro la nuca. Poi si mosse, aprí un cassetto e prese una caramella.

– C'è modo e modo, – disse tra sé, scuotendo la testa mentre la scartava. Poi a De Luca: – Sapete come le hanno chiamate, i tedeschi, le uccisioni di novembre? *Assassini da strada*. Assassini da strada! Dico io, se si scandalizzano anche i tedeschi!

Quando uscí dalla Prefettura gli pareva che la borsa, con quella cartellina dentro, fosse piú pesante.

Per un attimo, quando il segretario Spagnuolo aveva parlato di trovare, scoprire, indagare, aveva sentito un po' di quell'eccitazione che sempre, in quei momenti, gli tratteneva il respiro in gola. Ma solo un attimo. Per quanto fosse insolito, quello dell'ingegner Tagliaferri sembrava un caso piú politico che criminale, piú da sbirri, come avrebbe detto Rassetto, che da questurini.

E poi c'era quella sensazione di inquietudine, di piú, di paura, che l'aveva colto subito con quell'immagine di scatole cinesi, il capro espiatorio, lui, e che non l'aveva lasciato piú. Ne avrebbe parlato con Rassetto. Al diavolo le raccomandazioni del segretario, c'era anche una spia nel Nucleo, doveva dirglielo subito.

Cosí, mentre pensava a chi potesse essere la talpa, Franchina no, troppo stupido e troppo giovane, Massaron, forse, magari quello nuovo, come si chiamava, il Tenente, non si accorse del tedesco finché quasi non gli finí addosso.

Era un graduato e De Luca non fece in tempo a notare altro che si trovò due soldati a fianco.

– De Luca, – disse il graduato. Non sembrava una domanda, e comunque non attese una risposta. Gli tolse la borsa dalla mano mentre gli altri due lo prendevano per le braccia. C'era un'auto con la portiera aperta e neanche di quella si era accorto. Ci finí dentro senza aver avuto il fiato di dire una parola.

La sensazione di paura che prima lo tormentava adesso era diventata un solido, concreto e pesante terrore, che lo schiacciava silenziosamente.

Lo stavano arrestando.

In macchina, seduto dietro assieme ai due soldati, De Luca provò a dire qualcosa, inutilmente. Continuava a pensare alla pistola che aveva in tasca, i due soldati riempivano tutto lo spazio con la loro massa, premendogli le braccia contro i fianchi, e dovevano sentirla. Cosí lo disse, *sono un poliziotto e sono armato*, e poi chiese *dove andiamo? che succede? perché mi avete*, ma lasciò cadere la frase, tanto non rispondeva nessuno. Il graduato, seduto accanto al posto di guida con la borsa di De Luca sulle ginocchia, guardava avanti, anche i due soldati, la tesa del berretto calcata sugli occhi, immobili, soltanto l'autista muoveva le mani sul volante.

Passarono accanto alla 1100 ancora ferma in via Battisti, e ora c'erano tre tedeschi a discutere con Franchina che gesticolava, e che si bloccò quando vide De Luca dentro quella Kübelwagen verde militare, restando a fissarlo con la bocca aperta.

L'espressione sgomenta di Franchina lo spaventò. Smise di pensare a quella assurda ossessione della pistola, lo sapevano che era un poliziotto, e cominciò a temere per sé stesso.

Dove lo stavano portando. Perché. Cosa aveva fatto.

La paura gli irrigidí il collo, seccandogli la lingua. Per un momento fu sfiorato dall'idea stupida di scappare, e guardò anche la maniglia alla sua destra, lontana, lontanissima, inarrivabile oltre quella muraglia infinita e massiccia di lana da pastrano tedesca.

Allora tentò di ricordare chi conosceva nei vari uffici della polizia tedesca, ma non gli venivano i nomi, cancellati da un velo bianco e spesso come un banco di nebbia, quello con gli occhiali, il tenente con la cicatrice, o era un capitano, l'austriaco grasso che rideva, Balen, Palen, von Palen.

Intanto seguiva la strada oltre il parabrezza, cercando di capire dove stessero andando, erano ancora dentro le mura, gli uffici tedeschi stavano tutti fuori. Ma quando imboccarono il viale gli si troncò il fiato in gola, perché avevano voltato a sinistra.

Piú avanti c'era via Santa Chiara numero 6/2.

La sede delle SS.

Poi, però, all'altezza di Porta San Mamolo lasciarono il viale per girare a destra, molto prima, e quando vide via Alamandini, con in fondo le garitte a righe bianche e rosse della Kommandantur, De Luca ricominciò a respirare. Si morse anche un labbro, per non darsi dello stupido.

Avrebbe dovuto notarlo subito che i soldati e il graduato erano della Wehrmacht e non delle SS. Militari e non poliziotti. Perché aveva pensato che lo stessero arrestando?

La Kübelwagen passò sotto la sbarra che chiudeva la strada, sollevata da un soldato col mitra che li salutò con braccio teso, e si fermò nello spiazzo davanti alla villa del Comando Militare.

Il graduato scese, aspettò che fosse fuori anche De Luca, gli consegnò la borsa, indicò un portoncino che si apriva all'angolo piú lontano dell'edificio, e se ne andò.

Sui gradini, davanti al portoncino, c'era l'ufficiale biondo che sembrava uscito dalla rivista di propaganda che agitava la mano per chiamarlo.

– *Polizei* italiano! Qua!

Probabilmente era stata la ghiacciaia della villa, una volta, perché era una stanza freddissima, piuttosto piccola e con una porta spessa, piú pesante di quelle del resto della casa. Adesso, però, con quel corpo nudo steso su un tavolone lungo ricordava di piú un obitorio.

Era la mummia del tedesco senza naso, senza occhi e senza labbra trovata nella casa bombardata di via del Fossato, via Fregatette, come la chiamava Franchina. Ora, in aggiunta ai morsi dei topi, aveva anche un taglio a forma di *y* che gli apriva la gola fino in mezzo alle clavicole.

Doveva essere stato l'ufficiale medico che indossava il camice sbottonato sulla divisa, e doveva averla fatta molto prima, l'autopsia, visto che sia le mani che il camice erano immacolati.

Nella stanza, oltre all'ufficiale biondo che lo aveva chiamato, e che era un tenente, c'era un capitano delle SS che si teneva un fazzoletto sotto il naso, nonostante l'odore della morte non si sentisse, come congelato anche lui da quel freddo cosí intenso.

De Luca stava contro il muro, in fondo, davanti alle piante dei piedi nudi del morto, le dita afflosciate come petali di un fiore appassito. Attraverso la stoffa del soprabito l'intonaco ghiacciato gli risucchiava tutto il calore che aveva in corpo, inumidendogli il naso, ma cercava lo stesso di stare il piú lontano, il piú in disparte possibile da quella situazione che continuava a non capire.

L'ufficiale medico doveva parlare soltanto tedesco, o essere molto seccato, perché indicò sbrigativamente prima la mummia, poi il tenente, e alla fine De Luca, con la mano aperta.

Il tenente annuí e si schiarí la voce. Anche se l'accento era quello dei film americani di prima della guerra parlava un italiano discreto, che si inceppava ogni tanto sui finali delle parole, e di cui si scusò subito, aveva vissuto a Verona, da studente, ma frequentando soltanto tedeschi non aveva imparato cosí bene. Poi guardò il capitano, che aveva tossito impaziente nel fazzoletto, e annuí di nuovo.

– È stato strangolato. I topi e i giorni in acqua hanno cancellato molti segni, ma il maggiore dottor Mayer dice che non ci sono tagli di corde ma punti di dita, quindi è stato strangolato cosí –. Si portò le mani al collo, sopra la piccola Croce di Ferro che gli usciva dal colletto. – Aveva l'osso… come si chiama quello dentro il collo… – *ioide*, pensò De Luca, che non lo disse ma annuí, e il tenente continuò, – molto rotto, che vuol dire mani molto forti. Il maggiore dottor Mayer è bravo, insegnava Medicina Legale all'Università di Leipzig, se lo dice è vero.

Sí, probabilmente il dottore non parlava italiano, perché si illuminò soltanto quando sentí nominare Lipsia, in tedesco, ma doveva anche essere seccato, perché tornò a rabbuiarsi un momento dopo. C'era uno straccio in mezzo alle gambe dell'uomo, appallottolato come un pugno. Il dottore lo indicò senza guardarlo e il tenente aggiunse un cenno del mento, rivolto a De Luca.

– Prego.

De Luca sollevò lo straccio. I topi avevano lavorato anche lí, ed era curioso quel disagio, tutto maschile, concentrato solo in quel punto anche di fronte a tanto scempio, ma De Luca aveva notato una cosa, un'ombra bluastra tra i peli di quel pene mangiucchiato, un alone, livido, appunto. Allungò un dito e lo toccò, strappando un grugnito di approvazione, brusco e sbrigativo, al maggiore dottor Mayer, medico legale.

– Come dite voi quando due… – il tenente annaspò con le mani, afferrando l'aria, e sferrò anche un pugno, – collo, cullo…

– Colluttazione, – disse De Luca, e pensò che era un peccato che il corpo fosse rimasto tanto tempo in acqua, altrimenti avrebbero potuto trovare sangue, capelli o frammenti di stoffa, anche sotto quelle unghie cosí corte.

– Posso guardare dietro al corpo? – chiese De Luca. – Però avrei bisogno di una mano. Basta sollevare un po' la schiena…

Il tenente tardò a muoversi, ma De Luca aveva già messo una mano sotto la nuca del morto ed era riuscito a sbirciare dietro. C'erano escoriazioni sulle spalle, non molto profonde ma visibili alla luce fredda della lampadina attaccata al soffitto della stanza. In quella grotta buia che era lo scantinato in cui avevano trovato il corpo era impossibile notarle.

– Colluttazione, – confermò De Luca. – Ha preso un colpo in mezzo alle gambe, direi una ginocchiata, vista la forma e la profondità dell'ematoma. Poi qualcuno lo ha strozzato mentre era a terra, sulla schiena. Vestito, naturalmente, altrimenti le escoriazioni sarebbero piú nette, è stato spogliato dopo. Immagino che chi l'ha ucciso non voleva si sapesse che era un tedesco.

– Quindi cerchiamo un uomo grosso, – disse il tenente, convinto, le consonanti sbagliate che non riuscivano a nascondere quell'eccitazione che De Luca credette di riconoscere, perché l'aveva avuta molte volte anche lui. – Con mani forti. In grado di *überwältigen*, come dite, *soprafare*, – con una *effe* sola, – un soldato tedesco, non è cosí?

De Luca non rispose. Di colpo gli tornò in mente tutta la stranezza, l'assurdità, proprio, di quella situazione. L'aveva dimenticata, si era staccato dal suo rifugio in fondo alla stanza, contro il muro freddo, e si era fatto prendere dalla febbre della curiosità, stordito da quell'indagine paradossale, un *polizei* italiano, e il tenente l'aveva fatto apposta a usare quell'espressione macaronica, un *polizei* italiano sul corpo di un tedesco ammazzato, nella ghiacciaia del Comando tedesco, tra ufficiali tedeschi. A fare ipotesi sull'uomo da cercare.

Ecco, quella cosa soprattutto.

La piú assurda.

– Ma perché, state davvero cercando qualcuno?

– Qui abbiamo finito, – disse il capitano delle SS, in un italiano perfetto, senza accento. – Usciamo.

– Di norma per un soldato tedesco ucciso avremmo già fucilato dieci ostaggi e io ero di questa idea. Ma la situazione è, diciamo cosí, un po' anomala.

Il capitano fumava tenendo la sigaretta tra il medio e l'anulare della mano aperta, coprendosi la faccia a ogni boccata. Ne aveva offerta una al tenente, che aveva rifiutato. Anche il dottore aveva rifiutato, ma aveva cambiato idea quando aveva visto che erano sigarette americane, di quelle intercettate nei lanci con il paracadute, ne aveva finita una in fretta e poi se ne era andato quasi senza salutare. De Luca non fumava, e comunque il capitano non gli aveva offerto niente.

Erano tutti e tre sotto il voltone che stava a lato della villa, il tenente a testa scoperta, con il berretto stretto contro il fianco, sotto il braccio, De Luca con le mani nelle tasche del soprabito, il cappello calcato sulla fronte come per nascondersi, e il capitano con un piede appoggiato al blocco di cemento di un cavallo di Frisia, messo lí a bloccare la strada.

Era un ometto piccolo e minuto, dalla carnagione scura come quella di un nordafricano, un ciuffo di capelli corvini che gli usciva dal berretto, tirato indietro sulla nuca. Se non fosse stato per le rune parallele sul bavero della giubba e per il teschio d'argento tra l'aquila e la visiera non sarebbe sembrato neanche un tedesco, e tantomeno una SS.

Tirò un'altra boccata dietro la mano aperta e soffiò il fumo nell'aria gelida del mattino. Poi si strinse nelle spalle, come seguendo un pensiero.

– E comunque, anche il *rottenführer* Weber è, diciamo cosí, un po' anomalo.

– Il *rottenfürer*?

– Voi dite caporale, – precisò il tenente. – Caporale delle SS Ernst Weber.

De Luca lo sapeva cos'era un *rottenführer*, ma si era abituato a pensare al tedesco morto come alla «mummia», sicuro che cosí nudo e sfigurato sarebbe stato impossibile dargli un nome, non cosí presto, almeno. Ma intanto il tenente aveva infilato una mano sotto la giubba e aveva tirato fuori una piccola tasca di pelle, una borsetta minuscola con una stella alpina stampata sopra e un laccetto spezzato, fissato a due buchi sugli angoli superiori.

– *Konvult*, – disse il tenente, facendo il gesto di metterselo al collo, – i soldati lo portano sotto la camicia, e anche io.

Si passò la punta di un dito dentro il colletto, come per mostrare il suo, ma il capitano gli prese di mano la borsetta con l'edelweiss e la consegnò a De Luca.

Dentro c'era una piastrina ovale, di zinco, segnata a metà da tre spaccature lineari. Sopra e sotto, simmetriche come davanti a uno specchio, una serie di lettere e di numeri che De Luca non riconosceva, ma immaginava significassero matricola, reparto e tutto il resto.

– L'abbiamo trovata vicino al corpo, – disse il tenente. – Il laccio deve essersi spezzato durante... come avete detto?

– Colluttazione, – ripeté De Luca, pensando che l'avrebbero trovata anche loro, la borsetta, lui e Santi, se non fosse arrivato il tedesco con la pistola in mano, a cacciarli via.

– Il *rottenführer* è stato un soldato esemplare fino a qualche settimana fa, – disse il capitano. – Non un guerriero, va bene, ma con uno stato di servizio impeccabile. Una vera SS. Poi, all'improvviso, ha forzato la porta del deposito, ha rubato tutto quello che ha potuto, ed è scomparso.

Il capitano agitò la sigaretta nell'aria, dissipandone il fumo. De Luca aveva contratto la fronte, come se non avesse capito, e il tenente si sentí in dovere di intervenire di nuovo.

– Non un deposito qualunque, non si è portato via scarpe o coperte, se è quello che pensate.

Non lo pensava, aveva in mente un'altra cosa, e restava serio, con quella in testa, cosí che il tenente continuò a spiegare.

– C'è una stanza speciale, nel deposito, dove teniamo gli oggetti preziosi confiscati per... come lo chiamate voi, *Prisenrecht*...

– Diritto di preda, – disse il capitano. De Luca aveva pensato *diritto di bottino*, come i pirati, e lo sapeva cos'era, lo facevano con gli animali e i macchinari delle fabbriche, ma anche con quello che trovavano nelle case, lo facevano anche quelli delle Brigate, anche la Questura, anche i suoi, nei posti in cui facevano irruzione, requisivano, confiscavano, un po' lo consegnavano al Comando e un po' se lo tenevano. Ma non era a quello che pensava. C'era una cosa che non riusciva a capire.

– Ecco, – disse il capitano, – il *rottenführer* Weber ha approfittato di un servizio di piantone per visitare le cassette personali dei suoi camerati, poi è andato nel deposito, ha rubato oggetti preziosi in attesa di essere trasferiti in Germania e anche un po' di soldi che stavano in cassaforte.

– L'orologio del maggiore, – disse il tenente.

– L'orologio del maggiore Keller che il Führer aveva regalato a suo padre per avergli salvato la vita durante la guerra in trincea, va bene, – sospirò il capitano. – Ha rubato tutto ed è sparito –. Di nuovo la sigaretta per aria, a dissolvere il fumo.

– Vogliamo sapere che cosa è successo, – disse il tenente con la voce che gli si accendeva dell'entusiasmo di prima. – Cosa lo ha spinto a tutto questo, dove sono finiti i preziosi e l'orologio, chi l'ha ucciso e perché.

– Non ho capito, – disse De Luca. Il capitano cominciò a scuotere la testa e De Luca lo ripeté. – Non ho capito. Volete che io indaghi su un soldato tedesco?

– Ma no! – disse il capitano. Gettò a terra la sigaretta e la schiacciò sotto la suola dello stivale. Poi prese la stella alpina dalle mani di De Luca e la aprí, la strappò, quasi. C'era un altro scomparto, sottile, e grattando con le unghie sfilò una piccola fotografia dai bordi dentellati.

Era una donna. Giovane, mora, con i capelli raccolti attorno alla testa in una crocchia, le guance paffute e un sorriso che le illuminava gli occhi. Portava quello che sembrava un vestito a fiori, perché l'inquadratura arrivava appena sotto al collo.

De Luca girò la fotografia. Impresso sul cartoncino c'era il timbro bluastro di uno studio fotografico. *F.lli Ferrano. Bologna.*

– Ora ho capito, – disse De Luca. – Volete che trovi la ragazza.

– Bravo.

Sí, pensò De Luca. Se la conservava cosí vuol dire che per lui era importante. E se era tanto importante forse sapeva qualcosa di piú sul *rottenführer* Ernst Weber, ladro, disertore ed SS esemplare.

– Una settimana, – disse il capitano. – Non un giorno di piú. Se siete cosí in gamba come dicono vi basterà. Quando avremo la certezza che il *rottenführer* Weber è solo un ladro vittima di un affare losco puniamo il suo assassino e finisce lí. Se no scegliamo dieci persone tra San Giovanni in Monte e le Caserme Rosse e le fuciliamo come rappresaglia per la morte di un soldato tedesco.

Il capitano tirò fuori un pacchetto di Lucky Strike dalla tasca della giubba e ci frugò dentro cercando un'altra sigaretta. Lo appallottolò, perché era vuoto, e si strinse nelle spalle.

– Io sarei di quell'idea, – disse, – ma Von Senger non vuole esasperare inutilmente la popolazione, e chi siamo noi per opporci ai desideri del Comandante Generale della piazza di Bologna? – Voleva essere sarcastico ma non c'era riuscito. – E poi al nostro *herzchen* piace giocare al poliziotto.

Aveva indicato il tenente, che arrossí di colpo fino alla punta dei capelli biondi da modello di «Signal», e restò cosí anche dopo che il capitano se ne fu andato.

– Farete rapporto a me, – disse. – Sapete, ero quasi un poliziotto, e avrei voluto esserlo, davvero, perché mi piace, mi sento, voi comprendete, lo so, ma la guerra… – Si rabbuiò e scosse la testa, come per scacciare qualcosa. – Comunque, con gli italiani avrete sicuramente piú possibilità di noi, e appena scoprite qualcosa chiedete di me, *leutnant*, voglio dire, tenente...

– Tenente Herzchen, – disse De Luca, ripetendoselo dentro un paio di volte, per memorizzarlo, ma il tenente era di nuovo arrossito, ancora piú violentemente.

– No. Manfred. Tenente Manfred, – disse, duro, e De Luca si affrettò ad annuire, perché pure cosí sempre amichevole, cosí sempre entusiasta e cosí eccitato dal fare il poliziotto dei romanzi gialli, il tenente Manfred faceva paura.

Cominciò a nevicare.

Era ancora poco piú che acqua increspata dal freddo, ma scendeva fitta e si infilava fastidiosa dentro il colletto del soprabito, moriva sulla tesa del cappello, inzuppandolo, e grattava la faccia.

De Luca voleva chiedere ai tedeschi di poter chiamare l'ufficio per farsi venire a prendere da Franchina, ma poi aveva visto la 1100 nera passare sotto la transenna alzata da una guardia, con i tre soldati dentro e senza il suo vicebrigadiere. Cosí lasciò perdere, alzò il colletto del soprabito, che era peggio, perché gli faceva da tettoia sulla nuca, infilò le mani in tasca e tirò dritto, a piedi.

Ma ne veniva giú troppa, e anche se aveva cominciato a pensare al *rottenfürer* Weber, alla donna della fotografia e a quella strana indagine commissionatagli dalle SS, non riusciva a concentrarsi. Via San Mamolo, a quell'altezza, era praticamente campagna e a parte i tedeschi della Kommandantur non passava nessuno, due camion pieni di soldati che lo costrinsero quasi a saltare nel fosso per evitare gli schizzi fangosi di nevischio ghiacciato, e una Kübelwagen con dentro un ufficiale, che non provò neanche a fermare.

Poi gli sfilò accanto un sidecar, quasi non se ne era accorto, distratto, adesso sí, a pensare alla donna della fotografia, conosceva lo studio che gliela aveva fatta da una precedente indagine a caccia di documenti falsi che gli aveva fatto censire praticamente tutti i fotografi di Bologna, e forse neanche l'avrebbe visto se non fosse che si era fermato in mezzo alla strada, con un accenno di giravolta.

Il tedesco sulla moto si tirò su gli occhialoni e De Luca riconobbe il graduato che l'aveva portato alla villa. Sempre senza dire niente il soldato accennò con la testa alla carrozzina vuota, un movimento breve, appena percettibile, che De Luca non si lasciò scappare. Saltò dentro, appallottolandosi contro il sedile, una mano sul cappello per non farselo volare via, e voleva dire *danke*, *dankeshön*, *grazie*, ma gli tremava il labbro di sotto per il freddo, e non riuscí a parlare.

Il tedesco l'avrebbe accompagnato fino all'ufficio, visto che arrivato sul viale stava per voltare a sinistra e Ingegneria non era molto distante, ma De Luca si fece lasciare giú subito, davanti a Porta San Mamolo, perché i Fratelli Ferrano avevano lo studio da fotografo poco piú avanti, da qualche parte in via Urbana.

Durante il tragitto aveva ricominciato a pensare al caporale Weber e alla sua ragazza, e nonostante il vento bagnato che gli tagliava la faccia questa volta ci si era perso. Ad aspettarlo in ufficio c'era sempre la caccia al Notaio, il suo lavoro da sbirro, ma forse avrebbe potuto concedersi ancora qualche ora da poliziotto. Oltre a salvare la vita a dieci poveracci scelti a caso per finire contro un muro del poligono di tiro di via Agucchi. E lo pensò con un brivido, e un po' di vergogna, perché non era stato il primo motivo che gli era venuto in mente.

I due cristoni della Feldgendarmerie di guardia alla Sperrzone lo avevano visto scendere da un sidecar militare tedesco e non gli chiesero i documenti, non lo guardarono neppure mentre passava sotto l'arco della Porta, infilandosi tra un cavallo intirizzito attaccato a un carretto pieno di letame e il cassone di un triciclo carico di materassi arrotolati.

Dentro le mura Bologna era un suk, una casbah fradicia e fredda di neve sporca, piena di gente anche in strada, perché con il gas limitato all'ora di pranzo, il carbone razionato e la legna introvabile, di giorno si stava quasi meglio fuori, sotto i portici, che negli appartamenti di fortuna degli sfollati.

E poi i bambini, infagottati nei cappotti di stoffa riciclata, strangolati dalle sciarpe ruvide di lanital, arroccati dietro castelli di macerie a tirarsi la neve bagnata con le mani arrossate dai geloni, anche se faceva male.

Le donne che setacciavano la città a caccia di qualcosa da mettere in tavola la sera, cercando uomini dall'aspetto distinto, il cappello calcato sulla fronte e la borsa di pelle, nera, da dottore, gonfia di olio a 400 lire al litro e burro a 500 al chilo, anche se era proibito. Uomini che riempivano carriole con i mattoni delle case sventrate dai bombardamenti per riparare altri buchi in altre case, anche se non si poteva, e altri che spingevano a mano carretti pieni di sedie, testate di letti e comodini, per occuparne altre ancora, anche se non si doveva.

Contadini con i carri ricolmi di paglia per le mucche infilate a forza nelle cantine trasformate in stalle, qualche operaio in tuta e bicicletta, le mani rattrappite sui freni a bacchetta, gli addetti del Comune su un furgoncino col bombolone del gasogeno a portare le coperte al Centro Assistenza Profughi n. 4 di via Urbana. Gruppetti di uomini e ragazzi di varie età, mezzi nascosti dietro le colonne sotto il portico del vecchio Ospedale dei Bastardini, a riscaldarsi marciando sul posto come i soldati che erano stati, la sigaretta sempre piú corta da passarsi in cerchio, pronti a sparire veloci al primo accenno di uniforme perché tutti disoccupati, tutti buoni per le retate del lavoro coatto, anche se il giornale diceva che le fabbriche, pure quelle saccheggiate e chiuse dai tedeschi, erano tutte aperte e il lavoro *coatto*, in Germania o al fronte, era *volontario*.

Alle 17.10, al primo calare del sole, il coprifuoco avrebbe trasformato il suk dentro le mura di Bologna in una città fantasma, accecata dall'oscuramento e muta, a parte gli scarponi delle pattuglie o quelli dei partigiani. Ma fino a quel momento, quella casbah fradicia e sporca, che scoppiava di voci rombando sorda come un treno in una galleria, brulicava di gente che cercava qualcosa, la neve, il burro, una sigaretta, un attimo in piú per superare quello che per tutti, dall'inizio della guerra, forse da sempre, era l'inverno piú ruvido e freddo.

L'inverno piú nero.

Stava su via Urbana, piú o meno a metà. Se lo ricordava, lo studio dei Fratelli Ferrano, una bella vetrina con immagini di ragazze vestite da sposa o pettinate da attrici del cinema, a sorridere sopra una spalla. Ed era lí, infatti, al numero 12, con sopra l'insegna a caratteri cubitali, FOTOGRAFIA, grande come un architrave.

Solo che non c'era piú. La bomba doveva essere caduta in mezzo alla strada, lasciando un cratere riempito di terra battuta che infatti scricchiolava sotto le suole di De Luca. Le schegge avevano spazzato le case da una parte e dall'altra, e la facciata al numero 12 sembrava una bocca spalancata, sfondata fino al muro, in fondo, dove c'era un buco rotondo da cui si vedeva la strada dietro come attraverso un obbiettivo.

De Luca restò a lungo immobile a guardare quella devastazione, assurdamente concentrato su quel foro quasi dovesse farla davvero, una fotografia. Sotto il portico alle sue spalle c'era un vecchietto seduto su uno sgabello che suonava un valzer con una fisarmonica che aveva un paio di tasti rotti, e per quanto si sforzasse, perché si capiva che era bravo, gli usciva comunque zoppo, e un po' stonato. Sarebbe stato irritante, ma De Luca era cosí sconfortato che praticamente non lo sentiva, e la gente in strada doveva esserci abituata.

– Siete qui per il fotografo?

C'era un uomo che si sporgeva da una finestra della casa accanto, cercando di aggiustarne quello che restava con un sacco di juta. Gli indicò una fila di persone che stavano schiacciate contro il muro della caserma Cialdini, poco piú avanti, impegnate a ripararsi non tanto dalla neve, che aveva quasi smesso di cadere, quanto dallo sgocciolare freddo dei panni stesi alle finestre del centro profughi. L'uomo agitò le braccia per farsi notare da qualcuno, inutilmente, poi infilò due dita in bocca e lanciò un fischio cosí acuto che per un momento il vecchietto con la fisarmonica smise di suonare. Ma ricominciò subito con un altro valzer, zoppo e malato come quello di prima.

Si erano girati tutti e poi erano tornati a premere l'uno sull'altro per infilarsi in una delle porte della caserma da cui era uscito un uomo con un grembiule e una fascia dell'Ente Comunale Assistenza al braccio, ad agitare un mestolo, gridando che stessero calmi, che ce n'era abbastanza. Uno, però, si era staccato dalla fila ed era arrivato di corsa, saltellando su una gamba rigida. Era un omone grosso, con un basco calcato dritto sulla testa.

– Avete bisogno di una fotografia? – ansimò. – Perché lo studio è andato, ma un po' di attrezzatura l'ho salvata e se vi serve…

– Mi interessa di piú il vostro archivio. Cerco una persona.

De Luca tirò fuori la fotografia della ragazza e anche il suo tesserino da sbirro, che teneva insieme in una tasca del soprabito, ma l'uomo non li guardò neppure. Lanciò un'occhiata alla fila davanti alla caserma, stringendo le labbra in una smorfia.

– Ecco, mi avete fatto perdere il posto per niente. Adesso finiranno tutta la minestra.

De Luca scosse la testa e mise di nuovo una mano in tasca. Quando la estrasse aveva una banconota da dieci lire stretta per il lungo tra due dita, e questa volta l'uomo la guardò. Si passò la lingua sulle labbra e allungò una mano per prenderla, ma De Luca tirò indietro la sua.

– Siete uno dei fratelli Ferrano?

– Rodolfo. Armando è disperso in Russia. Io ho già dato in Africa, nel '36.

Si batté le nocche su una coscia, che risuonò secca sotto la stoffa dei calzoni, come avesse bussato a una porta. De Luca si accorse che il vecchietto aveva smesso di suonare i suoi valzer e adesso faceva marciare veloce le dita sui tasti sani al ritmo frizzante di *Faccetta nera.* Sorrise della coincidenza, perché la canzone era già quasi alla fine quando Rodolfo Ferrano aveva citato la Guerra d'Africa, e se non fosse stato per quello, probabilmente, neanche se ne sarebbe accorto.

– Avete salvato anche un po' di archivio, oltre l'attrezzatura?

– A dire il vero non ne abbiamo mai avuto uno, però… – Ferrano accennò col mento alla fotografia che De Luca teneva in mano, sopra al tesserino.

– Però siete in grado di ricordare i vostri clienti.

– Dipende. Avevo solo due lire per una minestra dell'Eca, ma me la sono persa, e per la mensa popolare ce ne vogliono quindici. Senza mangiare la memoria non funziona.

– Questa ve la ricordereste?

Ferrano socchiuse gli occhi, poi prese la fotografia per guardarla piú da vicino. La girò e lanciò un'occhiata al timbro sul retro, ma si capiva che era inutile. Si strinse nelle spalle, ed era un gesto inutile anche quello, giusto per guadagnare tempo finché De Luca rimetteva la mano in tasca e la tirava fuori con un'altra banconota grigia stretta tra le dita assieme all'altra. L'uomo fece per prenderle, poi sospirò, perché De Luca aveva di nuovo tirato indietro il polso.

– È la Sandrina. Me la ricordo perché ha pagato in natura... oddio, non in quel senso, mi ha lavato i panni per un mese, fa la lavanderina.

– Sandrina sta per Alessandra? Alessandra come?

– Boh... Sandra. La Sandrina.

– E dove abita?

– Eh... mi ha detto che era sfollata, da qualche parte.

Rodolfo Ferrano allargò le braccia, e poi ancora di piú perché De Luca si era rimesso in tasca la mano con i soldi.

– Cosa vi devo dire? La Sandrina ha due figli piccoli, – si batté sopra il ginocchio con il taglio della mano, – e uno piú grande che l'aiutava a portare i panni, – un colpo all'altezza dell'anca. Poi uno sulla fronte, perché si era ricordato di qualcosa. – Va a lavare alla Grada. Lo so perché per convincermi mi ha detto che laggiú l'acqua è piú pulita perché è appena entrata in città.

De Luca annuí, corrugando la fronte. Tirò fuori le banconote ma le tenne giú, lungo la gamba. Accennò col mento alla fotografia che Rodolfo aveva in mano.

– Quanto è recente?

– Di ora. L'ha fatta quest'estate. Ah, ecco! Era per il marito che sta in Germania! Questo è importante, no?

– Un lavoratore?

– No, prigioniero. Era militare. Questo è importante, no?

De Luca alzò la mano e lasciò che l'uomo gli sfilasse i soldi dalle dita mentre pensava che no, non era cosí importante. Dopo l'armistizio dell'8 settembre praticamente tutto l'esercito italiano era finito nei campi di concentramento tedeschi, per trovare la Sandrina era piú utile sapere che lavava al canale di via Della Grada, dove avrebbe potuto incontrarla o anche solo mostrare la sua foto alle colleghe. No, non era cosí importante, era strano. Come c'era finita nel *konvult* del *rottenführer* Weber la fotografia per il marito prigioniero in Germania?

Si spostò sotto il portico perché la neve aveva ricominciato a cadere piú fitta, acquosa e sottile, e piú fastidiosa. Aveva ancora in mano la fotografia e il tesserino e mentre li metteva a posto nella tasca interna del soprabito la copertina verdastra del documento, soprattutto il fascio stampato in rilievo che gli strisciò ruvido sotto la pelle del pollice, gli fece venire in mente una cosa, gliela fece notare, all'improvviso.

Il vecchietto con la fisarmonica non c'era piú, e neanche lo sgabello.

Il brivido che gli attraversò la schiena lo fece sorridere, perché non era mai stato paranoico, un po' piú attento negli ultimi tempi, forse, e giustamente, però si era ricordato che quella era una zona particolare, avrebbe dovuto già saperlo, ma si era lasciato distrarre dalla sua indagine sulla fotografia, e poi, appunto, non era mai stato cosí paranoico, però da quelle parti avevano segnalato covi di partigiani, Brigata «Irma Bandiera», dalle parti di via Del Riccio, dicevano. E il vecchietto con la fisarmonica aveva cominciato a suonare *Faccetta nera* proprio quando lui aveva tirato fuori il suo tesserino da sbirro.

Si piantò le mani in tasca e cominciò a camminare, in fretta, la testa incassata tra le spalle da una vera e propria sensazione di paura, paranoica, forse, ma pesante e solida.

Magari il vecchietto se ne era andato perché aveva freddo. Magari si era stancato di suonare. Magari *Faccetta nera* era soltanto un omaggio, appunto, per il fascio sul suo tesserino. Magari, magari. Magari no, era un modo per segnalare la sua presenza. Un allarme.

Su via D'Azeglio passava ancora il tram. C'erano alcune persone che aspettavano sotto il cartello di fermata a richiesta appeso a un cavo sulla facciata di un palazzo. De Luca ci si infilò in mezzo, la mano in tasca stretta sulla pistola, a guardarsi intorno, e quando arrivò la vettura saltò sul predellino, spingendosi dentro a fatica, perché era pieno.

C'era un odore forte e umido di fiato e stoffa bagnata che faceva quasi girare la testa, ma De Luca neanche lo percepiva, impegnato a guardare la strada che si allontanava sempre di piú oltre il finestrino posteriore, un braccio stretto attorno a un sostegno come volesse strangolarlo, perché i binari erano deformati, e il tram sobbalzava parecchio.

Cominciò a sudare, un po' per i vapori del sovraffollamento e un po' perché iniziava a rilassarsi. Sorrise anche, pensando che per quel giorno, di brutte emozioni, ne aveva avuto abbastanza, prima i tedeschi e poi i partigiani, e fu in quel momento che lo sentí.

– Comandante De Luca.

Un sussurro, alle sue spalle.

Di colpo gli tornò tutta la paura, pesante come un macigno che gli schiacciava la testa. Il sudore gli si ghiacciò sul volto, freddo come la neve gelata di fuori, quasi qualcuno, un vampiro, gli avesse risucchiato indietro il sangue dalla nuca, lasciandogli le labbra esangui. Strinse la pistola cosí forte che se non avesse avuto la sicura si sarebbe sparato un colpo in tasca.

– Comandante De Luca?

Teneva la testa leggermente inclinata di lato, con lo sguardo basso, e per questo la vide subito anche se era cosí discreta, quella scarpa appena piú indietro, la punta grigia e la tomaia nera, misurata ed elegante. Ma fu soprattutto il tono interrogativo che avvolgeva il suo nome, esitante, incerto, a strapparlo da quella paralisi di ghiaccio. Chi sta per ammazzare non chiede il permesso.

De Luca si voltò di scatto e l'uomo alle sue spalle fece un passo indietro, per quanto poté, nella calca. Era il collega con le scarpe bicolori e indossava lo stesso cappotto grigio con cui lo aveva visto in via Ca' Selvatica.

– Il commissario Petronio?

L'uomo sorrise. – Vicecommissario aggiunto. E ha sbagliato scrittore, mi chiamo Petrarca.

Che imbecille, pensò De Luca, e se glielo avessero chiesto non avrebbe saputo dire se si riferiva piú a sé stesso o a quello stupido di Santi. L'uomo fraintese lo sguardo perplesso di De Luca e infilò una mano dentro al cappotto per tirare fuori il tesserino. De Luca lo fermò con un cenno.

– Cosa volete da me?

– Parlarvi. Ho telefonato anche in ufficio, questa mattina, ma non c'eravate.

– Come avete fatto a trovarmi qui?

– Accidentalmente. Vi ho visto passare, poco fa, e vi ho seguito.

Aveva un bel volto aperto e simpatico, il vicecommissario Petrarca, i capelli ricci tagliati corti, sfumati sulle tempie, perfettamente rasato. Piú giovane di quanto apparisse, sicuramente, perché aveva una di quelle facce che prima sembrano piú vecchie e poi il contrario, perché restano sempre uguali. Sfoderava un sorriso largo e diritto che piú che ispirare fiducia sembrava volerla chiedere.

– Accidentalmente, – disse De Luca.

– Sí, accidentalmente.

– E di cosa volevate parlarmi?

– Del caso Brullo.

– Brillantemente risolto dal collega Santi. Caso chiuso, assassino arrestato. Non è cosí?

Se avesse soltanto mantenuto il sorriso forse sarebbe stato meno convincente, ma sul volto di Petrarca passò un'ombra piú seria, e anche piú appassionata, che incuriosí De Luca. Il vicecommissario fece *no*, con la testa, e poi lo ripeté a voce.

– No.

De Luca sospirò e chiuse anche gli occhi, aggrappato al palo sottile che scendeva dal tettuccio del tram. A sentir parlare di cose di polizia la gente si era fatta piú in là possibile, lasciandogli spazio.

– Ho già ricevuto due richieste di attenzione a casi diversi, una addirittura dai tedeschi. Perché pensate che ascolterò anche la vostra?

– Perché nonostante chiusura indagini e arresto vi posso assicurare che il caso Brullo non è affatto risolto. E se quello che mi dicono di voi è vero, non siete il tipo da lasciare insoluto un delitto come questo.

Aveva ragione. Ma ci provò lo stesso.

– E su cosa basate la vostra certezza? Su una brillante intuizione?

– No. Ho un testimone.

– Un testimone. E cosa avrebbe visto il vostro testimone?

– Una donna che scappava.

– Una donna. Che scappava. Magari aveva fatto tardi al coprifuoco.

Petrarca si strinse nelle spalle.

– Può darsi. Però aveva in mano una pistola.

Sí, aveva ragione. In un attimo, senza che potesse farci niente, la mente di De Luca cominciò a viaggiare, uscí dal tram e con un volo d'uccello nel freddo limpido e pulito arrivò fino al voltone che copriva quel corpo a testa in giú sui gradini, avvitato su sé stesso, con un buco in un occhio. La voce di Petrarca lo riportò dentro al vapore acido di fiati e di sudore del tram.

– Vi pregherei di decidere in fretta, comandante. Stiamo andando nella direzione opposta e poi dobbiamo farcela tutta a piedi. E adesso sta nevicando sul serio.

Ma quando furono a metà di via Nosadella, quasi all'altezza dell'abitazione del testimone indicato da Petrarca, De Luca si fermò di colpo in mezzo alla strada, nonostante le falde larghe e farinose che gli scendevano fitte sul cappello, e anzi, sollevò anche il volto verso l'alto, gli occhi stretti e la neve sulle labbra.

Il vicecommissario si era rivelato un chiacchierone, e da quando erano scesi dal tram e si erano infilati tra la gente sotto i portici non aveva mai smesso di parlare. Con la sua voce bassa e un po' roca, che rallentava ogni tanto appena strascicata da un accenno di accento romano, gli aveva raccontato del testimone, Fausto, si chiamava, un brav'uomo, lavorava alla Protezione Antiaerea, custode in un rifugio, e prima di entrare all'Unpa era guardia scelta di PS, un tipo attendibile, insomma, uscito dalla polizia perché ferito in Grecia, mica per altro, un brav'uomo, insomma, attendibile, appunto, che mentre passava davanti alla finestra per andare al gabinetto aveva guardato giú e aveva visto questa donna con una pistola in mano che correva sotto al portico, lungo il muro, furtiva, come volesse nascondersi, e fu a quel punto del racconto che De Luca si fermò di colpo in mezzo alla strada, sotto la neve.

C'era un uomo che vendeva castagne arrostite in una padella forata sul fondo di un bidone trasformato in braciere, circondato da bambini che lo fissavano con la bocca aperta e gli occhi spalancati. Ostruivano il porticato, De Luca era uscito fuori per aggirarli e da lí aveva notato una cosa.

– Chi volete prendere in giro? – disse forte, tra i denti. Petrarca si fermò e uscí fuori anche lui.

– Prego?

– Quale finestra? – ringhiò De Luca. Alzò un braccio e fece spaziare la mano sulle facciate delle case, da una parte e dall'altra della strada, alle finestre che si aprivano sopra le arcate delle gallerie, al primo piano. Un ragazzo con un triciclo da trasporto scartò per evitarlo, e poi restò a lungo voltato all'indietro, mentre pedalava, per guardare dove stava indicando.

– Quale finestra, Petrarca? Quelle? Queste? Sono troppo alte! Da quell'angolazione non si vede sotto i portici!

Il vicecommissario allargò le braccia. – Magari mi sbaglio… ricordo male… Faustino avrà detto un'altra cosa che io adesso… – Ma non aveva neppure alzato la testa verso le finestre e quando disse *andiamoglielo a chiedere* De Luca infilò la mano in tasca e tirò fuori la pistola. Non la puntò perché la paura, anche se era tornata tutta, adesso era lenta e pesante come quella neve che gli cadeva addosso e lo schiacciava con un senso di stanchezza che quasi gli impediva di alzare il braccio. Ma pure cosí giú, lungo il soprabito, la gente che l'aveva vista si era allontanata in fretta, anche l'uomo delle castagne, tutti, tranne i bambini, che erano rimasti a cercare di prendere con le dita le caldarroste cadute tra i carboni.

– È una trappola? – sussurrò De Luca. – Petrarca, è una trappola per me? – E sembrava un lamento.

Petrarca distese le labbra in quel suo sorriso che chiedeva fiducia, ma era solo un accenno e lasciò perdere subito. Lasciò cadere le spalle, come fosse sfinito anche lui da qualcosa di enorme che ci pesava sopra, e scosse la testa. Cosí serio sembrava piú vecchio.

– Avete ragione, – disse. – Intendo sul testimone, non sulla trappola. Fausto non ha visto niente, ma vi avrebbe raccontato delle cose vere che mi sono state riferite e che io ho insegnato a lui. Se ancora volete, e vi prego di sí, vi porto dal vero testimone.

De Luca non disse nulla. In cima alla strada stava passando una pattuglia della Gnr che cantava *le donne non ci vogliono piú bene perché portiamo la camicia nera.* Rimise in tasca la pistola.

– Mi state chiedendo un grande atto di fiducia, commissario, – disse De Luca.

– Anche voi a me, comandante, – disse Petrarca, e soffiò tra le labbra un lungo sospiro spossato, che diventò un pennacchio denso e candido, tra i fiocchi di neve.

Capí che Petrarca aveva detto la verità quando vide il buco che si apriva nell'intonaco giallo, piccolo come una virgola, ma nero e profondo. In basso, all'altezza di mezzo metro, c'era una serie di finestre da cantina, strette e rettangolari, ma in fondo, dove ce ne sarebbe stata un'altra ancora, c'era soltanto il muro, intonacato e dipinto. Con quel foro. Sopra, ad altezza d'occhi, c'era un manifesto, un aereo con i fasci della Repubblica sotto l'ala, le rovine del Palazzo dell'Archiginnasio e la scritta LE NOSTRE ALI

CI DIFENDERANNO, azzurro e ocra, e gli occhi di tutti, infatti, finivano subito lí. Non quelli di De Luca, che come prima cosa, invece, aveva notato il buco.

Petrarca lo vide e si strinse nelle spalle, allargando le braccia. Erano tornati in via Ca' Selvatica, ma lontano dal voltone dell'omicidio, quasi alla fine della strada. Aveva anche smesso di nevicare, ma era peggio, perché era sceso un gelo da far battere i denti, accentuato dal sole che se ne stava andando. Cominciava a farsi tardi, ancora due o tre ore prima del coprifuoco.

Petrarca entrò in un androne, arrivò in fondo e aprí una porta di legno chiusa da un chiavistello, poi fece una smorfia, investito da un puzzo intenso di sterco di mucca. C'era una scala che portava alle cantine, giú nel buio. Petrarca infilò dentro la testa, staccò dal muro una piccola lanterna a dinamo attaccata a un chiodo, girò la levetta per ricaricarla e scese, seguito da De Luca, attento a non scivolare sui gradini appena illuminati da quella lucina giallastra.

Le cantine si aprivano lungo un corridoio, una stanza per ogni finestrella sulla strada, con alle pareti gli anelli a cui dovevano essere state legate le vacche, anche se adesso era tutto vuoto, a parte i resti di paglia, letame e merda sul pavimento di terra battuta. In fondo al corridoio c'era un muro, ma quando Petrarca caricò di nuovo la dinamo e la luce della lanterna ci ballò sopra piú vivida De Luca vide subito che era diverso. Intonacato, a differenza dei mattoni a vista delle cantine. E a mano a mano che si avvicinavano, liscio e leggero. Cartongesso.

Come aveva immaginato qualcuno aveva murato l'ultima cantina in modo da farla sparire e trasformarla in un nascondiglio. E infatti, dietro un pezzo di stoffa appeso alla parete, cosí vecchio e pesante che nessuno avrebbe mai pensato di portarselo via, c'era una piccola porta. Abbastanza prevedibile, pensò De Luca, rispetto a tutto quel lavoro fatto.

Petrarca bussò alla porta, tre volte, poi la aprí, fece cenno a De Luca di aspettare e passò oltre.

De Luca aspettò, e per sicurezza tirò fuori la pistola, ancora una volta, che rimise in tasca appena Petrarca si affacciò alla porticina per fargli cenno di entrare, ma gliela indicò, scuotendo la testa.

Era una cantina, e restava tale anche con la brandina militare, la sedia, il tavolino e la valigia. Aveva comunque il pavimento in terra battuta, il soffitto basso e piatto, e chiazze di umidità che infarinavano i mattoni a vista. Solo l'odore era un po' diverso, con il sentore di letame che arrivava lo stesso, ma si fondeva subito con quello piú intenso di fumo e cenere di sigaretta.

L'uomo seduto sul letto ne teneva una tra le dita. Stretto dentro un cappotto spinato, con una sciarpa avvolta sulla testa come un alpino in Russia e anche guanti di lana tagliati sulle punte, aveva labbra cianotiche, non tanto per quel freddo sotterraneo quanto per la fiamma di una lucerna a petrolio che brillava dietro i vetri dipinti di blu, assurdamente, perché l'unica finestra era quella murata dall'esterno, e non bastava quella virgola di buco che la forava a violare l'oscuramento. Gli tremavano, anche, e pure per quello si capiva che non c'entrava soltanto il freddo. Guardava De Luca con gli occhi spalancati sotto le sopracciglia dritte, folte e nere, che sembravano tirate col carboncino.

Petrarca spostò i pacchetti di sigarette pieni e vuoti che stavano sparsi sulla brandina, si sedette vicino a lui e gli mise una mano sul braccio, per calmarlo.

– Tranquillo, Gianfranco, – sussurrò, – tranquillo. Il commissario, – e scandí la parola, lenta, – è un amico, te l'ho detto.

Sulla sedia accanto al letto non c'era niente. De Luca la prese per lo schienale e la girò, inforcandola come un cavallo.

– Il dottor Petrarca mi ha detto che eravate qui, qualche sera fa.

All'uomo sfuggí un sorriso. – Qualche sera fa? – disse. – Qualche sera fa? – E gli scappò anche una risata, troppo acuta per essere davvero divertita, ma qualcosa di simile. – Sono qui dentro da quanto? – Girò la testa verso il muro sopra la branda, graffiato da una fila di trattini corti e dritti come le astine di prima elementare, che però si interrompeva subito, e allora si voltò verso Petrarca. – Cos'era, Luigi... agosto, settembre?

– Metà settembre, – disse Petrarca.

Il sorriso dell'uomo si increspò sulle labbra che avevano ricominciato a tremare. – Metà settembre, – mormorò, – ecco, sí. Sono qui da, – contò sulle dita, sussurrando i numeri, – quattro mesi, quasi, tutti i giorni, giorno e notte, tutti, sempre qui. Non ho un calendario e neanche un orologio, ma sí, c'ero anche qualche sera fa, sí.

– E perché siete qui? – chiese De Luca, poi alzò una mano per fermare Petrarca che stava per intervenire. – Per favore, collega, – e anche lui scandí la parola, – sto solo verificando l'attendibilità del testimone. Mi avete già fregato una volta.

– È giusto, – disse l'uomo sulla branda. Aveva soffiato fuori una boccata di fumo e sembrava piú tranquillo, ma anche se le labbra erano piú ferme muoveva troppo le mani. – Lo capisco. Sono... cioè, ero un avvocato. Penalista. E anche bravo. *L'attendibilità del testimone*, l'ho detto tante volte anch'io. Benissimo allora. Sono qui in quanto appartenente a nazionalità nemica.

– Oddio, Gianfranco, – disse Petrarca, esasperato, – anche tu adesso, ma dài...

De Luca alzò di nuovo la mano e fece cenno all'uomo di continuare. Lo conosceva l'articolo 7 del Manifesto di Verona, *gli appartenenti alla razza ebraica sono stranieri, durante questa guerra appartengono a nazionalità nemica*, e anche tutte le circolari del Capo della Polizia, del Prefetto e dei tedeschi. Lo aveva capito che quello era un ebreo nascosto e non gli importava né della cautela di Petrarca né dell'ironia rabbiosa dell'uomo, gli interessava soltanto che continuasse a parlare, anche sfogandosi, se gli serviva.

– Credevo che mi lasciassero stare, – stava dicendo l'uomo sulla branda, – perché va bene che mi chiamo Finzi, Gianfranco, fu Finzi Aronne e Matera Rebecca, ma ho sposato un'ariana, Giovanna, cattolica, abbiamo due figli, Antonio e Valeria, tutti battezzati, mi sono fatto battezzare anch'io che, per carità, il nome di Dio solo per bestemmiare, come mio padre, mai stato religioso di niente, lui, ateo materialista, diceva, e io pure.

Sillabò una bestemmia sulle labbra mute e poi rise, con quella risata un po' troppo acuta. Aveva quasi finito la sua sigaretta, ne accese un'altra con il mozzicone della prima e tirò un paio di boccate profonde con quella, per poi passare all'altra. E intanto parlava.

– Ho anche provato ad arianizzarmi di piú, eh, siamo andati al Tribunale della Razza con mia mamma a dire che papà non era il mio vero padre, che mi aveva avuto da un corno con un ariano, papà non c'era piú, se no non so, e anche mamma è mancata poco dopo, ma il giudice voleva troppi soldi e cosí non ce l'abbiamo fatta –. Deglutí, con gli occhi che gli erano diventati lucidi, e si attaccò alla sigaretta, ma riprese subito, col fumo che gli usciva tra le labbra bluastre.

– Però credevo bastasse, e infatti i miei li ho mandati fuori solo per via dei bombardamenti, mica per altro, eh, era ancora prima che facessero la Sperrzone che comunque ci si sta male e qualche bomba ci casca lo stesso, anche se col senno di poi, che fortuna che sono partiti, se no anche loro, ora, non ci posso neanche pensare –. Il luccicare tra le palpebre era diventato una lacrima, una sola, che gli scendeva su una guancia, lunghissima, mentre parlava.

– Io però sono rimasto a Bologna, avevo un lavoro, mica da avvocato, eh, consulente legale, cioè una specie, senza metterci la firma, ma lavoravo, lavoravo tanto, l'ho detto che ero bravo, cosí son rimasto. Insomma, tecnicamente ero un *Mischling*, come dicono i tedeschi, un mezzo ebreo, no? Com'è il termine esatto, no *arianizzato*, com'era...

– Discriminato, – dissero De Luca e Petrarca, insieme.

– Ecco, sí, discriminato. Uno da tenere sotto sorveglianza, va bene, e infatti una volta che mi hanno fermato i tedeschi mi hanno anche rilasciato e mandato a casa, guarda un po'. Poi, però, è cambiato tutto, e sono venuti a prendere anche noi, anche i discriminati, gli arianizzati, i misti.

A De Luca venne in mente Rassetto, davanti alla scrivania, con la lettera dell'Ufficio Ebrei delle SS in mano, che leggeva esasperando l'accento tedesco del maggiore Fehmers, *chiedo che gli ebrei arrestati in ottemperanza a queste disposizioni mi siano consegnati il primo e il quindici di ogni mese*, e rideva. «I tedeschi non trovano abbastanza giudei perché o sono già scappati o i buononi bolognesi li nascondono. Ma io me ne frego, perché noi non diamo la caccia ai ratti, noi cerchiamo i traditori». E aveva appallottolato il foglio per gettarlo nel cestino.

L'uomo intanto era già passato alla terza sigaretta. E continuava a parlare, la lacrima lunga che gli era arrivata fino al bordo della mascella, e lí rimaneva, sospesa.

– Mi hanno mandato a Fossoli e anche lí pensavo un po' di avercela fatta, perché dal campo di concentramento spedivano via soltanto gli ebrei puri, e a ogni chiamata noi misti ci lasciavano lí, e io pensavo dài va là, ogni giorno che passa, dài va là, ma poi cambia tutto di nuovo, e un giorno ci caricano su un camion anche noi, dicono che andiamo alla stazione di Verona, dicono che da lí ci portano in un campo in Polonia dove dicono che ci ammazzano tutti, ma sulla strada troviamo Pippo che ci mitraglia, saltiamo giú e nella confusione mi metto a correre per un campo e scappo, corro come un matto, sempre, mi sembra che non ho mai smesso, mai, – e intanto muoveva le gambe, alzando le ginocchia per far schioccare i tacchi sulla terra battuta, – finché non sono arrivato a Bologna e ho incontrato quegli amici di Luigi che fanno...

– Basta cosí, – disse Petrarca, deciso, e lanciò anche un'occhiata a De Luca, che però sembrava non aver colto nulla. – Veniamo al dunque. Racconta al commissario cos'hai visto quella sera.

L'uomo sulla branda si grattò via la lacrima con la punta di un dito e si asciugò la guancia col dorso di una mano. Si distese sul letto senza curarsi di schiacciare i pacchetti di sigarette e mise un braccio sugli occhi.

– Ero qui che cercavo di dormire, cosí, quando ho sentito dei colpi, là fuori, – stese il braccio verso la parete di cartongesso, – e allora mi sono alzato e sono andato a vedere.

Lo fece, anche, si tirò su, un po' a fatica, e andò a mettere l'occhio sul buco nel muro.

– Ricordate che ora fosse? – chiese De Luca, poi scosse la testa perché l'uomo si era voltato con lo stesso sorriso di prima e sembrava pronto a lasciarsi scappare un'altra risata troppo acuta. – Non importa, è una domanda stupida. Quanti colpi erano, lo ricordate?

– Tre. Prima due, poi, dopo un po', l'altro.

Bene, pensò De Luca. L'uomo rimise l'occhio sul foro.

– Non è che si veda molto, giusto un po' di qua e un po' di là, – inclinò la testa da una parte e dall'altra, schiacciando le guance contro il muro, – ma ho sentito dei passi e ho visto una donna che correva dall'altra parte della strada.

– Digli della... – iniziò Petrarca, ma De Luca lo fermò con un gesto.

– Com'era questa donna?

– Normale, giovane, credo, forse bella, non so.

– Cappotto?

– Sí, nero, lungo.

– Cappello?

– Non saprei. La figura non si vede tutta, se guardate taglia i piedi e mezza testa, bisognerebbe fare cosí, – piegò il collo per inclinare lo sguardo verso l'alto, – ma io non l'ho fatto.

– Cosí non le avete visto il volto.

– Solo un po'.

– E sapreste riconoscerla?

– Chissà.

De Luca sospirò e guardò Petrarca, che si strinse nelle spalle.

– Va bene. Cappotto nero, lungo. Nient'altro?

– Be', sí, certo... la pistola.

L'uomo alzò una mano, l'indice e il medio sovrapposti e il pollice ad angolo retto. De Luca guardò ancora Petrarca, che adesso sorrideva.

– Che tipo di pistola?

– Una di quelle col tamburo. Scusatemi, ma io da un po' con le parole...

– Una rivoltella.

– Ecco sí. Ho avuto una cliente che ci ha ammazzato il marito con una pistola come quella. Una rivoltella. Piccola. Nera.

– Brunita. E come la teneva?

– In pugno, giú, mentre correva.

Lo fece vedere, stese il braccio lungo il fianco e saltellò sul posto. De Luca notò una cosa.

– Perché usate il braccio sinistro?

– Perché la teneva con la sinistra –. Aprí le dita e le batté sul fianco, saltellando, finché De Luca non si alzò a fermarlo. La sua mente aveva ricominciato a volare come un uccello, ma era troppo presto, doveva controllarsi e Finzi Gianfranco lo distraeva. Aveva allungato una mano per mettergliela su una spalla, ma Petrarca lo precedette, e De Luca si fermò.

– Va bene. Correva, con la rivoltella impugnata nella mano sinistra. E in che direzione andava?

L'uomo tagliò l'aria davanti al foro con un gesto netto del braccio teso, da sinistra a destra.

Bene, pensò De Luca, di nuovo. Verso vicolo della Neve, da dove il tenente cieco l'aveva sentita arrivare. Corrispondeva tutto. Si avvicinò alla finestra murata e spostò l'uomo, il piú delicatamente possibile. Si sollevò sulle punte, perché l'altro era piú alto, e appoggiò l'occhio al foro, inclinando anche lui la testa da una parte e dall'altra. I bordi della visione erano sfocati e sembrava di spiare dal bordo di una serratura, ma sí, corrispondeva tutto.

– Zoppicava.

De Luca staccò la faccia dal muro. L'uomo ondeggiava su sé stesso, vistosamente, come avesse una gamba piú corta.

– Zoppicava, ma molto. Sapete come si dice da noi, cinque e tre otto, una camminata dispari. Ma veloce, senza saltellare, piú uno zoppo che uno che ha preso una storta.

La mente che viaggiava a volo d'uccello, velocissima. *Troppo*, pensò De Luca, troppo. Ma non riusciva a trattenersi e cominciava a vederla, la donna mancina col cappotto nero che spara e poi scappa, zoppicando. Troppo, troppo presto.

Aveva infilato un dito dentro il buco nel muro, soprappensiero, lo grattava, girandocelo dentro, e sempre distrattamente, ancora per metà sotto il voltone di via Ca' Selvatica, gli venne da chiedere *avete fatto voi questo buco?*

– Sí, – disse l'uomo, che era tornato a sedersi sulla branda.

– E perché?

L'apertura naturale della cantina non era murata, dava su uno spazio ampio che assicurava aria a sufficienza e comunque il foro sarebbe stato troppo piccolo sia per quello che per far entrare la luce. Rappresentava anche un pericolo, se qualcuno lo avesse notato. Non era una domanda cosí inutile. Verificare l'attendibilità del testimone.

L'uomo sulla branda si tolse la cintura. Piegò la fibbia, scoprendo l'ardiglione come un chiodo e scavò l'aria quasi volesse farci un buco.

– Per guardare fuori, – disse. – Perché quello e le sigarette sono l'unica cosa che mi fa capire che sono ancora vivo.

Gli uscí una lacrima dall'altro occhio, lenta e lunga come la prima, ma teneva il volto inclinato, cosí gli scese sulle labbra che adesso gli tremavano tanto che faceva fatica a parlare mentre mormorava qualcosa su *amici* e *documenti*.

– Basta cosí, – disse Petrarca, e con altrettanta decisione prese De Luca per un braccio e lo spinse fuori dalla cantina.

– Allora? Che ne pensate?

– Una rondine non fa primavera.

– E che significa?

– Lo diceva sempre il mio mentore, il commissario Tampieri, quello che mi ha insegnato il mestiere. Un dettaglio non costituisce una teoria. Una pistola non fa un'assassina.

– Vi assicuro che il professor Attanasio è innocente. È

un amico fraterno, lo conzosco da una vita e so per certo che non sarebbe capace di una cosa simile.

– Voi non siete un investigatore, Petrarca. È vero?

– Vero. Ho quasi sempre ricoperto incarichi di sicurezza nelle ambasciate, poi gabinetto del Questore e adesso Ufficio Passaporti. Parlo quattro lingue ma non ho mai svolto indagini. Però conosco le persone e posso assicurarvi che Lorenzo Attanasio con la morte del professor Brullo non c'entra niente.

Quando si appassionava il vicecommissario Petrarca aspirava le parole, come volesse continuare a parlare anche mentre prendeva il respiro. Non era una questione di velocità, perché la voce restava morbida e quasi tranquilla, era un fatto di intensità, che gli lasciava le mascelle un po' socchiuse sull'ultima sillaba, e allora l'accento romano usciva piú forte.

Si erano allontanati di qualche passo dalla cantina, appena pochi metri dopo il foro nel muro, e De Luca si era fermato a guardare un lampione elettrico che stava sospeso a un cavo teso tra due palazzi, in mezzo alla strada. Era l'ultima verifica. Nonostante i vetri oscurati sarebbe stato in grado di illuminare abbastanza da vedere una donna correre con una pistola in mano, anche col buio di una sera d'inverno.

– Non vorrete aspettare che lo accendano, vero? Non manca molto al coprifuoco, e va bene che avete una tessera piú importante della mia, però…

– Petrarca, ve lo chiedo un'altra volta: perché dovrei occuparmi di questo caso?

– Perché vedo che vi interessa.

– È un'indagine che si basa su un testimone cieco, uno invisibile e una vostra convinzione personale. Pensate che un giudice istruttore la prenderebbe in considerazione?

– No. Ma lo farete voi, e quando avrete trovato abbastanza elementi riapriremo il caso e salveremo Lorenzo.

– Allora ve lo chiedo per la terza volta, perché…

– Perché siete il piú bravo e vi piace dimostrarlo. Perché vi ho messo in testa un piccolo tarlo che già sta lavorando e non ci dormirete la notte finché non metterete tutto a posto. Perché magari non vi importa un granché del mio amico, ma non potete sopportare l'idea che non sia il colpevole giusto.

– E come le sapete tutte queste cose? Siamo amici fraterni anche noi?

– Chi vi conosce vi descrive cosí.

Il freddo era diventato insopportabile. De Luca si abbottonò l'impermeabile e affondò le mani nelle tasche. *Domani avrò la febbre*, pensò.

– Se siete cosí fraterno dell'Attanasio saprete anche chi frequenta il suo giro. Cerchiamo una donna come quella descritta da Finzi, probabilmente zoppa e mancina. E che sia in relazione con il Brullo. Io domani faccio un salto dal medico legale e sento cosa mi dice. Cominciamo cosí, adesso ho troppo freddo per pensare a qualcos'altro.

– Fantastico. Vi ringrazio, davvero.

De Luca ricordava un caffè in una delle traverse, poteva essere ancora aperto anche a cosí ridosso del coprifuoco e se aveva un telefono avrebbe potuto chiamare i suoi per farsi venire a prendere. Cominciò a camminare. Petrarca gli si mise a fianco, anche lui le mani dentro le tasche, ma De Luca sentiva che lo stava guardando.

– Ve la posso chiedere una cosa, comandante? Non lo denuncerete l'avvocato Finzi, vero?

– Non mi occupo di ebrei, – disse De Luca. Poi si fermò di colpo. Una rabbia improvvisa gli fece stringere le mascelle. Serrò i pugni nelle tasche mentre la voce gli usciva sottile e tagliente come un pezzo di vetro.

– A dire il vero dovrei arrestare voi, Petrarca.

Petrarca fece un passo indietro. Accennò il sorriso che chiedeva fiducia ma era piú per sé stesso che per De Luca.

– Perché ho aiutato un ebreo?

– Perché magari è davvero un caso che voi mi abbiate visto in via Urbana, ma non è un caso che io vi abbia incontrato in posti che hanno a che fare con la Resistenza. Che fate? Distribuite documenti? Perché non gliene avete dato ancora uno al povero Finzi?

Petrarca non si mosse. – È un caso speciale, – mormorò. – Era già stato segnalato e con questi controlli della Feldgendarmerie alle porte non è cosí facile. Ci vuole il momento giusto.

Restò fermo anche quando De Luca si voltò e ricominciò a camminare.

– Tranquillo, Petrarca, non mi occupo neanche di voi. A parte le cose dell'ufficio ho già tre omicidi su cui indagare, e mi pare abbastanza.

Uno commissionato dal Prefetto e uno dai tedeschi.

E adesso anche uno dalla Resistenza.

O quasi.

Aveva detto *aspettate che vi faccio dare un passaggio anche a voi*, poi aveva staccato la cornetta del telefono dall'orecchio mentre Rassetto urlava *De Luca ma dove Cristo eri finito, ti abbiamo cercato dappertutto, credevo ti avessero ammazzato*, ma quando si voltò per chiedere al barista l'indirizzo esatto del caffè si accorse che Petrarca, zitto zitto, se ne era andato.

Svanito, via, nel buio freddo del coprifuoco.

«Il Resto del Carlino», mercoledí 6 dicembre 1944-XXIII, Italia, Impero e Colonie cent. 50.

LE OPERAZIONI NELLO SCACCHIERE ITALIANO. INSISTENTI ATTACCHI NEMICI SULL'INTERO ARCO DELL'ADRIATICO.

Cronaca di Bologna: IMPERATIVI DELL'ORA: UNA MAGGIORE COLLABORAZIONE È RICHIESTA ALLE CATEGORIE PRODUTTRICI - PERICOLOSE LUCI NOTTURNE IN VIA SANT'ISAIA. Sarebbe pertanto necessario che le apposite squadre di sorveglianza facessero un'ispezione per prendere seri provvedimenti contro gli ostinati trasgressori. LA MALA SORTE DELLA BIANCHERIA AFFIDATA A UNA COINQUILINA - LADRI IN UN APPARTAMENTO - RICERCA DI PROFUGHI. Aristide Benassi, già abitante a Vado, ricerca la famiglia che ritiene rifugiata a Bologna presso parenti o conoscenti.

QUANDO POTRO' RIMPATRIARE? L'operaio italiano occupato in Germania ha diritto al rimpatrio definitivo allo scadere del contratto cioè dopo un anno. Tutto, come vedete, è previsto e vigilato. RIFLETTETE!

Non gli venne la febbre, e nonostante tutto il freddo e l'acqua del giorno prima neanche un po' di tosse o un minimo di raffreddore. Il mattino lo trovò abbastanza in forma, benché fosse rimasto sveglio praticamente tutta la notte, le mani intrecciate dietro la nuca, le gambe accavallate come seduto, a pensare, con la mente che volava.

Il suo alloggio era in caserma, una stanza all'ultimo piano della torre di Ingegneria, e nonostante un gruppo di ufficiali della Gnr avesse fatto baccano fino a tardi per festeggiare qualcosa, non era per quello che non aveva preso sonno. Pensava, disegnava, o meglio, incastrava tessere come in un mosaico, ma sparse e discontinue, isolate, perché erano ancora di piú gli spazi bianchi di quelle poche informazioni valide di cui disponeva. Sospese davanti agli occhi in un piccolo quadrato dai confini ancora incerti. E non uno soltanto, ma tre, sebbene fosse l'ultimo, il mistero della morte del professor Brullo, quello che gli tornava davanti piú spesso.

Forse a un certo punto si era addormentato, anche se non ricordava di averlo fatto, altrimenti non sarebbe stato cosí lucido quando l'alba lo sorprese brillando sul vetro della sua finestra già chiara e forte. Restò a letto finché non fu abbastanza tardi da non essere cosí presto per alzarsi, si lavò con l'acqua del catino che gli bruciò, fredda, sulla faccia, rinunciò all'idea di radersi e scese alla mensa per fare colazione con surrogato di caffè, surrogato di burro su una fetta di pane nero e marmellata, surrogata.

In ufficio fece tre telefonate.

La prima per il maresciallo dell'Ufficio Personale della Questura, perché gli desse notizie su Petrarca Luigi, Petrarca, non Petronio, vicecommissario in forza presso l'Ufficio Passaporti, *siate gentile*. Sí, che richiamasse pure appena nel comodo, ma con una certa urgenza, *per cortesia*.

Il maresciallo non ci mise molto, si trattava soltanto di tirare fuori il fascicolo, anche se in mezzo probabilmente ci aveva messo un caffè, o quello che era, e pure una sigaretta. Glielo lesse, mentre De Luca prendeva appunti con un lapis sul retro di una busta aperta.

Liceo classico a Viterbo, laurea in Legge a Roma, concorso per la P.S., primi incarichi d'ufficio in Calabria, poi servizi all'estero presso le ambasciate di Londra, Parigi, Praga e Ginevra, ufficio di gabinetto del Questore di Napoli e da un anno circa a Bologna, ai Passaporti. Funzionario discreto, riservato, zelante, nessuna nota particolare.

Grazie, molto gentile, davvero, a buon rendere, buona giornata.

De Luca restò un po' a pensare, battendo sulla busta le punte del lapis che si rigirava tra le dita, la rossa, la blu, la rossa, poi ne inumidí una con le labbra, la blu, e ci scrisse una cosa che gli era venuta in mente, in fondo, con un punto interrogativo che ripassò piú volte.

La seconda telefonata la fece a Santi. Anche il commissario era fuori ufficio per la pausa caffè, *caffè caffè*, precisò piú tardi, quando lo richiamò. Aveva ancora la voce affannata perché stava ridendo con qualcuno al momento di rispondere, ma appena De Luca gli chiese notizie sul caso Brullo smise addirittura di respirare, e a calmarlo non bastò la scusa della curiosità da questurino.

Il giudice istruttore? Il dottor Zanella, quello che stava al Tribunale Speciale ma poi l'avevano retrocesso alla Procura perché sembrava che alla caduta di Mussolini fosse passato con Badoglio, anche se giurava di no. Era cosí convinto della soluzione del caso che lo stava già trasmettendo al pubblico ministero. *Perché me lo chiedi?*

Il medico? Il professor Boni, direttore dell'Istituto di Medicina Legale eccetera eccetera, ma era inutile sentirlo, aveva fatto una ricognizione sommaria e il corpo praticamente non l'aveva neppure toccato, niente necroscopia, anzi, l'avevano restituito subito alla famiglia, c'era il funerale in tarda mattinata, alla Certosa. Verso mezzogiorno, i signori non si alzano presto.

Il fotografo della Scientifica? Per carità, è che all'inizio sembrava uno jacchia, per cui nessuno voleva averci a che fare casomai fossero saltate fuori cose strane… *ma perché me lo chiedi?*

Attanasio? Nessuna confessione. Seduto sulla branda della camera di sicurezza con la testa tra le mani, ogni tanto piange, parla solo attraverso il suo avvocato.

– Collega, scusa, ma perché me le chiedi, queste cose? Oh, De Luca, mica farmi scherzi, sono in parola per una promozione.

La terza telefonata fu per Petrarca, che era già in ufficio anche lui, ma senza pausa caffè.

– Ci vediamo a mezzogiorno alla Certosa. Andiamo a un funerale. Eh, lo so, i signori non si alzano presto.

Finito. Per il caso Brullo, per ora, non poteva fare piú niente. Per quello dell'ingegner Tagliaferri era in alto mare, ma poteva fare qualcosa per il caporale Weber e andare al canale a parlare con le lavanderine.

Era ancora abbastanza presto per scappare senza farsi beccare da Rassetto, cosí De Luca si infilò il soprabito e mentre pensava che prima o poi avrebbe davvero dovuto procurarsi un cappotto uscí in fretta dall'ufficio, avviandosi lungo il corridoio. In fondo c'era la stanza del Comandante, e quando De Luca ci passò davanti, in punta di piedi, come un liceale che rientra a casa tardi, la porta si aprí, troncandogli il fiato.

Era la Vilma, ma per un attimo ne scambiò l'ombra nera con quella di Rassetto, perché portava il cappotto della sua divisa, che si teneva stretto sulla scollatura e le stava quasi piccolo, corto sulle gambe nude, i piedi nudi infilati nelle scarpe col tacco, anche sotto sembrava nuda. Rassetto dormiva su una branda nel retro del suo ufficio, e quando stavano insieme dormiva lí anche lei.

Vilma si chiuse la porta alle spalle, silenziosamente, lanciò a De Luca una bustina di fiammiferi e si infilò tra le labbra la sigaretta che teneva in mano, sporgendosi in avanti per farsela accedere.

– Tienteli, – disse quando lui fece per restituirglieli, – cosí la prossima volta puoi fare il cavaliere –. Soffiò fuori il fumo e accennò dietro di sé con la testa arruffata. – Tranquillo, il Ras dormirà fino a tardi. Stanotte l'ho sfinito –. Era una constatazione, non una battuta ammiccante, e l'aveva detta senza sorridere, togliendosi un filo di tabacco dal labbro con le unghie laccate di rosso. – Cosa gli dico quando si sveglia?

– Che non mi hai visto, ero già uscito.

– E dov'è che vai?

– Al fiume, a farmi lavare i panni.

– Ecco, bravo, perché io faccio tante cose ma questa proprio no. Cosí adesso lavori per i tedeschi.

Sembrava che gli avesse letto nel pensiero, perché dal riferimento al canale la mente di De Luca era ripartita e già aveva messo le dita nella tasca del soprabito, a controllare la fotografia della Sandrina. Ma era una coincidenza.

– Ieri, quando sei sparito, ti abbiamo cercato dappertutto, e siccome quello stupido di Franchina ha detto che ti avevano preso i tedeschi, il Ras ha chiamato i suoi amici tra i crucchi, perché ti immaginavamo alle Caserme Rosse o su un treno per la Germania, ma è venuto fuori che stavi alla Kommandantur a fare un lavoro per loro.

– No, era una cosa di burocrazia, gliel'ho spiegato a Rassetto, niente di importante, dettagli, lo sai come sono fatti i tedeschi –. Lo aveva detto in fretta, abbassando forzatamente la voce che si era alzata per parlare piú velocemente, e mentre lo diceva De Luca si chiedeva *perché*, perché si stava giustificando con quella ragazzona mezza nuda dentro un cappotto militare che era solo una segretaria, mostrando una coda di paglia che avrebbe fatto meglio a controllare, magari proprio con Rassetto, se non voleva guai. E infatti Vilma sembrava non ascoltarlo neanche, appoggiata con le spalle al muro, a seguire con gli occhi gli anelli di fumo che cercava di soffiare fuori dalle labbra sottili, strette a cerchio.

– Pensa che quel cretinone piangeva come un bambino, Franchina, dico, *mi hanno preso la macchina, era cosí bella, sono venuto con voi solo per quella*, il Ras gli ha fatto un cazziatone che sta ancora a leccarsi le ferite, che imbecille.

Sollevò un ginocchio, sfilando il piede da una scarpa e appoggiandone la pianta contro il muro, mentre fletteva le dita con una smorfia infastidita. – Mi fanno un po' male, cosí di mattina, ma chi se ne frega, senza tacchi la Vilma non va da nessuna parte.

Va bene, pensò De Luca, già di nuovo sul canale, salutò con un cenno del capo e fece per andarsene, ma Vilma disse *vieni qua che mi si è spenta*, e quando lui si avvicinò col cerino acceso gli prese un braccio, tirandoselo contro, gli agganciò una gamba col piede nudo e mise le labbra sul suo orecchio.

– Non dimenticarti degli amici della Prefettura, – sussurrò vicinissima, come fanno i bambini, – lavori anche per loro.

De Luca si irrigidí in un brivido intenso e non avrebbe saputo dire se era per la punta della lingua che Vilma gli aveva infilato, rapida, nell'orecchio o perché aveva scoperto cosí chi fosse la spia del segretario Spagnuolo.

Avrebbe voluto dire qualcosa, ma la Vilma rimise il piede nella scarpa, aprí la porta e sparí dentro la stanza dopo avergli soffiato un bacio sulla punta delle dita con un sorriso, questa volta sí, malizioso e ammiccante.

La Sandrina? La Sandrocchia? La Sandrina o la Sandrocchia? Quale, questa qua? Allora no, io conosco la Sandrocchia.

Per un po' era rimasto appoggiato al muricciolo di via della Grada a guardare le donne che lavavano i panni nell'acqua del Reno, ed erano tante perché era una bella giornata di sole, fredda ma pulita. Sarebbe sembrato uno di quegli strani tipi solitari che si appostavano a spiare le gambe nude delle lavandaie sotto le sottane tirate su fino ai fianchi se non fosse che cosí d'inverno portavano tutte calze e calzettoni pesanti, accoccolate sui gradoni che scendevano fino al canale, a strizzare e sbattere maglie, calzoni e lenzuola.

Però era strano lo stesso. Era arrivato con la bicicletta sequestrata a Massaron, una Bianchi da bersagliere verde militare, con le ruote piene e i freni a bacchetta, aveva percorso il ponte della Carità e si era fermato a guardare, le braccia appoggiate al muricciolo e la fotografia della Sandrina in mano, a fissare le donne, strano, appunto, tanto che una gli aveva anche fatto un gestaccio. Ma non l'aveva vista, la Sandrina, cosí aveva messo giú la bicicletta ed era sceso sui gradoni, tenendosi stretto al corrimano della balaustrina che li attraversava, per paura di cadere in acqua, a mostrare a tutte la fotografia dai bordi dentellati.

La Sandrina chi? La figlia della Leda che aveva una merceria in via Roma prima della guerra? Ah no, non è lei. Quella che si è sposata tardi e poi lui l'ha lasciata per una piú giovane? No, no, questa qui è diversa. Quella zoppa? Quella nanina? Quella che viene dalla bassitalia? Ma figurati, con questa qua non sono neanche parenti.

Non la conosceva nessuno. Cominciava a scoraggiarsi quando una ragazza gli disse che forse stava nel gruppo che lavava i panni nel canale di via Riva di Reno, dove c'era la Manifattura Tabacchi. Erano anche loro di quelle della Grada, ma siccome stavano diventando troppe, si erano spostate piú avanti. Va bene, c'era stata la battaglia con i partigiani da quelle parti, avevano sparato tanto, pure con un carro armato a Porta Lame, i tedeschi, ma siccome era finita da un pezzo, ed era la prima bella giornata di sole buona per lavare, qualcuna che si era abituata là ce la poteva trovare. Con i bombardamenti avevano tolto l'acqua a gran parte del canale, che adesso era una specie di fogna a cielo aperto, ma in fondo l'acqua scorreva ancora.

De Luca riprese la bicicletta, e spingendo forte sui pedali, perché la Bianchi aveva le ruote piene, durissime, e certo, anche due sospensioni sulla forcella davanti e una su quella di dietro, e molle sotto il sellino, ma Massaron le aveva schiacciate col suo peso da gorilla, risalí tutto il canale e imboccò via Riva di Reno.

Sul ponte di fronte alla chiesa delle Lame c'era un posto di blocco della Brigata Nera. Un milite, che sembrava giovanissimo, piú avanti, in mezzo alla strada, e altri tre, dietro, che giocavano a carte al riparo di una nicchia disegnata contro il muretto del ponte da una virgola di sacchetti di sabbia. Quando vide arrivare De Luca, e in bicicletta, il primo si mise due dita in bocca e cacciò un fischio acuto, poi puntò il mitra che teneva a tracolla urlando *alt! chi va là?* Anche gli altri due presero le armi e uscirono dalla nicchia, seguiti da un graduato con i pugni sui fianchi e una mano di carte da briscola tra le dita.

De Luca si fermò e alzò le braccia. Fece un cenno al graduato, poi scese dalla bicicletta e si avvicinò, spingendola piano. Il primo milite era davvero giovanissimo, il volto affondato nel girocollo del maglione nero tirato su fino al naso, un baschetto troppo grande e, soprattutto, il dito che si muoveva nervoso, grattando il grilletto, con la canna traforata del Mab dritta sulla pancia di De Luca.

Non gli permisero di mettere una mano nel soprabito per prendere i documenti, ci pensò uno dei militi, anche lui molto giovane, che lo frugò ovunque e gli sequestrò tutto quello che aveva nelle tasche, pistola, tesserino, fotografia, pure la busta su cui aveva segnato le sue riflessioni, il lapis e i cerini della Vilma. Consegnò tutto al graduato, che era un po' meno giovane ma non di tanto, poteva essere un universitario, con pizzetto a mosca e baffetti arricciati alla D'Artagnan. Infilò le carte da gioco che teneva ancora in mano nella tasca della giubba, coperte, poi sorrise, quando vide la fotografia della Sandrina, cosí estiva, e stava anche per soffiare un fischio tra le labbra. Ma tornò subito serio, perché intanto aveva aperto il tesserino da sbirro di De Luca.

– Scusate, camerata, – disse stendendo il braccio nel saluto, e De Luca rispose con il suo, in fretta, perché voleva riprendersi le sue cose.

– Non importa. Posso passare?

– Certo che potete. Solo, state attento. Abbiamo ripulito la zona dalle carogne antinazionali, ma dicono che qualcuno possa essere tornato a rintanarsi nei sotterranei del Maggiore –. Indicò lungo il canale, verso la facciata dell'ospedale, graffiata e mangiucchiata dalle schegge delle bombe come fosse stata rosicchiata dai topi. – Sapete com'è, a girare per il bosco magari qualche zecca la si becca.

– Non vado lontano, – disse De Luca. Le lavandaie di via Riva di Reno erano un centinaio di metri piú avanti, in ginocchio su una sporgenza di pietra appoggiata alle mura del canale, come una barca. Non erano molte. – Sto cercando questa ragazza… anzi, guardate anche voi, se la conoscete.

Il graduato si riprese la Sandrina e questa volta si permise di fischiare. – No, ma mi piacerebbe –. Girò la foto verso gli altri, sorridendo sotto i baffetti da moschettiere e la restituí a De Luca, che stava per rimetterla in tasca quando il milite piú giovane, quello del mitra puntato, disse *io la conosco*.

Lo aveva detto piano, sputando il maglione che teneva tra i denti, ed era tornato subito ad affondarci dentro il volto, che era arrossito con la violenza di un incendio.

– La conosci? – chiese De Luca. Il ragazzino annuí e il graduato disse *ah, sí?*

– Non è che la conosco proprio, l'ho vista. La conosce mia zia, che viene a lavare qui perché è vicino a casa, noi abitiamo da queste parti.

– Abitavi, – disse il graduato, – ora sei un milite della Brigata Mobile «Pappalardo» e vivi in caserma.

– Va bene, – tagliò corto De Luca. – E qual è tua zia, è una di quelle?

Il ragazzino scosse la testa, sempre piú rosso. – No. Mia zia non c'è piú, per via della tosse.

Si batté le nocche sul petto, su un bottone della giubba grigioverde e De Luca alzò gli occhi al cielo, mentre un'ondata di sconforto gli faceva serrare le labbra. Ci era arrivato cosí vicino. Certo, poteva chiedere alle ragazze che stavano lavando, e infatti aveva tenuto fuori la fotografia proprio per questo, ma era cosí sfiduciato da essere sicuro che non avrebbe portato a niente. La Sandrina, poi, non poteva essere tra loro, altrimenti i militi del posto di blocco l'avrebbero notata.

Prese la bicicletta che aveva appoggiato per terra e che in quel momento gli sembrò piú pesante che mai.

– *La mia ruota in ogni raggio è temprata dal coraggio*, – disse D'Artagnan, con il dito sollevato in aria a scandire i versi, – *e sul cerchio in piedi splende la Fortuna senza bende*. Anche voi amate D'Annunzio?

– Sí, sí, – disse De Luca, sbrigativo, e stava già spingendo la bicicletta verso le lavandaie quando il ragazzino disse ancora *non volete* e si fermò.

– Non volete cosa?

– Parlarci, – in un sussurro, perché De Luca era stato brusco. Piú piano: – Con mia zia.

– Ma non è morta? Hai detto che non c'è piú!

– Ho detto che non c'era piú a lavare! Mica ho detto che era morta! Si è ammalata! Sta a casa!

Aveva le lacrime agli occhi. Il graduato aveva alzato una mano come per colpirlo con uno scapaccione, poi doveva aver pensato che era meglio starci attenti, con un ragazzino con il mitra a tracolla, e si era fermato.

– Va bene, – disse di nuovo De Luca. – Non importa. Accompagnami da tua zia, per favore.

Non si voltò neanche a guardare il graduato, che aveva fatto un cenno di assenso al ragazzino, che comunque non si era voltato neppure lui. D'Artagnan li osservò allontanarsi, poi si strinse nelle spalle e tirò fuori le carte dalla tasca della giubba.

– Andiamo, – disse agli altri due militi, – non crediate di scapparmi. Avevo una mano bellissima.

A vederli da dietro, anche un po' da lontano, ma soprattutto in un altro momento, quel tizio un po' curvo dentro un soprabito troppo leggero che spinge una bicicletta massiccia come un ciclomotore e quel ragazzino che gli cammina accanto, infagottato in una divisa sgonfia come un sacco vuoto, con un basco largo che sembra una pizza e un mitragliatore sulla spalla dritto come una canna da pesca, quei due, prima o poi sarebbero scomparsi dentro il portico, che a Bologna, anche con la luce di quel sole di mezza mattina, invernale ma limpido, anche cosí, un po' protegge e un po' nasconde.

In un altro momento, però, perché via delle Lame era la strada piú bombardata della città, e di portici, praticamente, non ne aveva piú. Stava sulla linea sbagliata, e nonostante la Sperrzone e la promessa di non sganciare su una zona dichiarata libera da armi e installazioni militari, alcune delle bombe che i Boeing, gli Halifax e i Liberator rovesciavano sulla stazione tiravano dritto e finivano lí.

Netta come un colpo di rasoio da Porta Lame fino al centro, il pavimento cosí coperto di polvere e detriti che sembrava un sentiero in terra battuta, quelli che in una città sono i fianchi di una strada, che la chiudono e le dànno una forma, lí erano spianati, sfondati, ridotti a cumuli di macerie ammassate in montagnole dagli spalatori del Comune, monconi di case troncate ad altezza d'uomo, occhi di portici spezzati all'improvviso, con le arcate a mezz'aria, solitari come orbite vuote.

Il respiro, che in una strada, e soprattutto quelle di Bologna, si concentra in avanti, con un senso e una direzione, lí scappava di fianco, come una perdita d'aria, disperso in uno spazio innaturale, che invece di aprirlo, quel respiro, lo schiacciava.

In quella lunga spianata sventrata dalle bombe, ancora un po' imbiancata da una neve vecchia che sarebbe diventata fango, a guardarli da dietro e un po' da lontano, De Luca e il ragazzino sembravano cosí piccoli che prima o poi sarebbero scomparsi anche da soli, anche senza portici.

La zia abitava in una delle poche case rimaste in piedi. Prima di salire il ragazzino si tolse la giubba e il baschetto, li appallottolò e li infilò in un buco tra le macerie. Si sfilò anche il maglione e lo tirò giú, a coprire il cinturone con le giberne dei caricatori. Il mitra, invece, lo consegnò a De Luca.

– Qui non sono molto d'accordo, – spiegò. – Papà è convintissimo, ma alla zia non piace che faccia il soldato.

Poi si infilò due dita in bocca, cacciò un altro fischio e gridò: – Zia Ines! – Come un bambino che vuole la merenda.

Quando tornò giú, De Luca aveva in mano la busta delle riflessioni, su cui aveva aggiunto altre cose, scritte col lapis inumidito tra le labbra, anche se era sicuro che non se le sarebbe dimenticate.

La Sandrina non si chiamava Alessandra, ma Cassandra. Orsi, di cognome. Aveva sposato un operaio della Ducati che era andato in guerra, in Grecia, e dopo l'8 settembre l'avevano fatto prigioniero i tedeschi. Aveva tre figli, due piccoli e uno piú grande, undici, dodici anni. Corrispondeva tutto, nelle giornate passate fianco a fianco a lavare i panni le donne si erano raccontate la vita, ma sarebbe bastata la fotografia, che la zia riconobbe subito, *be' mo', la Sandrina!*

Sapeva anche dove era sfollata. Al Teatro del Corso.

De Luca si batté la busta sul palmo della mano e la mise nella tasca dentro il soprabito. Se avesse dovuto seguire l'istinto sarebbe volato in via Santo Stefano, al teatro, a vederla di persona, finalmente, la donna del caporale Weber.

Ma era già quasi mezzogiorno, e da lí al cimitero della Certosa la strada era lunga.

Soprattutto con la bicicletta sfondata di Massaron.

Arrivò tardi, ansimante e trafelato, dopo aver buttato la bicicletta dietro una delle tombe, nel viale, con addosso un sudore sottile che gli si ghiacciava in fretta sotto i vestiti, come una seconda pelle. Trovò Petrarca in disparte, nell'ombra di una colonna, che gli disse di non preoccuparsi perché la messa era già finita ma erano ancora tutti lí, nel chiostro in cui i Brullo avevano le tombe di famiglia, ad aspettare che i becchini infilassero la bara nel muro.

Non c'era comunque molta gente, signori di una certa età con cappotti, cappelli e guanti che potevano essere professori, e giovani che potevano essere studenti, qualcuno in uniforme, divisi a gruppetti e disposti ad arco attorno agli operai. Tutti uomini, tranne una donna anziana, che piangeva sostenuta da un ragazzo, e un'altra, piú giovane, da sola e in disparte. Sembrava che avessero tutti una gran fretta, perché sotto quel sole morbido il Cimitero Monumentale di Bologna era sí un giardino, e i chiostri un salotto, con quella luce gialla che si rifletteva sui marmi, ma lí no. Schermata da una cappella grande come un mausoleo, il sole non arrivava a scaldare quella penombra senza candele, e pareva davvero di essere in una tomba.

– Questa mattina ho parlato con l'avvocato di Lorenzo, – gli disse Petrarca, senza bisogno di sussurrare piú di tanto, perché parlottavano tutti e c'era un brusio intenso che ovattava le orecchie. – Ha un alibi per la sera dell'omicidio. Una donna.

– Una donna?

– Una signora. Sposata. Aveva un appuntamento con lei ma di nascosto, naturalmente. Per questo non l'ha voluto dire alla polizia, per non comprometterla –. Petrarca allargò le braccia. – Lo so, sembra assurdo quando si rischia l'ergastolo, ma Lorenzo è fatto cosí. Io lo conosco.

– Voi lo conoscete.

– Sí, ve l'ho detto.

– E chi sarebbe questa signora sposata?

– Non saprei. Neanche l'avvocato è al corrente della sua identità. Come vi ho detto, Lorenzo…

– Quindi a un testimone cieco e a uno invisibile adesso dobbiamo aggiungere un alibi che non si può dire.

Petrarca si strinse nelle spalle. – Piú che altro è per voi. So che non siete convinto della sua innocenza e magari questo vi può aiutare.

De Luca annuí serrando i pugni nelle tasche del soprabito, perché sentiva la rabbia montargli dentro, ma non era quello il momento di tirarla fuori.

– Che ci facciamo qui, esattamente? – chiese Petrarca.

– Cerchiamo informazioni. Conoscete qualcuno?

– No, – disse Petrarca, con una rapidità che a De Luca suonò stonata. Si voltò a guardarlo e lui gli rispose con quel suo sorriso dritto, quello che chiedeva fiducia. Non era piú disposto a concedergliela e voleva dirglielo, anche se non era il momento, poi vide Campanella, dall'altra parte del chiostro, quasi dietro una colonna come loro, e dimenticò tutto. Era l'uomo giusto al posto giusto, e non solo per il fatto di essere uno studente dell'Università. Campanella era il suo soprannome. Lo chiamavano cosí perché faceva l'informatore per gli Uffici Politici di molte polizie, compresa quella di Rassetto.

De Luca fece un gesto discreto per attirare la sua attenzione, ma bastò poco, perché anche lui li stava guardando. Girò attorno al chiostro e arrivò fino a loro col suo passo dinoccolato.

– Comandante, – disse, arricciando il braccio in un saluto appena accennato. Lo ripeté per Petrarca e lanciò a De Luca uno sguardo interrogativo.

– Un collega, – disse De Luca. – Ci fai un riassunto dei presenti?

– Universitari. Quello con gli occhiali grandi e la bocca cattiva lo conoscerete, è il nostro Magnifico Rettore. Brullo gli teneva il corso di Biologia delle Razze e non poteva mancare. Il resto è tutto professorame assortito, in rappresentanza di qualcosa. Il povero Brullo era un emerito imbecille, vanitoso e leccaculo, e che non ci sia piú non gliene frega niente a nessuno.

Campanella ammiccò con gli occhi, un guizzo veloce ma inequivocabile, verso un gruppo di giovani che stava quasi fuori dal chiostro.

– Ma io credo che siate qui per loro. O sbaglio?

– Perché, chi sono?

– Giustizia e Libertà, Brigata Masia. Quello basso, con i capelli ricci e i baffetti è uno di quelli che sono riusciti a scappare dalla Battaglia dell'Università, assieme a quello con i capelli ondulati, con la sigaretta. Quello alto e col collo lungo da cicogna stava nel gruppo che ha portato via il radium dall'Istituto Universitario prima che se lo prendessero i tedeschi. Approfittano dell'occasione mondana per incontrarsi senza dare nell'occhio. Se chiamate rinforzi fate un bel colpo.

De Luca guardò Petrarca che sembrava non aver sentito, distratto a osservare gli operai che stavano murando la lapide sul loculo. Aveva sempre il suo sorriso fisso sulle labbra, ma un po' piú dritto, piú teso.

– Non sono qui per loro. Mi interessano di piú le donne.

– Allora condividete la stessa passione della buonanima. Nel suo trappolone di vicolo della Scimmia c'era un traffico che ci voleva il vigile. Chiunque abbia una moglie appena appena decente, qui dentro, farebbe meglio a salutare cosí.

Arricciò di nuovo il braccio ma questa volta con la mano chiusa, l'indice e il mignolo che spuntavano nel gesto delle corna.

– Anche Attanasio, quindi. Dicono che abbia una moglie bellissima.

Campanella fece una smorfia a metà tra il divertito e l'afflitto, scuotendo la testa.

– Bellissima, sí. Ma purtroppo condivide anche lei gli stessi interessi nostri e della buonanima.

Questa volta Petrarca aveva sentito, perché si era voltato. Al posto del sorriso dritto che chiedeva fiducia ce n'era un altro, piú obliquo, e incuriosito.

– In che senso? – chiese De Luca.

– Nel senso che sembra che la bellissima moglie tenga

festini saffici in un appartamento di via Volturno, con una ragazza della Bologna bene e un'ausiliaria tedesca.

– Sembra?

– Personalmente non ho mai partecipato, anche se mi piacerebbe. Ma ho fonti attendibili. E discrete. Non è una notizia che troverete nella rubrica Cronache Mondane del «Carlino».

– Quindi, – disse Petrarca, – per quanto riguarda l'omicidio di Brullo il movente passionale...

– Fa solo ridere, – lo interruppe Campanella. – Se avesse voluto ammazzare qualcuno perché era geloso della moglie il prof. Attanasio avrebbe dovuto sparare alle ragazze. Ma non mi pare comunque il tipo.

– E che tipo sarebbe?

– Moscio, ricco di famiglia, attendista. Cura i facoltosi che si sono imboscati nelle cliniche, tiene qualche lezione in Facoltà e aspetta che finisca tutto, in un modo o nell'altro. Uno dei peggiori.

De Luca lanciò un'occhiata a Petrarca, che adesso annuiva soddisfatto. *Non è il tipo*, gli sussurrò, annuendo ancora piú forte.

Intanto gli operai avevano terminato di murare la lapide e stavano raccogliendo gli attrezzi. Il rettore e molti professori se ne erano già andati. Nel chiostro restavano soltanto alcuni gruppetti, tra cui quello degli studenti di Giustizia e Libertà che discutevano animatamente, ma a bassa voce. Campanella si era tirato in disparte, dietro la colonna, perché lo studente dal collo di cicogna aveva alzato lo sguardo verso di loro, un momento, prima di tornare a discutere.

– Se i ragazzi non vi interessano, – disse, – allora non vi dispiacerà se riporto l'informazione a un altro ufficio politico. Vorrei seguirli quando se ne vanno per scoprire il covo.

– Come vuoi. Ti chiedevo delle donne.

– Ve l'ho detto, comandante, non basterebbe un pomeriggio.

– Intendo quelle presenti.

– Ah be', allora... – Campanella uscí da dietro la colonna, ma rimase sempre un po' distante, soltanto la testa inclinata verso De Luca.

– La matrona tutta in nero è la mamma della buonanima. Vedovona della Bologna bene, Dama di San Qualcosa, con buone amicizie nel Partito, il giovanotto è il figlio piú piccolo e sta cercando di infilare all'Università pure lui. L'altra... dov'è finita?

La cercarono con gli occhi e la trovarono al limite del chiostro, dove si era spostata. Tutta in nero, anche lei, con un cappotto stretto che le disegnava le forme, calze nere pesanti e un cappellino a tamburello con la veletta, che le nascondeva il volto. Soltanto le scarpe sembravano fuori posto, troppo estive, quasi dei sandali con le zeppe molto alte, di moda ma in estate, appunto.

– Quella è la sorella di Attanasio. Silvia, mi sembra che... sí, Silvia.

– Curioso che la sorella dell'assassino vada al funerale della vittima, – mormorò De Luca, come tra sé, ma era una considerazione per Petrarca, che si strinse nelle spalle.

Poi, la madre di Brullo, che si era avvicinata per toccare la fotografia sulla lapide, si staccò dal giovanotto e attraversò il chiostro, decisa, fino alla donna con la veletta, che restò immobile, sorpresa come tutti da quella cavalcata inattesa. Senza dire una parola la colpí con uno schiaffo che le fece saltare via il cappellino, e tornò indietro, piú incerta, tanto che il giovane dovette affrettarsi a sorreggerla. Se ci fosse stata piú gente, forse si sarebbe sentito qualcosa di piú, ma erano rimasti in pochi e se ne andarono in fretta, in un silenzio quasi totale. I tre partigiani, Campanella, i professori rimasti, anche la donna era uscita dal chiostro cosí rapidamente che aveva lasciato a terra il cappellino.

De Luca lo raccolse, e si voltò per chiamare Petrarca, ma era scomparso anche lui, come un fantasma, un'altra volta.

Era seduta sul bordo di un cippo di marmo, sotto la statua di un bambino che si teneva un pugno chiuso sulla fronte, come per proteggersi, piccolo e nudo. Aveva le guance ancora rosse per lo schiaffo, forse, o perché il sole se ne era andato dietro una lastra di cielo grigio e aveva ricominciato a fare freddo.

De Luca le porse il cappello con la veletta che aveva raccolto dal pavimento del chiostro, lei lo prese senza neppure guardarlo e lo infilò sul ginocchio ossuto del bambino, concentrata sulla brace rossa della sigaretta che teneva tra le dita di una mano. La sinistra, notò De Luca, ma poteva essere un caso.

A vederla cosí da vicino, senza la veletta che le copriva il volto, Silvia sembrava molto piú giovane, anche se probabilmente non lo era cosí tanto. I capelli tagliati corti sulle spalle, le guance rotonde e le sopracciglia marcate, nere come la frangetta che le scendeva sulla fronte, anche un piccolo neo all'angolo delle labbra che stringeva come quelle di una bambina arrabbiata. Molto carina, indubbiamente. Quanto avrà avuto, vent'anni?

Dal mascara un po' sbavato sotto gli occhi si capiva che aveva pianto e che si era asciugata col dorso di una mano, velato da un alone piú scuro. La sinistra, notò De Luca. Dondolava le gambe che non toccavano terra, perché il cippo era alto, e sfregava insieme i piedi nei sandali, come volesse riscaldarli.

– Non sono l'unico a vestirmi troppo leggero per la stagione, – disse De Luca, e piú che un modo per attaccare discorso era una considerazione sincera, perché l'umidità del chiostro gli aveva lasciato ancora addosso quel sudore freddo della corsa in bicicletta, che lo faceva rabbrividire. *Domani avrò la febbre*, pensò di nuovo.

– Ho rotto le scarpe da inverno, – disse lei, gli occhi sempre sulla brace, – e finché il ciabattino non me le ripara ho solo queste. Io non ho i soldi che mio padre ha lasciato a mio fratello.

Finí la sigaretta, la gettò a terra e saltò giú per schiacciarla sulla ghiaia con la zeppa del sandalo. Poi si appoggiò con le spalle al marmo del cippo e finalmente guardò De Luca, quasi con la stessa espressione accigliata del bambino sulla tomba.

– Cosa volete da me?

– Chiedervi perché la signora Brullo vi ha... – e alzò la mano, spazzando l'aria con discrezione.

– Non sono affari vostri.

– Temo di sí, invece. Sono un poliziotto.

Silvia corrugò la fronte, ancora piú accigliata, e per un momento De Luca pensò che avrebbe sollevato il braccio anche lei, per coprirsi col pugno stretto, come la statua. Invece si strinse nelle spalle e tirò fuori un'altra sigaretta dalla tasca del cappotto. De Luca gliela accese con i cerini della Vilma e rimase a guardarla mentre tirava la prima boccata tenendo con la destra la sigaretta, che passò subito a sinistra.

– Siete un poliziotto.

– Sí. Commissario De Luca –. Stava per dire *comandante* ma si era corretto in tempo sulla seconda *m*, che suonò piú lunga. Allungò la mano per farsela stringere ma Silvia la ignorò.

– Indagate ancora su mio fratello?

– Sí.

– Perdete tempo. È stato lui.

Era un'affermazione che non si aspettava, soprattutto per la rapida decisione con cui lei l'aveva fatta.

– Perché? – chiese De Luca, e intendeva *perché lo dite*, ma lei capí un'altra cosa.

– Perché Franco gli scopava la moglie.

Anche quella parola, *scopava*, gli suonò strana, detta cosí, da una donna, per di piú con quell'aspetto da bambina, gliela aveva soffiata contro assieme al fumo della sigaretta, stirando le labbra piene in quella che De Luca non comprese se fosse una smorfia o un sorriso.

– Io non credo, – disse.

– Credete quello che volete.

L'aveva detto alzando le spalle, con un'espressione di indifferenza che lasciava capire quanto fosse falsa, e infatti De Luca aveva continuato a guardarla e Silvia doveva essersi sentita in imbarazzo, perché aveva preso il cappello dal ginocchio del bambino e se l'era aggiustato sulla testa, coprendosi con la veletta fin sotto al naso. Si tolse un filo di tabacco dal labbro grattandolo con il polpastrello del pollice e De Luca notò che portava le unghie molto corte. Forse se le mangiava, o forse si manteneva battendo a macchina. O magari era solo un particolare fuori moda, come le scarpe.

– Perché la signora Brullo vi ha schiaffeggiata? – chiese De Luca.

– Perché non lo chiedete a lei?

– Perdonatemi, ma le domande le faccio io. Perché?

– Forse non sopportava che al funerale del figlio ci fosse anche la sorella dell'assassino.

– E allora perché siete venuta?

– Perché eravamo amici. Volevo salutare Franco e chi se ne frega se lo ha ammazzato mio fratello.

Cercava di spiarle gli occhi attraverso la trama fitta della veletta, ma era impossibile. Forse Silvia se ne accorse, perché il neo che aveva accanto all'angolo delle labbra si sollevò, smorfia o sorriso che fosse. Si staccò dal cippo, schiacciò anche quella sigaretta e se ne andò senza dire niente. De Luca la osservò mentre si allontanava lungo il vialetto, lo sguardo che le saliva sulle gambe, dai piedi alle anche, ma non per libidine. Voleva vedere se zoppicasse.

Ma Silvia camminava dritta e spedita, nonostante le zeppe, rapida e decisa come un'indossatrice, o un bersagliere.

Petrarca lo aspettava fuori dal cancello del cimitero, la testa affondata dentro il bavero rialzato del cappotto. De Luca arrivò tenendo la bicicletta in mano.

– Dove eravate finito?

– A cercare un telefono per chiamare l'ufficio. Non sono cosí autonomo come voi, sono un povero questurino. Devo farmi vivo, ogni tanto.

– Anch'io, anzi… lo sapete che faccio? Torno in sede anch'io a lavorare alle mie cose. Addio, Petrarca, è stato un piacere conoscervi.

De Luca spinse avanti la bicicletta ma Petrarca lo bloccò, d'istinto, mettendogli le mani sul manubrio in un gesto brusco che stupí tutti e due. Il commissario ne ritirò una ma lasciò quell'altra, anche se piú morbida.

– Non potete mollarci cosí.

– Mollarvi, Petrarca, mollarvi chi?

– Intendo dire me e il mio amico Lorenzo. Siete un aiuto prezioso! Avete già smontato il movente delle accuse al mio…

– Al vostro amico, Petrarca? – ringhiò De Luca. – Al vostro grande, fraterno amico? Cosí intimo che neanche sapevate chi era sua sorella? E quando lo avreste conosciuto? Alle elementari a Viterbo? In vacanza a Londra? – Aveva tirato fuori la busta, quella col punto interrogativo, e gli cresceva la voce che da un ringhio era diventata quasi un ruggito. – Scommetto che se esamino la vita del vostro amico Lorenzo non trovo un solo momento in cui vi siate incrociati! Mi avete mentito, Petrarca! E continuate a farlo!

Petrarca cercò di dire qualcosa ma lo fece nel modo sbagliato. Stirò le labbra nel sorriso che chiedeva fiducia e questa volta De Luca non riuscí a trattenersi. Colpí il commissario con la busta, proprio sul punto interrogativo, lo schiaffeggiò spazzando l'aria da sinistra a destra, uno schiocco secco cosí rapido che Petrarca neanche riuscí ad alzare la mano libera per difendersi, chiuse solo gli occhi.

De Luca restò senza fiato, la busta stretta in mano. Rapido come quel colpo gli attraversò la mente il pensiero che quella era la prima volta che faceva violenza a qualcuno. Curioso, visto il suo mestiere e quello che era diventato negli ultimi tempi, le botte, i pugni, il nerbo di bue agli interrogatori, gli spari, anche, ma erano sempre gli altri, lui non aveva mai alzato direttamente le mani su nessuno, in tutta la sua vita, da piccolo, forse, in un vago ricordo di quando giocava ai Giardini di Maria Luigia, a Parma, dove era nato, e un attimo prima correva con un bambino e quello dopo li stavano separando, trattenuti dalle mamme a sferrare calci nel vuoto, ma poi mai, mai.

E subito dopo, altrettanto rapido di quel colpo e di quel pensiero, un senso di smarrimento, quasi di vergogna, per quel gesto per lui cosí strano, e ancora un altro, di rabbia, per quel pudore cosí assurdo, visto appunto quello che era diventato il suo mestiere, sincero ma assurdo, tanto da sembrargli ipocrita.

Rimase un po' a guardare per terra, ansimando finché non riuscí a riprendere il controllo, poi si strinse nelle spalle, sempre con gli occhi bassi.

– E comunque non ho smontato nessun movente, – disse. – Va bene che la moglie di Attanasio è una lesbica, ma si può sparare a un uomo anche perché si scopa tua sorella –. *Scopare*, come aveva detto Silvia.

Petrarca si leccò la punta di un labbro, succhiandosi il taglietto invisibile che gli aveva procurato l'angolo della busta. Restarono in silenzio tutti e due a pensare, poi De Luca fece di nuovo per spingere la bicicletta ma Petrarca lo fermò, le mani piantate sul manubrio, tutte e due, questa volta con forza. Non sorrideva piú.

– Non è stato Attanasio. Non era in via Ca' Selvatica quella sera. Aveva un appuntamento importante.

– Con una donna innominabile?

– No. Con una radio.

De Luca deglutí. Occhi negli occhi, uno di fronte all'altro, attaccati alla bicicletta davanti al cancello del Cimitero Monumentale di Bologna.

– Una radio? – chiese De Luca, ma era solo per riempire il silenzio, perché Petrarca sembrava essersi fermato a riflettere su quello che aveva detto, come non volesse aggiungere di piú. Aveva fatto bene, perché invece continuò.

– Una radio clandestina.

De Luca mise la busta nella tasca del soprabito e intanto ne approfittò per impugnare la pistola, ma Petrarca continuava a tenere le mani sul manubrio, innocuo, quasi avesse le manette.

– Avete ragione, vi ho detto un sacco di menzogne e se voglio che vi fidiate è giusto che vi racconti tutto –. Fece una smorfia e accennò un sorriso, timido. – Oddio, se è giusto non lo so, perché magari cosí finiamo tutti a Ingegneria a farci strappare le unghie dai vostri amici prima di essere fucilati dai tedeschi, però credo che sia l'unico modo per convincervi. Siamo antifascisti, patrioti dico io, di

Giustizia e Libertà. Quella sera Attanasio stava curando la sistemazione di un apparecchio radio per comunicare con gli Alleati.

– E dove?

Petrarca fece un sospiro, come se adesso fosse mancato a lui il fiato. Un'informazione di piú, senza possibilità di ritorno.

– Via Zamboni, – disse piano. – All'Università. Facoltà di Lettere.

– Sciocchezze. Ce n'era una, tempo fa, e l'hanno trovata.

– Sí, c'è stata una battaglia, all'Università, e sono morti sei dei nostri. Ma la logica era proprio quella, che nessuno va a cercare due volte nello stesso posto.

– Sciocchezze, – ripeté De Luca, ma con meno forza. Non tanto per il ragionamento quanto per l'espressione di Petrarca. Che sorrideva come prima, e anche piú timidamente, con quell'esitazione di chi non è sicuro di quello che sta facendo.

– Tutta, – disse Petrarca, e sembrava parlare piú che altro a sé stesso, come per convincersi, – se ve la dico proprio tutta voi, in cambio, vi fidate. E allora, – alzò gli occhi in quelli di De Luca, – avete ragione. Io Attanasio non l'ho mai frequentato prima. Lo conosco perché è il mio capo. Il mio superiore.

Un sospiro. Occhi sulla bicicletta, come per scappare, poi dentro quelli di De Luca, deciso.

– È il Notaio.

Petrarca staccò le mani dal manubrio, fece un passo indietro e le infilò nelle tasche del cappotto. Avrebbe potuto aver anche lui una pistola, ma a De Luca non venne neppure in mente. Fissava la punta grigia delle scarpe di Petrarca come fosse la cosa piú importante del mondo e intanto pensava: *no*.

No.

No.

– Perché me l'avete detto?

– Perché cosí vi ho dato tutto e finalmente mi crederete. Perché se Attanasio stava dall'altra parte della città a mettere in piedi una radio clandestina non può aver ucciso il professor Brullo. E se l'assassino non è lui avrete certamente il desiderio di scoprire chi è. Aggiungiamo che tirare fuori di galera uno dei capi della Resistenza vi procurerebbe degli amici che potranno farvi comodo, eventualmente, in futuro. Ma soprattutto... – Petrarca tirò fuori le mani dalle tasche e riprese la bicicletta, che era come appoggiarle sulle spalle di De Luca, ma senza toccarlo, – soprattutto, a voi che dite sempre di essere un poliziotto, vi darebbe l'occasione di decidere che poliziotto volete essere.

De Luca pensò che ultimamente erano in tanti a offrirsi di essergli amici nel futuro in cambio di una collaborazione, la Prefettura, i tedeschi, adesso anche la Resistenza, come aveva già immaginato una volta. Ma se per l'omicidio dell'ingegner Tagliaferri o per quello del caporale Weber indagare era soltanto una declinazione abbastanza naturale del suo mestiere, addirittura con la conseguenza di salvare degli ostaggi, con Attanasio si trattava di una scelta. Perché il Notaio, lui, avrebbe dovuto arrestarlo come gli imponeva il suo dovere di sbirro invece di farlo liberare trovando il vero assassino con una indagine da poliziotto.

Petrarca staccò una mano dal manubrio e la tese a De Luca. De Luca lasciò la pistola, tolse la sua dalla tasca e gliela strinse, piano. Gli si mosse qualcosa, dentro, tra lo stomaco e il cuore, che gli chiuse la gola, e gli venne voglia di piangere, ma lo nascose tossendo per schiarirsi la voce.

– E comunque non crediate che sia facile. A parte un altro alibi che non si può dire, ci mancano un po' di cose tecniche che nessuno ha fatto. Il cadavere, il luogo del delitto, non abbiamo un rapporto, una fotografia, niente, oltre a quello che ho visto io sul momento. E se mai esistesse qualcosa, e ne dubito, il collega Santi non ce la farebbe mai vedere. Perché sorridete?

– Perché credo proprio di avere quello che fa per voi. È un po' lontano, che dite, mi portate sulla canna della bicicletta, come i fidanzati, o salgo dietro, sul portapacchi?

C'era un collega della Questura che aveva messo insieme un piccolo archivio segreto. Ogni volta che all'obitorio di via Irnerio arrivava uno di quei morti di cui nessuno si voleva interessare, trovato da qualche parte per la strada o massacrato nelle varie caserme, a Ingegneria, nel carcere di San Giovanni in Monte o dai tedeschi, il funzionario e un dottore che collaborava con lui gli scattavano una serie di fotografie. Ad aiutarli c'era anche il custode dell'obitorio, che glieli faceva riprendere subito appena entrati, cosí com'erano, e dopo, lavati e sistemati alla meglio.

Alcune servivano soprattutto ai parenti delle vittime, perché non gli sparissero nel nulla, come accadeva molte volte, senza notizie, sepolti in fretta assieme a tanti altri. Anzi, il custode, che oltre a quello di mestiere faceva il barbiere, tagliava pezzi di stoffa degli abiti e ciocche di capelli, e li conservava perché i parenti potessero riconoscerli.

Altre, invece, servivano per le indagini, aveva detto Petrarca, seduto sul portapacchi della bicicletta con le gambe larghe per non infilarle nei raggi e, anche se non aveva specificato niente, De Luca aveva capito che si riferiva a quelle future, quando e se la guerra fosse finita in un altro modo.

Ogni tanto il collega della Questura riusciva a mettere nel suo archivio anche qualche fotografia presa dal faldone giudiziario, quando ce n'erano e prima che le facessero sparire. E qualcuna scattata sul posto, con discrezione, naturalmente, ma fatta bene, perché il collega e quelli del suo gruppo erano molto bravi, non solo come patrioti, ma pure come poliziotti.

Anche se ci fosse stata dell'ironia in quell'ultima considerazione, *patrioti e poliziotti*, De Luca non se ne sarebbe accorto. Aveva l'acquolina in bocca e spingeva sui pedali, di nuovo fradicio di sudore. Pensò che avrebbe avuto la febbre, prima o poi, ma solo per un momento, cosí eccitato che quasi non si accorse di essere arrivato al posto di blocco della Sperrzone, con Petrarca che lo scuoteva per le spalle e il soldato della Feldgendarmerie con il dito sul grilletto della *Maschinenpistole*.

Le fotografie erano nascoste in un appartamento vuoto di via Remorsella, dietro la testiera di un letto. De Luca e Petrarca lo spinsero indietro a fatica, perché era massiccio, e tirarono fuori una valigetta quadrata da una nicchia scavata nel muro. La aprirono sul letto, senza neanche rimetterlo a posto. Era piena di grandi buste gialle, da Questura, alcune sottili, altre molto gonfie, con sopra un nome, battuto a macchina, e un numero accanto, a matita. Non erano in ordine alfabetico, cosí le sparsero sul materasso nudo, spazzandole con le mani, finché Petrarca non disse: *eccola qua*.

Era una busta di quelle gonfie e dentro c'erano tante fotografie. De Luca le tirò fuori e andò a sedersi a un tavolino che stava sotto la finestra, dove c'era piú luce. Le mise una accanto all'altra, allineate come le carte di un solitario, piccoli rettangoli lucidi dai bordi netti, incorniciati di bianco. In ordine, sopra quelle scattate in via

Ca' Selvatica, sotto quelle all'obitorio. Partí dalle ultime, col volto del professore ancora sporco di terra, l'occhio incrostato di sangue e i ricci schiacciati sulla fronte, poi la faccia lavata, bianchissima, solo l'orbita come un buco nero, e una virgola, altrettanto scura, sulla fronte, lasciata scoperta dai capelli lisciati indietro dalla spugna del custode. De Luca la inclinò perché ci battesse sopra la luce della finestra.

– Cosa c'è? – chiese Petrarca.

– Una ferita proprio sotto l'attaccatura dei capelli. Non l'avevo notata perché era coperta, ma qui si vede. Sembra un taglio.

C'era un'altra fotografia di quelle scattate all'obitorio. Era di profilo, presa piú da vicino, e la ferita si vedeva meglio.

– È recente, – disse De Luca, – ma c'era già. Nel lavarla è venuta via la crosta, si vede il segno. O almeno sembra, è solo un'ipotesi. E sempre che c'entri qualcosa.

Raggruppò le foto dell'obitorio e le consegnò a Petrarca perché le mettesse via, gli avevano già detto tutto e non voleva distrarsi. Quelle del luogo del delitto erano tante, e aveva ragione, il commissario, erano fatte bene. Ma non mostravano molto di piú di quanto non avesse visto da solo. Brullo steso sui gradini in quella posizione contorta, la gamba spezzata, il buco nell'occhio, la bruciatura dentro le dita, pure la strisciata sul cappotto. Raggruppò anche quelle, una sull'altra, e ne tenne fuori un paio che volevano riprendere le impronte sotto il voltone, ma ce n'erano già troppe, e sicuramente anche le sue e quelle di Santi.

Poi ne vide una che non riuscí a capire, nella foto di sinistra, un piccolo buco nero tra due sassi, scattato con una inquadratura troppo perpendicolare, che falsava prospettiva e proporzioni. Anche la foto era strana, presa a distanza dal luogo del delitto, ancora prima di arrivare al voltone.

– Volete che rintracci il collega che l'ha fatta, – chiese Petrarca, – cosí ce la spiega?

– No. Ci andiamo noi e vediamo direttamente cos'è.

Stava per alzarsi quando gli venne in mente una cosa. Aveva lanciato un'occhiata al letto, con tutte quelle buste sparse sul materasso, e mentre pensava che erano davvero tante lo fermò un'idea, che cancellò il resto.

– Sono tutti gli omicidi politici commessi a Bologna, o che almeno lo sembrano, – chiese.

– Tutti no, ma parecchi. Sí.

– Ci sono anche gli jacchia.

Petrarca fece una smorfia. – A me non piace chiamarli cosí, ma sí, ci sono anche alcuni presunti appartenenti alla presunta lista attribuita al patriota, quello sí, avvocato Mario Jacchia.

De Luca spazzò l'aria con un gesto di impazienza mentre già cominciava a respirare piú forte per l'aspettativa.

– Tagliaferri. L'ingegner Tagliaferri. C'è?

Petrarca frugò tra le buste, poi annuí.

– Eccolo.

Era meno gonfia e dentro c'erano solo tre fotografie. Una era quella del bigliettino che De Luca aveva infilato nel cappotto dell'ingegnere, spiegazzato e stirato per la foto. Non la toccò neanche, lasciandola sul tavolino dove era scivolata fuori dalla busta. Le altre due erano quelle dell'obitorio, prima e dopo.

Nella prima l'ingegnere era quel grumo di sangue che aveva già visto, ma adesso, guardando con piú attenzione le ombre scure che ne macchiavano il volto, riusciva a notare altri particolari. C'era una spaccatura che gli attraversava la fronte, tra gli occhi sbarrati.

– Questo è il colpo che l'ha ammazzato, – disse De Luca. – Non si sopravvive a una botta cosí. Gli altri, però, sono meno violenti, e tutti da una parte sola.

– L'hanno preso a cazzotti mentre era legato da qualche parte, – disse Petrarca e mise sul volto massacrato dell'ingegnere quello lavato dal custode dell'obitorio. Erano primi piani che arrivavano poco sotto il collo delle vittime, ma qualcuno, forse il collega bravo, aveva sollevato le mani di Tagliaferri, appoggiandogliele in cima al petto, perché entrassero nell'inquadratura. C'erano strisce livide che giravano attorno ai polsi dell'ingegnere.

– Legato, preso a cazzotti e poi ammazzato con una bastonata, – disse Petrarca, ma De Luca non lo ascoltava.

Dopo il trattamento del custode il volto dell'ingegner Tagliaferri era piú chiaro e gli occhi non erano piú spalancati ma socchiusi, sembravano spiare da sotto le palpebre. La bocca invece, forse a premere sul mento con la spugna, si era aperta, scoprendo i denti.

De Luca si alzò e andò sotto la finestra, per vedere meglio. C'erano due macchie sui denti dell'ingegnere, due punti neri in mezzo agli incisivi che non erano rotti, erano ancora lí nonostante i pugni. Sembravano carie, ma era difficile che uno come lui andasse in giro con la bocca in quel modo, e avrebbero dovuto comunque fargli male.

– Il Dentista, – disse De Luca.

– Chi? – chiese Petrarca.

– Ogni squadra ha i suoi metodi, oltre alle botte. L'Ufficio Politico della Gnr usa le maschere antigas col filtro chiuso, quelli di via Borgolocchi il manganello chiodato, Massaron il nerbo di bue. Il Dentista lo chiamano cosí perché usa un trapano, ma non credo che lo sia per davvero.

Non si era accorto dell'espressione con cui Petrarca lo stava guardando. Preso dalle sue riflessioni, De Luca fissava il sorriso forzato dell'ingegnere e annuiva, anche, soddisfatto, felice, anzi, di aver risolto il caso.

Il Dentista lavorava per la '22, una squadra autonoma della Brigata Nera. A rapire, torturare e uccidere l'ingegner Tagliaferri erano stati loro, esattamente quello che volevano sapere gli *amici* della Prefettura. Caso chiuso.

– Che c'è, Petrarca? – Adesso si era accorto dello sguardo del commissario, che non gli piaceva.

– Ma come fate? Il Dentista, la maschera antigas… parlate di metodi di tortura come fossero firme di pittori in una galleria d'arte! Come diavolo fate?

C'erano le buste, sul letto, e quando Petrarca ci aveva frugato in mezzo alcune si erano aperte, spargendo le fotografie sul materasso. De Luca guardò quei volti lividi che lo spiavano dagli occhi socchiusi, le bocche mezze aperte nel sorriso fisso dei morti. Li conosceva, ne aveva visti tanti di quegli sguardi e di quei sorrisi, non quelli ma altri, li aveva studiati, sognati la notte e non erano un incubo ma soltanto un prolungamento delle indagini, addirittura auspicato prima di andare a dormire. Ora, però, gli davano fastidio, come gli dava fastidio lo sguardo del commissario.

– De Luca, io un po' credo di aver imparato a conoscervi. Come ci siete finito?

– Ho guardato dalla parte sbagliata, anzi… non ho guardato proprio, da nessuna parte, e quando me ne sono accorto era troppo tardi.

– E alla fine vi siete abituato.

– No, però…

Stava tutto in quel *però*, lo sapeva, ma non voleva pensarci. Un giorno, forse, magari, ma non ora, aveva le sue indagini da chiudere, con una c'era riuscito, ne rimanevano altre due e voleva concentrarsi solo su quelle, dimenticare i *però*, stivarli da qualche parte nella mente e andare avanti.

Ad ammazzare l'ingegner Tagliaferri erano stati quelli della '22. Adesso doveva scoprire chi aveva ammazzato il *rottenführer* Weber e chi aveva sparato al professor Attanasio.

Cosí non continuò la frase, cominciò a infilare le fotografie nella busta e alzò anche gli occhi in quelli del commissario, a sostenerne lo sguardo.

– Basta, Petrarca. Sto con voi, no? E allora lasciatemi in pace.

Questa volta il commissario non era sparito, si era scusato perché doveva tornare in ufficio, ai suoi passaporti, ma era stato De Luca a chiedergli di restare.

– Andiamo a trovare la moglie del vostro amico. Vi conosce?

– No.

– E infatti avrei dovuto dire il vostro *capo*, piú che amico. È al corrente della situazione? Intendo la vostra attività di...

– No, non sa niente.

– In ogni caso il vostro tesserino da poliziotto è meno ingombrante del mio e daremo meno nell'occhio. Soprattutto nell'ambiente che immagino.

L'ambiente era quello che De Luca immaginava, un appartamento di via Rizzoli, con un portiere all'ingresso del palazzo e un ascensore a gabbia, che avevano preso lo stesso nonostante il rischio di rimanerci chiusi dentro per una interruzione di corrente. Invece erano arrivati all'ultimo piano senza neppure una vibrazione e ad aprirgli era venuta una domestica con grembiulino e cuffietta, che aveva studiato a lungo il tesserino di Petrarca, ripetendone il grado e il nome con le labbra mute, per memorizzarlo, era entrata in una stanza in fondo al corridoio e poi era riapparsa sulla soglia, facendogli cenno di venire avanti.

La stanza era una biblioteca, con una grande libreria che correva lungo tre pareti, alta fino al soffitto. A parte i mobili, i tappeti, l'argenteria e i grandi quadri sull'unico muro libero, sarebbe bastato il calore che la riempiva, addirittura rovente sulla pelle fredda, a far capire anche a un cieco che quello era un ambiente di lusso, dove non mancavano i soldi. C'era un camino acceso, incassato dentro la libreria, e una grande stufa di cotto, e la domestica andò a infilarci un ciocco di legno preso da una cassa che ne conteneva molti altri, quasi avesse letto i pensieri di De Luca e volesse rimarcarli.

La moglie di Attanasio era seduta sui cuscini damascati di un divano liberty, il gomito su un bracciolo e le gambe tirate su, di lato, come una sirena. Portava un camicione bianco, aperto sul collo, calzoni da uomo ed era scalza, le unghie dei piedi dipinte di rosso, come quelle delle mani. Il foulard chiaro che teneva avvolto attorno ai capelli come un turbante le dava un'aria da diva del cinema, e avrebbe potuto esserlo, a cominciare dal nome, Altea, e dal cognome da nubile, De Lellis, che aveva mantenuto sul campanello e dal portiere. Era una bella donna.

Allungò un braccio, porgendo la mano senza guardare, come distratta da qualcosa che stava da qualche altra parte, e Petrarca si chinò a prenderle le dita, le labbra socchiuse a debita distanza in un baciamano esemplare, da diplomatico. De Luca chinò soltanto la testa, restando indietro.

– Vi farei accomodare, – disse la donna, – ma sto aspettando visite. Cosa volete ancora da me? Ho già detto tutto a quel poliziotto che sembra un maialino.

– Soltanto qualche domanda, – disse Petrarca, e guardò De Luca.

– Vostro marito è stato accusato di aver ucciso il vostro amante, – disse De Luca, e Altea annuí.

– Sí.

– Posso chiedervi qual era la reale natura dei vostri rapporti col professor Brullo?

– Sí.

– E qual era?

– Eravamo amanti.

– E posso chiedervi se vostro marito ne fosse al corrente?

– No.

– Non posso chiedervelo?

– No che non lo sapeva. A un certo punto, però, deve averlo scoperto, visto che lo ha ucciso.

Parlava sempre rivolta altrove, giocando con le dita di un piede. Da qualche parte arrivò un odore di caffè cosí vero e cosí forte che De Luca dovette incrociare le braccia sulla pancia per non farla gorgogliare. Petrarca, invece, non ci fece caso.

– Davvero pensate che sia stato lui? – chiese il commissario. Altea lo guardò corrugando la fronte, ma dal sorriso che le increspava le labbra si capiva che stava pensando a tutt'altro.

– Assomigliate a un attore, ve l'hanno mai detto?

– Sí, – disse Petrarca, e sorrise anche lui. – Molte volte.

– Aspettate, non ditemelo... come si chiama? È un romano, brillante...

– Paolo Stoppa. Ma io sono piú bello.

Altea rovesciò indietro la testa e rise, una risata canora, da stella del cinema. Tirò giú le gambe e appoggiò i piedi sul tappeto, schiacciandoci sopra le dita come per affondarle nella lana spessa. De Luca seguí il gesto e sfuggí anche a lui un sorriso.

– Il vostro collega è un feticista, – disse Altea a Petrarca. – Mi sta guardando i piedi –. Ne mise uno sopra all'altro, come per nasconderli, la pianta del sinistro sul dorso di quello destro, sorridendo dell'imbarazzo di De Luca, che era arrossito.

– Dopo una bella schiena nuda sono tra le parti piú seducenti del corpo di una donna, – disse Petrarca, la voce morbida e un po' trattenuta, come quella dell'attore.

– Non fate troppo il cascamorto, commissario, – disse Altea, – non siamo al cinema. Se avete finito, vorrei che ve ne andaste. Sto aspettando visite. Carmela!

La domestica aprí la porta come se ci fosse stata dietro, in attesa. Entrò con un vassoio d'argento con sopra tre tazzine e una caffettiera, anche quelle d'argento. Andò a deporlo sopra un pianoforte, cosí vicino a loro e al divano che l'odore di caffè diventò quasi insopportabile, almeno per De Luca, che dovette deglutire, e a forza, per riuscire a parlare.

– Solo una domanda, – disse. – Cosí voi ritenete che vostro marito possa aver ucciso il professore.

– Ne sono sicura –. Affondò le piante dei piedi nel tappeto, a De Luca sfuggí un'occhiata e di nuovo lei sorrise, ma con malizia.

– Per gelosia, dite.

– Credo di conoscere Lorenzo abbastanza bene. È stato il mio primo fidanzato e viviamo insieme da quando ci siamo sposati.

Il suono di un campanello, lontano ma forte come quel primo odore di caffè. De Luca parlò piú in fretta.

– Quella sera però, la sera del delitto, non eravate insieme. Sappiamo dove si trovava vostro marito e certamente dov'era il professor Brullo, ma ci sarebbe utile, per definire la situazione, sapere anche dove voi…

– Mi state chiedendo… come lo chiamano quei libretti gialli della Mondadori… Stoppa, aiutatemi voi!

– Alibi, – mormorò Petrarca, – ma sono sicuro che il commissario non…

– Mi state chiedendo un alibi? Oh mio Dio…

Un'altra ristata da diva. Carmela bussò alla porta e si affacciò sulla soglia. Altea le fece cenno di sí e riportò le gambe sul divano in posizione da sirena, appoggiata al bracciolo.

– Ho passato parte della serata col maestro Vito Crocitto, lo conoscete?

De Luca scosse la testa, memorizzando il nome.

– Dovreste, ha un'orchestra con un repertorio di ballabili assolutamente divino.

– E dove lo avete ascoltato? – chiese De Luca, pronto a memorizzare anche il nome del locale, che doveva essere un club privato, visto che era proibito tenere feste da ballo.

– Alla radio. Sono andata a letto presto per una forte emicrania, da sola, e ho ascoltato la radio, ecco il mio alibi. Lorenzo era già uscito e ho avuto sue notizie soltanto il giorno dopo, quando lo avete arrestato. Prego, prego, entrate!

De Luca si voltò a guardare verso la porta. Erano in tre, un giovanotto magro e spiritato, con i capelli mossi dalla brillantina e il distintivo del partito all'occhiello del gessato blu, una bella ragazza bionda dal volto scolpito come una statua, il colletto bianco della camicia aperto dentro la giacca tirolese, e il tenente Manfred, che anche cosí in borghese, col completo grigio, sembrava comunque uscito da una rivista di propaganda.

– Disturbiamo? – chiese il giovane, e Altea scosse la testa, la mano tesa distrattamente nel vuoto.

– I signori sono della Questura, per la ben nota vicenda. Ma stanno andando via.

– Con premesso, – disse Petrarca, e forse avrebbe baciato ancora la mano di Altea in un saluto altrettanto impeccabile ma l'aveva già presa il giovane, che la faceva ridere stampandole le labbra sulla pelle.

De Luca si girò per uscire, ma il tenente lo trattenne.

– Che fate qua? Credevo che foste al lavoro per noi, il tempo stringe.

– Sono a buon punto, ho già un nome e tante altre cose. Domani verrò a riferire.

Il tenente non disse niente. Fece un passo di lato e lo lasciò andare. Poi si voltò verso Altea e batté i tacchi in un inchino mentre il giovane diceva *mia cara, il nostro Manfred è assolutamente pazzo di voi*.

De Luca si fermò un istante sulla soglia. Lanciò un'occhiata al tenente che baciava la mano di Altea, fissandola negli occhi, notò il sorriso freddo di lei, e prima di seguire Petrarca le guardò ancora i piedi nudi, scivolando sulle caviglie, l'arco delle piante e la forma affusolata delle dita con uno sguardo veloce ma intenso, che sembrava incurante del rischio di farsi scoprire.

– Posso farvela io, una domanda? Perché siamo venuti qui a farci trattare come due disgraziati?

Da quella parte di via Rizzoli si vedeva piazza del Nettuno e il buco lasciato sulla fontana dalla grande statua di bronzo del dio del mare, nascosta nei sotterranei del palazzo comunale per la paura dei bombardamenti. De Luca non lo guardava veramente, teneva gli occhi fissi su un punto qualunque e piú che le parole fu il tono risentito di Petrarca a strapparlo dai suoi pensieri.

– Come dite?

– Che ci siamo venuti a fare? Qual era l'obbiettivo delle vostre domande? Quello bravo siete voi, non ne dubito, però…

– Due obbiettivi, – disse De Luca. – Il primo è capire se la signora zoppica. E posso dirvi di sí.

– Ma se non si è neanche alzata dal divano…

– Ha una gamba piú corta, i piedi non toccavano il tappeto allo stesso modo e una caviglia è piú sottile dell'altra. Potrebbe aver sofferto di poliomielite da piccola, o una cosa del genere. Era quello che guardavo, cosa credete, Petrarca, che sia davvero un feticista?

Petrarca si strinse nelle spalle. – Ognuno ha i suoi gusti, – disse. – E il secondo obbiettivo?

– Sapere se la signora ha un alibi. Non sono stato cosí bravo, lo ammetto, ma pare non ce l'abbia. Ha detto che ascoltava musica leggera alla radio, giovedí sera, possiamo verificare. Lo farete voi.

– Lo farò io, va bene.

– C'è un'altra cosa, – disse De Luca. – A giudicare da come la guardava il tenente, le abitudini saffiche della signora sono ancora un segreto per tutti. Bravo Campanella, gli farò i miei complimenti.

Petrarca annuí. Girò la testa e anche il suo sguardo cadde sulla fontana nuda in mezzo alla piazza.

– Quando il Gigante rivedrà la luce, non ci saran piú Hitler né il Duce, – recitò. – Lo direi in dialetto ma non sono di Bologna.

– Neanch'io.

– Vorrei chiedervi cosa state facendo per i tedeschi.

– È una domanda da spia.

– Ho detto vorrei, mica che ve l'avrei chiesto.

– Devo trovare un orologio.

– Un orologio?

– È una storia che ha a che fare con un caporale delle SS che è stato ucciso. Ma state tranquillo, è una cosa che non manderà nessuno contro il muro, anzi, il contrario. Adesso, però, ve la faccio anch'io una domanda. Perché il Notaio?

– In che senso?

– Perché quel soprannome. Attanasio è un professore di Medicina.

– Dovevamo chiamarlo «il Dottore», come il vostro Dentista? Scommetto che lo stavate cercando tra chi si occupa di legge, magari siete partiti proprio dai notai.

De Luca non disse niente. Montò sulla bicicletta.

– Che facciamo adesso? – chiese Petrarca.

– Voi tornate in ufficio, prima che vi licenzino.

– Giusto. E voi?

– Io vado a teatro.

Il Teatro del Corso non era molto lontano, giusto a metà di via Santo Stefano, ma ci mise un po' a raggiungerlo perché prima fu fermato da una pattuglia della Gnr che voleva vedere il permesso di circolare in bicicletta, ma bastò il suo tesserino da sbirro, poi da un'altra delle Fendgendarmerie che invece voleva proprio la bicicletta, e allora, oltre al tesserino, De Luca dovette tirate fuori anche il nome del tenente Manfred.

Il bombardamento di fine gennaio aveva spezzato il portico, interrotto all'improvviso come il rudere di un antico acquedotto romano. Dietro, sventrato dalle bombe che ne avevano sbriciolato la facciata, del teatro era rimasto soltanto un emiciclo a cielo aperto che sembrava un alveare, perché da ogni occhiello dei due ordini di palchi avevano ricavato un rifugio per i profughi, arrangiato e adattato alla meglio, come le grotte dei Sassi di Matera. Quella che una volta era la platea era diventata una piazzetta piena di gente, soprattutto anziani e bambini, arrangiati alla meglio anche loro, perché tra le sistemazioni per i profughi e gli sfollati quella del teatro era una delle piú precarie.

De Luca scansò un gruppo di bambini piccoli che ridevano di terrore, inseguiti da uno piú grande che sventolava un volantino rosso con sopra la faccia da scheletro e le mani ad artiglio di un soldato alleato, *italiani! Gli anglo-assassini incombono!* e puntò su un vecchio seduto sul bordo di quella che era stata la buca del suggeritore, perché per quanto strano e allucinato sembrasse aveva al braccio la fascia dell'Unione Nazionale Protezione Antiaerea e poteva essere l'equivalente di un capo caseggiato.

Qualunque cosa fosse, quando De Luca gli chiese di Orsi Cassandra, detta Sandrina, il vecchio dell'Unpa alzò una mano, senza dire niente, e indicò uno dei palchetti del proscenio, dove una donnina minuta e un uomo senza un braccio cercavano di issare una piccola stufa di ghisa che doveva essere molto pesante, perché un'altra donna che si sporgeva dalla balaustra del palco, tra i panni stesi, non riusciva a tirarla su. De Luca appoggiò la bicicletta e andò ad aiutarli, spingendo con tutte e due le braccia e a fatica perché sí, era molto pesante, finché la donna di sopra non riuscí a fare leva e a tirarla dentro, come inghiottita tra i panni.

La donna di sotto assomigliava molto a quella della fotografia, anche se dal vivo pareva molto piú giovane, quasi una ragazza, e a De Luca venne spontaneo darle del tu.

– Cerco la Sandrina. Cassandra Orsi. Sei tu?

– Perché la cerchi, la Sandrina?

L'uomo senza un braccio si era messo in mezzo. Era giovane anche lui, nonostante le guance scavate e la barba rada lo facessero sembrare piú vecchio. Portava un cappotto da soldato, rigido e infeltrito, abbottonato fino in fondo, dal colletto alle caviglie che spuntavano sotto i risvolti troppo corti di un paio di calzoni a righe. Aveva una manica piegata e cucita all'altezza della spalla, e un berretto militare, di quelli con la visiera, a cui erano state scucite le insegne.

– Polizia, – disse De Luca. – Devo farle un paio di domande.

L'uomo si fece piú vicino, piú aggressivo.

– E perché?

– Cose di polizia. Ascolta, – anche le occhiaie arrossate lo facevano sembrare piú vecchio, ma il *tu* glielo dette apposta, per far sentire l'autorità, da sbirro, – voglio solo fare due chiacchiere informali, non mi costringere a chiedere i documenti e tutto il resto.

– Cosa vuoi vedere, la mia posizione militare? L'esenzione al lavoro? – Si batté la mano sulla spalla e fece anche una smorfia perché doveva avergli fatto male. – Eccoli qua i miei documenti! Questo qui, – scosse la manica vuota, – l'ho lasciato in Russia e quello che ho addosso, – si prese la falda del cappotto, – è tutto quello che mi resta!

Qualcuno, nella piazzetta, si era voltato a guardarli, anche il vecchietto con la fascia si era alzato per avvicinarsi, e forse era davvero il capo caseggiato. De Luca sospirò.

– Ricominciamo. Cerco la Sandrina, – disse alla ragazza. – Sei tu?

– No, – disse la donna di sopra, affacciata tra i panni stesi davanti all'arco del palco. – Sono io. Venite su.

Le scale di dietro erano rimaste intatte, ancora con la guida rossastra che le ricopriva, anche se stracciata e distrutta, e De Luca le salí fino al primo ordine, come per andare all'opera. Trovò la donna dopo la curva del corridoio, davanti all'ultima porta, che teneva aperta per farlo entrare.

– Datemi una mano, per favore.

La stufetta era rimasta con la base appoggiata alla balaustra del palco che faceva da finestra. La donna la afferrò e De Luca ne sollevò la punta appoggiata al pavimento, tirando male con la schiena. Riuscí a sostenerla e insieme la appoggiarono contro il muro. De Luca si guardò attorno, massaggiandosi le reni che gli bruciavano come per un morso, cercando un posto su cui sedersi un momento. La donna se ne accorse e tolse un mastello di panni da una sedia, l'unica che c'era. I palchetti erano due, collegati da un grande buco scavato a martellate nella parete che li divideva, e c'erano soprattutto letti e brandine, con un armadio, un tavolo e una cassapanca. Pentole e stoviglie stavano in un secchio accanto alla stufetta di ghisa, su cui la donna stava sistemando un fornello.

La Sandrina era un donnino robusto e rispetto alla ragazza di sotto assomigliava molto di piú alla fotografia trovata addosso al caporale Weber. Nonostante i segni della stanchezza e il rossore del freddo che stagnava nel palco sembrava che se si fosse tolta quel cappotto vecchio e il fazzolettone che le copriva i capelli fino a metà fronte, come una musulmana, magari ravvivati con la spazzola e anche un po' di rossetto sul sorriso, sarebbe stata identica, una giovane donna in posa in uno studio, felice di farsi la fotografia.

De Luca ce l'aveva tra le dita, il cartoncino dentellato dei fratelli Ferrano, ma lei non l'aveva visto, chinata di spalle, accoccolata sui calzettoni grossi sollevati dentro gli zoccoli, quasi avesse paura di voltarsi. De Luca glielo chiese.

– Hai paura? – Il *tu*, da sbirro.

– Un po', – disse lei, piano.

– E perché?

– Tutti hanno paura della polizia.

– Voltati, per favore.

Sandrina si girò. Aveva notato la fotografia in mano a De Luca ma faceva finta di non guardarla. Si passò la lingua sulle labbra, veloce, e si sentiva che respirava piú forte del normale.

– Calmati, – disse De Luca. – Voglio solo sapere come ci è finita questa fotografia dentro il borsellino di un caporale tedesco.

La donna si passò di nuovo la lingua sulle labbra. Poi il suo sguardo si indurí e De Luca capí che non sarebbe stato cosí facile come aveva immaginato. Sandrina si strinse nelle spalle.

– Chiedetelo a lui, – disse.

– Per favore, Sandrina. L'ho già detto a quelli di sotto. O facciamo una cosa tranquilla e informale, ma sincera e subito, o ti porto in centrale.

Lei non disse niente. Aprí lo sportello della stufetta e ci infilò dentro un altro pezzo di lignite, piú piccolo.

– Centrale non significa piazza Galileo, in Questura, – disse De Luca, – e neanche il commissariato San Francesco. Centrale vuol dire via Santa Chiara numero 6, o Ingegneria. Lo sai cosa c'è là, vero?

Sandrina restò di spalle, che però erano rigide e tese sotto la stoffa lisa del cappotto. Poi si voltò e andò alla finestra del palco. Si vedeva la gente, c'erano anche l'uomo senza un braccio e la ragazza piú giovane, che guardavano in su. Sandrina fece scorrere un pannello di truciolato lungo la balaustra, chiudendo l'occhiello. Il palco diventò buio, rischiarato solo dai riflessi del fuoco che covava sotto al fornello, e a De Luca ci volle un po' prima che i suoi occhi si adattassero a una penombra cosí scura. Aveva seguito la sagoma della donna muoversi sul rumore legnoso degli zoccoli, e la ritrovò accanto alla stufetta, il volto scavato dalle ombre rossicce della fiamma.

– Gliel'ho data io, – disse piano.

– Gliel'hai data tu. E perché?

Appena un soffio. – Stavamo insieme.

– Stavate insieme, dài! Dài, Sandrina… – De Luca lasciò cadere la frase, piú allusivo che se avesse detto anche tutto il resto. Lo aveva fatto apposta, e infatti lei gli lanciò un altro di quegli sguardi duri.

– Stavamo insieme, – disse. Poi fece una pausa, lunga, mentre pensava a qualcosa che le ammorbidí gli occhi, meno cattivi. – Sono andata con lui perché mi ero innamorata.

L'aveva sentita tirare su col naso ma non poteva vedere se stesse piangendo davvero. C'erano delle candele, sul tavolo. De Luca andò a memoria, nel buio, e ne prese una. La accese con i fiammiferi che aveva in tasca, fece colare una macchia di cera e ce la schiacciò dentro. Poi prese la Sandrina per un braccio, gentilmente, e la avvicinò al tavolo. Non bastava, cosí accese un'altra candela, che piazzò al lato opposto.

– Lo so che parliamo piano e stiamo chiusi perché non ci sentano, ma io ti devo vedere in faccia. Te le ricompro, le candele.

Parlava piano anche lui perché la luce riusciva appena a illuminare Sandrina, mentre il resto della stanza rimaneva immerso in una penombra cosí morbida, cosí intima, che davvero pareva di essere in chiesa, dentro un confessionale. E se anche fuori la gente parlava e faceva rumore, e il truciolato non bastava a tenere lontano, assieme al freddo, le voci dei grandi e le grida dei bambini, De Luca e la Sandrina non sembravano neppure sentirle, concentrati lei nei propri pensieri e De Luca in quelli di lei. Anche la fiamma che borbottava piano dentro la stufa sembrava qualcuno che recitasse il rosario.

– Era gentile, – disse Sandrina, senza bisogno di domande, proprio come una confessione. – All'inizio mi portava le camicie da lavare, sapeva l'italiano abbastanza bene ma aveva un modo di parlare che mi faceva ridere, proprio da tedesco, ma soprattutto era gentile. La prima volta che l'ho visto passava sul ponte del canale, era estate, e quando laviamo i panni noi donne stiamo con le gambe mezze nell'acqua, ci tiriamo su le sottane, in ginocchio col sedere per aria, e ce lo guardano tutti, vecchietti moribondi, i cinni piccoli, i preti poi non ne parliamo –. Si sentiva forte l'accento bolognese, con quella cantilena che andava avanti e indietro nelle frasi lunghe, e quelle parole in dialetto, i cinni, i bambini. – Se son maschi, di quelli che gli piacciono le donne, naturalmente, gli guardano tutti le cosce, alle lavandaie, ma lui lí no. Cioè, lo faceva, ma in un modo diverso e quando l'ho beccato, una volta che mi sono voltata di scatto apposta, mi ha fatto un sorriso come per chiedere scusa. Però non era solo per quello, era carino, simpatico, baciava come un principe… insomma, io non lo so perché mi sono innamorata, però è successo. Anche se era un crucco. Anche se sono sposata, anche se ho tre figli. Forse mi mancava Valerio.

– Valerio è tuo marito?

Sandrina annuí. Andò ad aprire lo sportello della stufetta e ravvivò la fiamma con un pezzo di ferro, poi sentí il calore del fornello con le mani aperte e tornò alla sua nicchia luminosa scavata nella penombra dalle candele, come una Madonna dentro un'edicola.

– Valerio è mio marito, – disse, come per rimarcarlo.

– Ed è un internato militare.

– È un prigioniero nel campo di Wietzendorf, non so se lo dico bene, è in Germania –. Aveva detto *vizzendorf* e lo ripeté, calcando sulle zeta.

– E tu… – iniziò De Luca, ma lei lo interruppe, lo sguardo che si induriva, ancora piú di prima.

– E io sono andata con un tedesco, – ringhiò. – Sí, ci sono andata. E lo so che in Germania i nostri stanno male, fanno la fame e lavorano come schiavi, e io lo amo, anche, il mio

Valerio, è mio marito e quando questo schifo, – e allargò le braccia alla penombra, – sarà finito, invecchieremo insieme, con i nostri figli, e spero anche che ci moriremo, insieme, io e il mio Valerio –. Si fermò per riprendere fiato, ma solo un attimo. – Però non so come è successo ma mi sono innamorata di Erni. Sono una puttana? Perché oltre ai suoi baci mi prendevo anche il burro che mi portava e le marmellate per i bambini? Pensate quello che volete.

In realtà De Luca non pensava a niente in quel senso, e non era quella la domanda che aveva in mente. Disse un'altra cosa, però, che gli veniva prima.

– *Stavamo insieme... ero innamorata...* parli sempre al passato.

– Perché è passato. Un giorno mi sono accorta che non ero piú innamorata, Erni, forse, era solo molto gentile, io non l'ho cercato, lui neanche e non l'ho visto piú.

Le fece la domanda perché era arrivato il momento giusto, ma tolse quell'*e tu* che in effetti era ambiguo e inutile.

– Lo sai che il *rottenführer* Ernst Weber è morto?

Sandrina sbatté le palpebre e si passò la lingua sulle labbra, velocissima.

– No –. Poi ripeté: – No. Quando?

– Qualche giorno fa, all'inizio della settimana scorsa.

– E come è morto?

– L'hanno ammazzato.

Sandrina si passò ancora la lingua sulle labbra e poi se le morse. Ricominciò a respirare forte.

– Mi dispiace. Povero Erni.

– Sai chi lo ha ucciso?

– Io? No –. Sandrina era uscita dall'edicola luminosa per armeggiare con la bocca della stufa. De Luca ne seguiva la sagoma e la voce. – Oddio, è un soldato, saranno stati gli Alleati, no?

– Qui a Bologna.

– Allora i partigiani, sono loro che ammazzano i tedeschi, no? Io...

Coincise con la fiamma che aveva preso il pezzo di carbonella che ci aveva gettato dentro, la bocca che era rimasta aperta e gli occhi sgranati della Sandrina illuminati dalla brace. Ripeté *io*, con la voce arrochita dalla paura, poi si alzò di scatto e dal suo ondeggiare nella penombra sembrava sul punto di scappare da qualche parte. De Luca la prese per le spalle, la rimise dentro la luce e ce la tenne, piú forte, perché gli tremava tra le mani.

– Io non c'entro! – strillò la Sandrina. – Non c'entro niente!

De Luca le schiacciò una mano sulla bocca perché da fuori, oltre il truciolato, le voci si sentivano piú alte e piú vicine. Lei gli prese il polso e se lo strappò via dalla faccia con uno scatto di rabbia che in qualche modo doveva averla calmata, o anche solo distratta un po' dalla paura, perché abbassò la voce.

– Voi pensate che li ho aiutati... che ero d'accordo con loro per ammazzare... ma non è vero! Io non c'entro niente!

Stava per ricominciare a strillare. De Luca le mise una mano davanti alla bocca, ma a distanza, senza toccarla.

– Non penso niente, – disse, duro. – Se pensassi qualcosa sarei venuto con le SS e saresti già dove sai. Rispondi alle mie domande. Quando l'hai visto per l'ultima volta?

– Non lo so... un mese, venti giorni, non so. I bambini erano al raduno scolastico, ho approfittato che ero libera, quando c'è stato?

– Non importa, controllo io. Dove?

– Vicino al canale. C'è un palazzo bombardato che non ci va nessuno perché hanno paura che crolla ma non succede niente, è sicurissimo.

– Lo sapevi che voleva disertare?

– Sí... cioè, no. Non lo so, lo diceva sempre, prima o poi scappo, diceva che la guerra era già persa e con quello che avevano fatto quelli come lui se li prendevano gliela facevano pagare.

– E cosa avevano fatto quelli come lui?

– Non lo so, non me l'ha detto.

– Frequentava gente strana?

– Non lo so, io frequentavo lui.

– Era nervoso, preoccupato... strano?

– No.

– Soldi?

Tra i denti, dura. – Non lo so. Io ho visto solo burro e marmellata.

De Luca si fermò a pensare, e fece anche un passo indietro. La Sandrina non si mosse.

– Per favore, non mi portate dai tedeschi, – sussurrò. – Non c'entro niente con i partigiani, se credete che li ho aiutati non è vero. Lo giuro.

De Luca scosse la testa e fece un gesto con la mano come per dire *va bene, va bene*. Pensava che per quanto a lume di candela, in quell'assurdo palco di proscenio trasformato in stanza degli interrogatori, con gli strilli dei bambini a punteggiare le sue domande, poteva essere quasi sicuro che la Sandrina gli avesse detto la verità. Quasi, perché non si può mai esserlo del tutto, e comunque su alcune cose, ne era certo, gli aveva mentito. Ma non erano quelle che gli importavano di piú.

Ci stava ancora pensando quando la luce esterna lo investí, e per quanto invernale e grigia gli fece male agli occhi. Sandrina aveva tolto il pannello dalla finestra e stava già spegnendo le candele.

– Tra poco arrivano i bambini, – disse, – devo fargli da mangiare.

De Luca annuí. Guardò fuori, dove l'uomo senza un braccio stava immobile a fissare il palco, cosí rigido che sembrava non si fosse mai mosso di lí.

– Chi è? – chiese De Luca.

Sandrina lanciò un'occhiata di sotto mentre prendeva un sacchetto di iuta dalla cassapanca.

– È il fratello di Valerio. Che è anche mio cognato, ha sposato mia sorella piccola, siamo tutti una famiglia.

Sandrina tirò fuori dal sacchetto qualche pugno di farina scura, che ammonticchiò sul tavolo. Ci versò in mezzo un po' d'acqua che aveva in una bottiglia e cominciò a impastare con forza.

De Luca si avvicinò al buco nella parete e guardò nell'altro palco. C'erano tre letti e un grosso comodino con una valigia sopra.

– Di là dormiamo io e i cinni, di qua mia sorella e suo marito, che non hanno figli –. Poi aggiunse: – Ma mia sorella è incinta.

De Luca scavalcò il foro e raggiunse una macchia colorata sulla parete di fronte, che era un foglio di carta attaccato al muro con un chiodo, un disegno a matita, un edificio che sembrava una casa colonica ma troppo lungo e troppo austero, ma soprattutto alberi, alti e dritti, con la chioma verde, un bel disegno con molte sfumature, perché le matite usate erano colorate.

– È di Valerio, – disse Sandrina, che si era affacciata al buco per vedere cosa stesse facendo De Luca. – Gliel'hanno lasciato spedire dal campo. È bravissimo, vero?

Era carta di fortuna, un foglio da disegno tecnico che era stato piegato in quattro per farlo stare in una busta da lettera. De Luca aspettò che la Sandrina fosse tornata al suo lavoro e aprí la valigia sul comodino, anche se lo avrebbe fatto comunque. Dentro, assieme alla biancheria, c'erano documenti, carte di identità, permessi di lavoro e foto di famiglia, una con la Sandrina, piú giovane di qualche anno ma con lo stesso vestito a fiori, abbracciata a un giovanotto in divisa da aviere, un ragazzone alto e grosso, con un sorriso aperto sui denti grandi, Valerio, immaginò De Luca.

C'erano anche delle lettere e alcune, tre, con sulla busta un timbro militare tedesco. Due erano aperte, con dentro fogli di fortuna anche quelle, carta intestata dell'Aeronautica Militare Italiana e una bella calligrafia ordinata, *Sandrina amore mio*, e *Sandrina mia carissima*, firmate *Valerio tuo per sempre*.

Una, invece, era chiusa, e *Oflag 83-Wietzendorf* ce l'aveva come indirizzo e non come mittente. De Luca la tenne in mano e tornò dall'altra parte.

– Cos'è questa?

La Sandrina lanciò un'occhiata alle spalle di De Luca, alla valigia aperta, e indurí lo sguardo, anche se fece finta di niente. Riprese a cuocere sul fornello dischetti di farina impastata, tondi come piccole piadine.

– È l'ultima lettera che gli ho scritto. Mi è tornata indietro un paio di settimane fa.

– E perché?

Sandrina si strinse nelle spalle. – È già successo una volta, quando l'hanno spostato da Sandbostel a dove sta adesso. I tedeschi non sono poi cosí precisi.

– Me la tengo per un po'. E mi prendo anche la tua carta di identità, ti lascio il permesso di lavoro.

– Ma io…

– Tranquilla, ti restituisco tutto tra un paio di giorni.

La Sandrina fece per protestare ancora, poi, all'improvviso, si portò una mano alla bocca, soffocando un conato che sembrava un rutto. Spinse da parte De Luca per passare cosí forte che quasi lo fece cadere, saltò dall'altra parte del buco e lui la sentí vomitare, in un secchio, come vide quando si affacciò.

– È la vegetina, – disse lei pulendosi la bocca con il dorso della mano. – Non la sopporto, quella farina vegetale, non so proprio con che schifezza la fanno, ha un odore!

De Luca le porse il braccio per aiutarla ad alzarsi, poi però la trattenne, perché aveva notato qualcosa.

– Cos'è questo?

La Sandrina si portò le dita al fazzoletto, dove indicava De Luca, e ne abbassò il bordo sulla fronte che si era scoperta.

– No. Toglitelo, per favore.

Era un vecchio livido sopra l'occhio sinistro, abbastanza in alto, e ce n'era un altro con una crosta sopra, quasi tra i capelli. De Luca fece per toccarli ma Sandrina tirò indietro la testa.

– Chi te l'ha fatto?

– Nessuno. Sono caduta all'ultimo allarme. Era buio ed è pieno di macerie.

– E perché li nascondi?

– Fanno impressione ai bambini.

Mise il fazzoletto in tasca e tornò dall'altra parte, dove si cominciava a sentire odore di bruciato. Tolse le focaccine di vegetina dal fornello e tirò fuori dalla cassapanca un vasetto di marmellata con l'etichetta in tedesco e l'aquila della Wehrmacht. La guardò, e guardò De Luca, che anche questa volta non stava pensando a niente di male, e infatti si strinse nelle spalle, con quel gesto *va bene, va bene*.

– Non era per questo, – disse lei lo stesso, – che stavamo insieme. È che mi ero innamorata.

E le sfuggí un sorriso, che se non fosse stato cosí triste, anche senza il vestito a fiori, i capelli pettinati e il rossetto, la Sandrina sarebbe stata identica alla ragazza della fotografia.

Il vecchio dell'Unpa non era il capo caseggiato ma solo un matto. De Luca lo capí perché lo stava aspettando in fondo alle scale che scendevano dai palchi, con la fascia al braccio e anche un elmetto in testa, e invece di restituirgli subito la bicicletta che De Luca gli aveva affidato cominciò a raccontare che c'era anche lui quando erano piovute le bombe, stavano provando *Il barbiere di Siviglia*, lui era secondo violino, e poi era venuto giú tutto. Lo stringeva per una manica del soprabito, De Luca riuscí a liberarsi senza essere troppo scortese, lo abbandonò nella piazzetta, perso in mezzo ai bambini, e andò a cercare il vero capo caseggiato, un uomo tarchiato che portava la camicia nera sotto al cappotto e la cimice all'occhiello, anche se era un vecchio distintivo del Partito Nazionale Fascista di una volta e non di quello Repubblicano.

Gli mostrò la sua tessera, lasciando che leggesse bene l'intestazione, *Squadra Autonoma di Polizia Politica*, e rispose al suo saluto.

– Ho un incarico per voi.

– Dite.

– Li conoscete gli Orsi?

– Hanno fatto qualcosa?

– Non hanno fatto niente. Voglio solo che li teniate d'occhio. Se notate qualcosa di strano, ma soprattutto se li vedere andare via tutti insieme, con le valigie, allora voglio che chiamiate il mio ufficio. Vi do il mio numero, avete da scrivere?

No, ma aveva una memoria di ferro, e si batté la mano sulla fronte mentre lo ripeteva tra le labbra.

– Bene, sorveglianza continua, h24, in particolare la Sandrina.

Salutò ancora e si allontanò pensando che non credeva fosse cosí necessario, ma non si sapeva mai, magari la Sandrina si era spaventata. Era quasi arrivato fuori dalla piazzetta quando si trovò di nuovo l'uomo senza un braccio che gli sbarrava la strada.

– Hai saputo del tedesco, – gli disse a bassa voce ma con violenza, un sibilo tagliente, tra i denti.

– Cose di polizia, – disse De Luca e fece un passo di lato, per andare oltre, ma l'uomo gli sbarrò la strada, ancora.

– Non dirlo a nessuno.

– Per favore...

– Non dirlo a nessuno. Siamo gente per bene, noi Orsi. Antonio è un brav'uomo e non si merita quella puttana. Se avessi avuto ancora tutte e due le braccia lo ammazzavo io, il tedesco. E poi stai sicuro che ammazzavo anche lei.

Dio benedica il telefono, pensò De Luca appoggiando la cornetta sulla forcella dell'apparecchio che aveva sulla scrivania.

Era arrivato in ufficio dopo una corsa in bicicletta che gli aveva spezzato la schiena, e non era bastato mettersi davanti alla stufetta a massaggiarsi le reni, i morsi gli salivano voraci fino alle spalle assieme ai brividi freddi di una febbre incipiente. Ma ce n'erano altri, di brividi, piú sottili. Gli erano venute in mente delle cose, tante, ma per metterle in fila aveva bisogno di parlare prima con il tenente Manfred, in fretta, subito, e non solo per quella smania che gli rubava il respiro. Non sarebbe riuscito ad andare alla Kommandantur neanche portato in auto da Franchina, figuriamoci in bicicletta, e allora Dio benedica il telefono e la Fatme che aveva prodotto l'apparecchio di bachelite nera in dotazione al suo ufficio, col tastino rosso, sopra, per prendere la linea e quello bianco che non aveva mai capito a cosa servisse.

Prima, però, c'era stata la Vilma che lo aveva fermato ancora nel corridoio per dirgli che Rassetto era furioso, e dargli una busta che qualcuno aveva lasciato per lui, una busta gialla con l'intestazione della Questura, Ufficio Passaporti. Poi lei lo aveva spinto contro il muro, la curva dell'anca contro il suo fianco, perché era piú alta, e le labbra sull'orecchio. Gli amici aspettavano, gli aveva detto, e lui le aveva risposto che gli dicesse di stare tranquilli, che ci andava la mattina dopo, perché aveva risolto il caso.

«Bravo», sussurrò Vilma, e De Luca si irrigidí perché era cosí vicina che immaginava gli avrebbe spinto la lingua nell'orecchio, come quella mattina, e invece niente, solo un soffio caldo che sapeva di rossetto.

In ufficio aveva cercato un tagliacarte, perché la busta era chiusa bene e non riusciva a infilare il dito dentro l'angolo, per aprirla. Non lo trovò e allora ne batté un bordo sulla scrivania, per far scivolare giú il contenuto, e strappò quell'altro.

Dentro c'era una rivista, «Segnale Radio», e sulla copertina con il piede di un africano, scalzo e con gli anelli alla caviglia, che calpestava un crocifisso, Petrarca aveva appuntato un fogliettino, *mi dovete 5 lire, P.*

Era il settimanale che riportava i programmi dell'Eiar, e dall'altra parte del fermaglio c'era la pagina di giovedí 30 novembre, il giorno in cui il professor Tagliaferri era stato ucciso. Petrarca aveva tracciato un cerchio a penna che oltre alla pubblicità dell'Ovocrema, *quando è necessario sostituire le uova*, conteneva anche i programmi di quella sera.

Cosí De Luca aveva premuto il tastino rosso, Dio benedica il telefono, aveva girato la rotella per comporre il numero della Questura e si era fatto passare l'Ufficio Passaporti, commissario Petrarca, *per cortesia, grazie*.

«Avete visto, comandante? Come nei romanzi di Agatha Christie, li conoscete?»

«No».

«Sono romanzi polizieschi, quelli con la copertina gialla. Comunque, la signora Altea non ha piú un alibi, anzi. Ha detto che ha ascoltato ballabili alla radio ma è difficile scambiarli con *Camerata dove sei?*, che veniva invece trasmesso dall'Eiar a quell'ora. Che ne dite?»

«Che è un indizio. Importante ma ancora solo un indizio. Dovremo tornare da lei e farle qualche altra domanda, adesso abbiamo un appiglio per metterla alle strette. Pensate che il nostro testimone invisibile potrebbe riconoscerla?»

«Forse. Ma non potete chiedermi di portare un altro estraneo al suo nascondiglio».

«Va bene. Ci lavorerò sopra».

Ma il telefono gli serviva soprattutto per parlare con il tenente Manfred. Allora De Luca aveva cercato il numero della Kommandantur dall'elenco che teneva in un cassetto della scrivania, aveva spinto di nuovo il tastino rosso e infilato la punta dell'indice nei buchi della rotella, 137, pausa per controllare quello che veniva dopo la lineetta, 41785, e aveva parlato prima con il centralino, poi con qualcuno che non parlava italiano, con qualcuno che lo parlava male, e alla fine col tenente. Che al telefono, filtrata dalla linea e dal dischetto nella cornetta, sembrava piú morbida e meno ingessata dalla cadenza da film di quanto non lo fosse dal vivo.

«Comandante De Luca. Allora avete trovato la ragazza, sí?»

«Sí, l'ho trovata».

«Bravo. E come si chiama?»

«Orsi Cassandra, detta Sandrina».

«Bene, E volete dirci dove sta?»

«No. Però lasciate che mi spieghi. Ci sono ancora un paio di verifiche da fare, perché mi sono venute delle idee. Anzi, una idea e una verifica».

«Non vi seguo». Per quanto morbida fosse la voce del tenente era diventata acida.

«Mi spiego meglio, allora. Ho parlato con la ragazza e ritengo mi abbia detto la verità. Non credo che sappia molto degli affari del *rottenführer* Weber. Era solo sinceramente terrorizzata dall'essere associata ai partigiani. Però mi è venuta in mente una cosa. Se adesso ve la consegno, voi me la prendete e la interrogate a modo vostro, va bene, ma se è come sospetto io mi rovinate tutto».

«E come sospettate voi?»

«Fatemi una verifica e ve lo dico. Altrimenti è solo fantasia e non vorrei fare una brutta figura con un collega –. Lo aveva detto apposta, *collega*, e dal verso compiaciuto del tenente capí che aveva raggiunto l'effetto giusto. – Se sbaglio vi prendete la ragazza e spero che basti a risparmiare la vita degli ostaggi».

«Lo spero anch'io. Cosa devo verificare?»

De Luca aveva ancora in tasca la lettera della Sandrina, quella respinta al mittente. Si contorse sulla sedia per prenderla e fece una smorfia, perché si era dimenticato del mal di schiena.

«La ragazza ha scritto una lettera al marito che è un internato militare di Wietzendorf, ma le è tornata indietro. Si tratta... – De Luca strappò la busta e tirò fuori un foglio di carta a quadretti scritto a matita, con una grande calligrafia infantile e ci fece scorrere sopra gli occhi, rapidamente, – di una lettera d'amore...»

«Il contenuto è irrilevante. Cosa volete sapere?»

«Voglio... vorrei sapere dove si trova adesso il marito della ragazza. La lettera è tornata indietro».

«Di solito perché il soggetto non è piú all'indirizzo dato».

«E per quale motivo non ci sarebbe piú?»

Il tenente aveva fatto una pausa, breve, non abbastanza da pensare che fosse caduta la linea ma sufficiente a far capire che doveva essere seccato.

«Perché il soggetto è stato trasferito ad altro campo e non è stato ancora registrato, non siamo sempre cosí precisi come credete, noi tedeschi. Oppure è morto. Ma seguirebbe una comunicazione in tal senso. Quanto tempo fa...»

«Due settimane».

«Va bene, fatemi verificare. Gli estremi dell'internato, prego».

De Luca aveva letto l'indirizzo sulla busta, aveva specificato che Orsi Valerio era un aviere, aveva ripetuto il nome della Sandrina e anche scorso di nuovo la lettera per cercare qualche informazione in piú, ma il tenente l'aveva fermato.

«È sufficiente cosí, grazie».

«Una preghiera, signor tenente. Facciamo presto perché il tempo stringe».

«Lo so. Chiamerò da parte del generale Von Senger e userò una linea telefonica... come dite voi di una cosa che viene prima?»

«Veloce... no, prioritaria!»

«Ecco sí, prioritaria. Buongiorno, comandante».

Era allora che De Luca aveva appoggiato la cornetta pensando *Dio benedica il telefono*, e la Fatme che aveva prodotto il suo apparecchio, nonostante il pulsante bianco, e anche Antonio Meucci che lo aveva inventato.

– Allora è vero che lavori per i tedeschi.

Quando era arrabbiato, Rassetto raddoppiava le consonanti in un accento sardo piú accentuato, ma questa volta doveva essere davvero furioso, come aveva detto la Vilma. Non poteva vederlo, perché gli stava alle spalle, ma lo immaginava con le labbra stirate nel suo sorriso da lupo, i baffetti sottili dritti come tirati con una matita, anche i pugni piantati sui fianchi, o forse i pollici agganciati al cinturone. Da quanto tempo stava lí dietro ad ascoltarlo?

– Avevi detto che era una cosa di burocrazia, e invece. Tanto vale che ti trasferisci da loro.

– È un caso speciale, – disse De Luca, e cercò di voltarsi.

– Che hai fatto, ti hanno menato?

– No, uno strappo.

– E cosa sarebbe questo caso speciale?

– Sai quel caporale delle SS che è stato ammazzato?

– I *Banditen*.

– No. Roba personale. Ci sono quasi.

– Le tue cose da poliziotto. Un altro caso brillantemente risolto.

– Salvo la vita a dieci ostaggi.

Il sorriso di Rassetto si allargò tanto che i baffetti si piegarono all'insú. Non rise perché era ancora arrabbiato, ma ormai gli stava passando.

– Ridicolo. Non ce ne frega niente a nessuno dei due, anzi, per me che facciano pure, se sono in galera vuol dire che se lo meritano, piú traditori togliamo di mezzo e meglio è. Lo sai, invece, cosa mi dà fastidio?

Rassetto prese una sedia che stava contro il muro, la mise davanti a De Luca, all'angolo della scrivania, e si sedette, accavallando le gambe.

– Girati, dài, che mi fai pena. Lo sai cosa mi dà fastidio? Che siano dieci. Dieci ostaggi per ogni tedesco ucciso. E per un fascista? Cinque. E non è una semplice consuetudine, è scritto proprio sui bandi attaccati ai muri, loro dieci e noi cinque… perché? Uno dei nostri vale la metà di uno dei loro? Che ragionamento è?

Picchiò il pugno sul gambale dello stivale che teneva sul ginocchio facendo schioccare il cuoio lucidissimo. Di solito, a quel punto, avrebbe ripreso quel sorriso che faceva paura, perché era cattivo, e detto qualcosa di tagliente, invece Rassetto alzò la testa e lasciò che lo sguardo si perdesse oltre la finestra, nel cielo grigio. Sospirò, anche.

– A me i tedeschi non mi piacciono. Li sopporto perché ci dobbiamo vincere la guerra, e loro certe cose le sanno fare bene, anche se adesso siamo un po' in crisi, ma me ne frego, perché vinceremo. Però non li ho mai sopportati, questi stronzi arroganti che si fregano tutto, anche le galline, rozzi e ignoranti come capre, e si credono 'sti cazzi, come direbbe Franchina, dieci per un tedesco e cinque per un fascista! Ma andate a farvi fottere, crucchi di merda!

Eccolo, il sorriso. Cattivo.

– Siccome sei in forza alla mia Squadra Autonoma di cui io sono il comandante e tu il mio vice, da questo momento esatto smetti di lavorare per loro, assolutamente. Hai capito?

– Ho capito. Però...

– Però niente. Vuoi che glielo dica io, come il papà con la maestra? Con chi dovrei parlare?

L'ultima frase Rassetto l'aveva detta in un falsetto flautato, da bambini, *con chi dovrei parlare*, ma quando De Luca glielo disse tornò subito serio.

– Quel capitano delle SS che sembra un marocchino? Harry Niemann?

– Non so come si chiama. Il mio riferimento è il tenente Manfred, che lavora per Von Senger, ma sembra che a comandare sia il capitano.

– Niemann e Manfred.

De Luca annuí e Rassetto lasciò ancora che lo sguardo gli scappasse oltre la finestra, senza sorriso. Mormorò il capo dei servizi di sicurezza delle SS e il vice di gabinetto del Comandante militare di Piazza, poi aggiunse *ma io me ne frego, vinceremo e allora vedrai*, e guardò De Luca.

– Va bene, allora finisci quello che devi fare per loro, ma in fretta. E vai a farti fottere anche tu. A che punto sei con il Notaio? Se a vostra grazia è rimasto un po' di tempo...

– Ci sono vicino.

– Non mi prendere per il culo.

– No, davvero. Non sai quanto. Mi è venuta un'idea nuova.

Rassetto si alzò e rimise anche a posto la sedia. A De Luca era davvero venuta un'idea per il Notaio, ma mentre Rassetto se ne stava andando gliene venne in mente un'altra.

– Posso chiedertela io una cosa? – disse.

Rassetto gli rispose con lo sguardo, *sí*.

– Perché abbiamo fatto un favore alla '22?

– Chi ha fatto un favore alla '22?

– Noi, io. Mi hai fatto mettere il bigliettino nella tasca di uno che era stato torturato dal Dentista, e quindi dalla '22.

Rassetto tornò alla scrivania di De Luca. Niente sorriso, anzi, le labbra strette, come non gliele aveva mai viste.

– Chi lo dice?

– Voci che girano. Qualcuno gli ha visto i denti, al morto.

– Chi, quel questurino del commissariato?

– No, non lo so. Voci che girano.

Rassetto appoggiò una mano sulla spalla di De Luca e anche quella era una cosa nuova. A Rassetto non piaceva toccare o essere toccato dagli uomini, anche quando picchiava si metteva i guanti. A De Luca sembrò di sentire le dita del comandante attraverso la stoffa del soprabito, per quanto stringeva.

– Ti stai facendo troppe domande. Hai avuto un ordine e l'hai eseguito, fine della storia. Sei già abbastanza impegnato a portarmi il Notaio e a finire quella cosa per i tuoi amici tedeschi. Non perdere altro tempo. E non è l'ordine di un superiore, è un consiglio da amico.

Dopo che Rassetto fu uscito, De Luca si mise a pensare. Anche lui con lo sguardo perso nel cielo di piombo di Ingegneria, pensava che non era vero che non gli importasse niente degli ostaggi. Dieci persone, uomini, anche donne, anche vecchi, per lo piú innocenti, e che comunque non c'entravano niente col caporale Weber.

Non era vero che non gli importava. Non gli importava abbastanza.

Invece della Sandrina sí, gli importava, tanto che non aveva voluto consegnarla ai tedeschi, e fortuna che aveva parlato con Manfred, perché se ci fosse stato quell'altro, il capitano delle SS, adesso sarebbe già nella stanza numero 1 di via Santa Chiara 6/2, a sputarlo tra i denti rotti, quel nome.

Pensava.

Pensava che forse Petrarca aveva ragione, che a certe cose ci si era abituato, perché era strano che provasse una pietà cosí fredda per dieci persone e tanto trasporto per una, che conosceva appena. E pensò anche che non era per quello, perché lei l'aveva vista e gli altri sarebbero stati solo nomi su una lista battuta a macchina, era davvero perché certe cose gli sembravano quasi normali. Ci sono tempi in cui la gente muore, al fronte o schiacciata dalle bombe, viene arrestata, torturata, uccisa, è cosí che va il mondo, pensava, e gli sembrava quasi normale.

Quasi.

C'era anche una cosa a cui però non voleva pensare, e non ci pensò, infatti, soltanto un attimo, abbastanza per alzarsi dalla sedia con uno scatto perché non riusciva a stare fermo, ma solo un attimo, brevissimo, che alcune delle persone sulla lista probabilmente, alle Caserme Rosse o San Giovanni in Monte, ce le aveva fatte finire lui.

Un attimo, perché subito dopo si concentrò sui casi che doveva risolvere, sulle informazioni che aspettava e su come avrebbero influito sulle sue congetture in un meccanismo che quello sí era logico e razionale, come un orologio, delitto e colpevole, ogni cosa al suo posto, come era giusto.

E fu con quel pensiero che andò a letto, con la schiena che gli bruciava e i brividi della febbre in arrivo, i crampi allo stomaco perché non aveva mangiato ma non ne aveva nessuna voglia.

Anche se sapeva che non era per quello che non sarebbe riuscito a dormire.

E infatti era sveglio quando il piantone venne a bussare alla porta della sua stanza per dirgli che siccome c'era il telefono dell'ufficio che squillava tanto, e alla fine lui aveva risposto, c'era un ufficiale tedesco che lo cercava, e con urgenza.

De Luca scese di corsa, con il soprabito sul pigiama e i piedi nudi infilati nelle scarpe, senza pensare ai crampi, i brividi o i morsi nella schiena, di cui si era già dimenticato, come di tutto il resto. Prese la cornetta che stava sul tavolo e il piantone spinse il tastino bianco, facendogli capire finalmente a cosa servisse, ma neppure di quello gli importava.

– De Luca.

– Bravo commissario… è quello che penso io?

– Avete le informazioni che vi ho chiesto?

– Linea prioritaria del generale Von Senger. Ho parlato io stesso con l'*oberstleutnant* Bernardi, che comanda il campo di Wietzendorf. È quello che penso io?

– Per favore, Manfred... cosa vi ha detto?

Il tenente fece una pausa ma anche attraverso lo spessore ovattato della linea si sentiva che stava sorridendo, dal respiro e dalla saliva schiacciata sotto le labbra.

– Perché una lettera ritorna indietro? Perché l'internato è stato trasferito o è morto. E invece c'è anche una terza possibilità. Che sia scappato.

De Luca sferrò un pugno sul tavolo che fece sobbalzare anche il telefono.

– Cosa succede? – chiese Manfred.

– Niente, era una manifestazione di esultanza. Valerio Orsi è scappato?

– Sí, ogni tanto capita anche a noi. L'internato militare Orsi era un soggetto... come dite voi uno che non si tiene?

– Incontenibile, irriducibile... per favore, Manfred...

– È scappato durante il trasferimento al campo di Landeck, che guarda un po' si trova in Tirolo, vicinissimo alla frontiera italiana. È saltato giú dal treno poco prima dell'arrivo. Ha anche picchiato la guardia. È quello che penso io, commissario?

– Credo di sí.

– Che l'irriducibile marito della ragazza scappa dal campo di prigionia, riesce a raggiungere l'Italia, trova la mogliettina che se la fa con un tedesco e lo uccide?

– Sí.

De Luca si sedette, ma non per la schiena. Un improvviso senso di soddisfazione lo aveva messo in uno stato di morbido rilassamento, come succedeva tutte le volte. Caso chiuso.

– Bene. Allora andiamo a prendere la ragazza e ci facciamo dire dove sta il marito.

– No! – Troppo forte. – No. Lasciatemi fare a modo mio. Ho ancora un giorno di tempo e vi giuro che lo trovo, il vostro assassino.

Silenzio. La linea aveva cominciato a friggere e De Luca non percepí il sorriso, ma lo sentí comunque nella voce del tenente.

– Era come ho detto io, vero? Cioè, lo avete scoperto voi, ma dopo l'ho capito subito anch'io, vero? Non sono poi cosí male come poliziotto, no?

– No, infatti. Siete un investigatore molto brillante. Collega.

– Grazie. Allora va bene, fate a modo vostro. Ma se qualcosa va male ne sarete responsabile voi, collega.

Tornò a letto con l'intenzione di dormire, e si tenne anche il cappotto perché nel frattempo le lenzuola si erano raffreddate, ma la sua mente aveva cominciato a volare.

Il livido sulla fronte della Sandrina. L'uomo col braccio solo che gli sbarrava la strada, *e stai sicuro che ammazzavo anche lei*.

Valerio Orsi l'aveva picchiata quando aveva scoperto che stava col caporale, forse l'aveva obbligata ad attirarlo in una trappola, era grande e grosso abbastanza per strangolarlo, l'irriducibile aviere Orsi, la moglie però l'aveva risparmiata, forse l'amava ancora, forse si nascondeva da loro. Aveva fatto bene a mettere il capo caseggiato di guardia, ma non bastava, domani avrebbe mandato qualcuno a sorvegliare il teatro, con la fotografia dell'irriducibile, che però se era riuscito a rientrare in Italia o aveva avuto fortuna o era bene organizzato e adesso chissà dov'era. Avrebbe parlato con la Sandrina, in modo diverso da come aveva già fatto, con altre domande e altre risposte.

Intanto doveva dormire. La mattina presto doveva andare in Prefettura, dagli amici della Vilma, a liberarsi del caso che aveva risolto. Poi dalla Sandrina. Poi dai tedeschi. E anche da Altea, per il caso Brullo, a chiederle conto del suo alibi sbagliato, perché certo, magari ricordava male, ma come diceva Petrarca non era facile confondere un'orchestrina swing con un annunciatore che parla alle truppe con maschia voce littoria. E poi era anche zoppa.

De Luca si rannicchiò sotto le coperte, sollevate fino all'orecchio. Non poteva ammalarsi. Doveva dormire. Doveva restare in forze.

Per calmarsi pensò che nonostante tutto, nonostante quello che erano i tempi e quello che era lui, risolvendo il caso del *rottenfürer* Weber aveva salvato la vita di dieci ostaggi e anche quella della Sandrina. E pure rimesso a posto le cose come dovevano essere, delitto e assassino, tutto in fila, tutto giusto, tutti i dentini dell'orologio che combaciavano l'uno con l'altro.

Dovette funzionare, perché piano piano i pensieri si fusero assieme in una brutta nebbia pesante e appiccicosa, che gli avvolgeva il cervello e scendeva giú, a infilarsi nelle ossa, finché a un certo punto, in un modo o nell'altro, si addormentò.

Parte terza

Gli assassini

«Il Resto del Carlino», giovedí 7 dicembre 1944-XXIII, Italia, Impero e Colonie cent. 50.

1944: ANNO DELLA RESISTENZA EROICA. L'anno 1944 volge alla fine. L'anno che doveva essere, secondo i calcoli dei nostri nemici, quello della vittoria anglosassone, si va concludendo in modo del tutto inatteso per Churchill e compagni [...] soprattutto con uno spiegamento di nuove armi e di mezzi [...] di cui il nemico non sospetta la potenza e che sono capaci di rivoluzionare d'un colpo l'andamento del conflitto.

Cronaca di Bologna: EROGAZIONE DEL GAS. L'orario non sarà modificato. [...] Interpellato in proposito il competente ufficio ci è stato risposto che purtroppo non si può accontentare tutti. La grande maggioranza degli abitanti mangia il pasto piú abbondante di giorno; perciò si è stabilito, appunto, di effettuare l'erogazione dalle 11 alle 13. VITA SCOLASTICA. Liceo Tecnico Commerciale «Marconi». I raduni di dicembre si terranno in piazza Calderini 2, il 15 e 16 corrente. NATALE PER I FAMILIARI DEI LAVORATORI IN GERMANIA. Il Comando germanico organizza una festa natalizia con doni. [...] Pertanto i familiari sono invitati a presentarsi all'Ufficio di Collocamento e informare sul numero dei figli. Il giorno 8 dicembre, dalle 9 alle 15 si devono presentare le persone i cui cognomi hanno le seguenti iniziali: dall'A alla G; il 9 dall'H alla P; il 10 dalla Q alla Z.

Niente febbre e il mal di schiena gli era quasi passato, anche se a stare seduto rigido su quella panca, con le spalle appoggiate al muro freddo del corridoio della Prefettura, prima o poi gli sarebbe tornato.

Aveva bussato all'ufficio del segretario Spagnuolo ma non c'era ancora nessuno. Era molto presto e avrebbe preferito correre dalla Sandrina, che era piú urgente, ma Petrarca non sarebbe stato disponibile prima di un'altra ora. Non voleva andarci senza compagnia, al teatro, non si fidava ad affrontare da solo quell'energumeno di Valerio Orsi, casomai ci fosse stato, non poteva portarsi dietro qualcuno dei suoi, e tantomeno i tedeschi. Petrarca non era un granché ma era meglio di niente.

Il segretario arrivò quasi subito. Fece risuonare i suoi passi lungo il corridoio silenzioso e si sedette sulla panca, accanto a De Luca. Lo ascoltò dondolando la testa, avanti e indietro, come scandisse il tempo, la bocca a *o* da comico di varietà e le mani in grembo con le dita intrecciate.

Le botte, le torture, i denti, la '22, De Luca raccontò tutto tranne l'archivio segreto del collega di Petrarca, e alla fine Spagnuolo rimase in silenzio, le labbra strette come un foro e gli occhi sgranati, in quella espressione da bambino.

– La '22, – disse.

– Sí. Il Dentista è in forza con loro. È una squadra che fa parte della Brigata Nera di...

– Lo so, la conosco. E voi conoscete la Banda Finizio?

De Luca ne aveva sentito parlare. Era una delle tante polizie autonome della Repubblica che agiva a Roma, o a Milano.

– Prima a Roma e poi, con l'arrivo degli Alleati, a Milano, – precisò Spagnuolo. – Il dottor Finizio si occupa di un settore particolare, reati finanziari e illeciti arricchimenti, che tradotto in linguaggio corrente significa caccia ai soldi, leciti o illeciti che siano.

De Luca annuí, senza comprendere.

– Ecco, – disse Spagnuolo, – la '22 fa piú o meno lo stesso ma qui a Bologna. Dà la caccia ai soldi, dovunque siano, basta che ci possa mettere le mani sopra. Mi capite?

De Luca scosse la testa e Spagnuolo alzò le sopracciglia, incredulo.

– Davvero? L'ingegner Tagliaferri è stato torturato prima di essere ucciso. E perché si tortura qualcuno?

– Perché parli, – disse De Luca.

– Esatto. Non certo di antifascisti, che l'ingegnere non frequentava e che forse neanche avrebbero interessato i camerati della '22, che come abbiamo detto hanno altri ambiti. Di cosa, allora?

– Di soldi.

– Esatto. Che l'ingegnere, noto spiantato senza arte né parte, non aveva. Debiti, quelli sí, ma soldi pochi, quasi niente.

De Luca cominciava a seccarsi. Anche perché pensava di aver capito dove volesse arrivare Spagnuolo, e non gli piaceva.

– Sentite, signor segretario, grazie per la lezione sugli interrogatori, di cui non credo di avere bisogno, ma ora avrei da fare. Volevate sapere chi ha ucciso l'ingegner Tagliaferri e io ve l'ho detto. Indizi gravi e concordanti sulla Squadra '22 della Brigata Nera. E adesso se volete scusarmi...

De Luca si alzò, ma ormai aveva cominciato a conoscerlo, il segretario Spagnuolo, e il fatto che non si fosse neppure mosso, anzi, aveva allungato le gambe sul pavimento, incrociando le braccia sul petto, gli fece intuire che stava per dire qualcosa. E che anche quella non gli sarebbe piaciuta.

– No, commissario. Noi vogliamo indizi gravi e concordanti che incriminino la Brigata Nera. Il discorso che vi ho appena fatto è quello che farà il maggiore Podriga qualora lo accusassimo. *Noi? Ma noi cerchiamo solo i soldi, che c'entriamo con quel morto di fame?*

Aveva provato a rifare l'accento veneto del comandante della '22, e anche se non c'era riuscito sembrava molto soddisfatto della sua imitazione, perché ridacchiava. *E adesso, ecco a voi le ballerine.*

Poi cambiò espressione, le labbra sempre a cerchio, gli occhi sempre sgranati, ma adesso non sembrava piú un comico o un bambino.

– Grazie per l'informazione, ma non basta. Siete ancora all'inizio. Diteci perché la '22 si è occupata di Tagliaferri, dateci un motivo plausibile in modo da poterla accusare, e saremo finalmente amici. Che è sempre meglio che essere nemici, no?

Petrarca lo aspettava dall'altra parte di piazza della Vittoria d'Etiopia, sotto uno degli archi quadrati di palazzo Volpe. Gli fece un cenno quando lo vide uscire dalla Prefettura e un altro ancora perché indossava un bel cappotto a doppio petto, molto elegante, ma cosí grigio si confondeva contro le colonne del portico.

– Credevo vi sareste messo in tiro anche voi, – gli disse. – Andiamo nell'alta società.

– Faccio troppo Questura?

– Io faccio Questura, voi fate Politica con quel soprabito e la camicia nera. Devo darvi atto, però, che sotto avete un vestito piú pesante. Ci stava bene una cravatta, col panciotto. Ma siete sicuro che sia l'ora giusta? Ero convinto che una gentildonna come Altea De Lellis dormisse fino a mezzogiorno.

– Non andiamo da lei.

Petrarca si fermò. Aveva già iniziato a camminare sotto il portico, verso via Ugo Bassi e non si era accorto che De Luca non si era ancora mosso.

– Andiamo a trovare un'altra signora, prima, e questa sono sicuro che è già sveglia.

De Luca fece un passo nella direzione opposta, ma questa volta fu Petrarca a restare fermo.

– Non vi seguo, comandante. In tutti i sensi, sia fisicamente che mentalmente.

De Luca sospirò, tornò da Petrarca e gli raccontò tutta la storia della Sandrina, il *rottenführer* Weber, la fotografia, Orsi Cassandra, il marito irriducibile scappato dal campo di concentramento.

– Stiamo lavorando per i tedeschi? – chiese Petrarca.

– Stiamo salvando la pelle a dieci persone.

– Questo lo so, e va benissimo, certo. Però…

– Però cosa?

– Però niente. Andiamo. Ma cerchiamo di fare presto. Lorenzo Attanasio non è proprio un soldato e ho paura che a stare dentro finisca per farsi scappare qualcosa. Dobbiamo tirarlo fuori al piú presto.

– State tranquillo.

De Luca camminava veloce, seguito da Petrarca che allungava il passo per stargli dietro.

– Comunque sappiate che non sono un granché in quanto a capacità operative. Se ci fosse l'energumeno che dite…

– Non importa. Ce l'avete una pistola?

– Sí, ovvio.

– Benissimo, allora. Preferivate che ci mandassi i tedeschi, al Teatro del Corso?

– No, certo, ma…

Petrarca si bloccò perché c'erano proprio, i tedeschi. Un sidecar che li intercettò alla fine della piazza, di nuovo davanti alla Prefettura, girandogli attorno come uno squalo dopo aver puntato su di loro come se li stessero cercando. C'era un soldato della Feldgendarmerie nella carrozzina, con il mitra a tracolla, che scese quasi al volo, nonostante la mole, e glielo puntò contro.

– De Luca… mi hai venduto? – sussurrò Petrarca, bianco come uno straccio.

– Vaffanculo, Petrarca, – disse De Luca, che aveva riconosciuto sulla motocicletta il graduato che lo aveva portato alla Kommandantur. – Sono qui per me.

Il graduato disse qualcosa al soldato, che abbassò il mitra, poi gridò qualcos'altro al tenente Manfred, che stava appoggiato al cofano di una Kübelwagen in fondo alla strada, di spalle, con le braccia conserte, a osservare la facciata di San Petronio ingessata dai pannelli di populit contro le schegge delle bombe.

Il tenente montò in macchina, li raggiunse e aprí la portiera del passeggero per De Luca.

– Venite, andiamo a prendere la ragazza.

– Ci stavo andando io. Vi avevo detto che non è il caso che vi facciate vedere, se lo scoprisse il marito potrebbe...

Il tenente Manfred piegò indietro la testa e mostrò i denti bianchi in una risata da fotoromanzo.

– Sono venuto a cercarvi appena l'ho saputo, perché è vero che a volte i tedeschi non sono cosí precisi, ma solo a volte. Il comandante Bernardi ha contattato il suo... come dite...

– Collega?

– No, quando sono uguali...

– Pari grado?

– Omologo, – disse Petrarca.

– Ecco, sí, omologo, parola difficile. Chi siete voi?

– Un collega della Questura, – tagliò corto De Luca.

Il tenente guardò Petrarca, che stirò le labbra in uno dei suoi sorrisi che chiedevano fiducia, poi tornò su De Luca.

– Comunque, Bernardi ha contattato il comandante del campo di Landeck per un confronto e mi ha chiamato questa mattina prestissimo. Ricordate che dicevo che una lettera poteva tornare indietro solo in due casi ma che ce n'era un terzo che li comprendeva...

– Sí, lo ricordo. Se il detenuto fosse scappato. E infatti Orsi è scappato durante il trasferimento a Landeck.

– Bene, c'è un quarto caso che li comprende tutti e tre.

Aveva un foglio piegato per il lungo che gli sporgeva dal taschino della giubba. Il tenente lo tirò fuori e lo sventolò davanti a De Luca, che si sporgeva all'interno della macchina.

– L'aviere Orsi Valerio è scappato durante il trasferimento in treno, tre settimane fa. Ma due giorni dopo è stato ripreso, portato al campo di Landeck e fucilato sul posto.

De Luca aprí il foglio. Era un telegramma, in tedesco ma c'era il nome di Orsi, la parola *erschossen*, fucilato, e Petrarca che annuiva, dopo avergli letto da sopra la spalla.

– E quindi, caro collega, – disse il tenente con un sorriso, – dal momento che è morto, il marito della ragazza non può essere l'assassino del *rottenführer* Weber. Allora adesso noi andiamo a prenderla insieme. Dove sta?

De Luca cercò di pensare in fretta. La botta del telegramma lo aveva stordito, era sicuro che il suo caso fosse chiuso, e adesso invece la sua mente aveva ricominciato a correre, impazzita, se Orsi era morto, se Orsi non c'entrava, allora chi diavolo, cosa diavolo, e prima ancora doveva salvare la Sandrina dai tedeschi. Ma il tenente Manfred lo stava fissando con quello sguardo che faceva paura.

– Dove sta?

– Via Santo Stefano –. E poi lo ripeté, fissando Petrarca. – Teatro del Corso.

– Sta in un teatro? – chiese il tenente.

– È un edificio per gli sfollati.

Il tenente abbaiò un ordine e il graduato partí col sidecar e il soldato. De Luca lanciò un'occhiata a Petrarca, che annuí.

– Piacere di aver fatto la sua conoscenza, *herr Leutnant*, ma devo rientrare in ufficio. De Luca, noi ci sentiamo presto.

Petrarca stese il braccio, con un inchino. Il tenente alzò una mano in un saluto distratto, mentre metteva in moto, poi la batté sul sedile del passeggero.

– Andiamo, collega!

De Luca si infilò in macchina e Manfred fece rombare il motore mentre ripercorreva la strada a marcia indietro. Girò nella piazza, con le gomme che stridevano e aspettò che De Luca gli indicasse la direzione.

– Spero che la guerra finisca presto, – disse il tenente passando sotto la facciata blindata di San Petronio, – non ho ancora visto la vostra cattedrale. Dicono che sia molto bella.

– Buongiorno, comandante. Sono ancora tutti dentro, non si è mosso nessuno.

De Luca strinse le labbra. Aveva proposto di arrivare fino nella piazzetta con la macchina, con l'intento segreto di farsi notare, ma il tenente l'aveva lasciata piú giú, lungo la strada, e anche il sidecar col graduato, il soldato e altri due che li avevano raggiunti stavano defilati dietro le colonne del portico mozzato. De Luca guardò la piazzetta davanti a quell'anfiteatro che sembrava una dentiera rovesciata. Nessuna traccia di Petrarca.

– Son venuti due qui a cercare la Sandrina, dicevano di essere della Questura, ma io gli ho detto che rispondevo solo a voi e li ho mandati via.

Il capo caseggiato sorrideva, orgoglioso. De Luca si girò verso Manfred, che era abbastanza vicino per sentire, ma l'uomo aveva parlato quasi in dialetto, *ièn gno dú que a zarcher*, ed era difficile che il tenente avesse capito qualcosa. Però indicava uno degli occhielli dell'anfiteatro, dentro al quale si intravedeva la Sandrina, e quello si capiva.

Pensare in fretta. Un'idea per farsi notare, un'idea per trattenere i tedeschi, qualcosa, qualunque cosa. Ma non gli venne in mente niente.

Il tenente batté le mani e il graduato fece un cenno ai soldati, che lo seguirono sotto il portico. C'era già abbastanza gente, nonostante l'ora, e rispetto al giorno prima c'erano anche alcune mucche infilate sotto gli archi dei palchi ancora vuoti del primo ordine. Il vecchio dell'Unpa stava seduto al suo posto, sulla buca del suggeritore.

I soldati entrarono nella piazzetta, rapidi e pesanti, con il mitra imbracciato e nessuno si era ancora accorto di loro quando suonò l'allarme antiaereo.

Al primo ululato della sirena si fermarono tutti. Era un urlo in crescendo, di quelli che uscivano dalle trombe a manovella sui camion, uno strillo meccanico che gelava il sangue come un graffio su una lavagna. Durò cinque secondi e quando si interruppe lasciò un silenzio totale in cui tutti sembravano trattenere il fiato. Restarono immobili anche quando arrivò quell'altro, solo le mucche che si agitavano mentre uomini, donne, bambini e soldati guardavano il cielo, la bocca socchiusa e la lingua che si seccava in gola. Aspettavano il terzo allarme, che arrivò anche lui cinque secondi dopo, ma soprattutto attendevano quello che sarebbe successo alla fine del prossimo intervallo di silenzio.

Tre segnali d'allarme: limitato pericolo. Formazione di bombardieri probabilmente diretti altrove.

Sei segnali: allarme aereo. Bombe in arrivo.

– *Qual bon!* – urlò il vecchio dell'Unpa appena arrivò il quarto ululato, e cominciò a correre avanti e indietro, agitando le braccia, – *Qual bon! qual bon!* – quello buono, con una voce cosí acuta che faceva piú paura delle sirene.

Dovevano esserci abituati, gli allarmi suonavano quasi tutti i giorni e teoricamente la Sperrzone non poteva essere bombardata, ma non se la immaginava nessuno un'incursione con quel cielo cosí nuvolo, e quando le bombe cadevano, cadevano dove volevano loro.

Dovevano esserci abituati e il rifugio era poco lontano, ma il vecchietto dell'Unpa che gridava, le mucche che muggivano, impazzite, anche un branco di cani che latrava da qualche parte, la gente si fece prendere dal panico e invase la piazzetta, donne con i bambini per mano e in braccio, uomini con le valigie preparate per l'occasione, vecchi che si sostenevano l'uno con l'altra, i contadini col forcone che cercavano di schiacciare le vacche piú dentro gli archi dei palchi, nessuno correva ma camminavano veloci, inarrestabili, nonostante il capo caseggiato, che gridava di stare calmi e i tedeschi che si paravano in mezzo alla folla, con i mitra tenuti a due mani, a spingere indietro. Il graduato tirò fuori la pistola e stava per sparare un colpo in aria ma il tenente lo fermò prendendogli il braccio, e fece bene, perché altrimenti avrebbero cominciato davvero a correre tutti.

– De Luca! – urlò Manfred. – Cercate la ragazza, voi che la conoscete!

De Luca si infilò tra la folla, cercando di non farsi trascinare via. La vide, la Sandrina, gli passò accanto assieme ai figli, con l'uomo senza un braccio e la sorella. Sembrava seguissero un giovane dai capelli ricci e i baffetti che a De Luca ricordò uno degli studenti di Giustizia e Libertà che aveva visto al funerale di Brullo, e quando per un attimo ne incrociò lo sguardo ebbe conferma che sí, era proprio lui.

Il tenente Manfred lo raggiunse in mezzo alla piazzetta che ormai si era svuotata, restavano soltanto le mucche, i cani e i soldati.

– Non l'ho vista, – disse De Luca. – Impossibile, con tutta questa confusione.

Il tenente si batté il pugno su una coscia e disse qualcosa tra i denti che De Luca non udí ma poteva essere un'imprecazione, o una bestemmia.

– Colpa mia. Dovevo portare piú uomini. Evidentemente la gente ha piú paura delle bombe che dei tedeschi.

Il graduato disse qualcosa, con rispetto ma nervosamente, e anche gli altri soldati scrutavano il cielo da sotto il bordo degli elmetti. Soltanto il tenente ostentava un'indifferenza che non si capiva quanto fosse vera.

– Che si fa, collega?

– Andiamo al rifugio piú vicino a vedere se c'è. Tra l'altro staremo anche al riparo.

– E se non c'è?

– L'abbiamo persa. Sicuramente non siete passati inosservati, inutile mettere qualcuno a sorvegliare il teatro, non tornerà piú.

– Allora possiamo dire addio agli ostaggi.

Il graduato parlò ancora, piú piano ma anche piú nervosamente.

– L'abbiamo persa, ma solo per adesso, – disse De Luca. – Ho ancora un po' di tempo per fare a modo mio.

Il tenente guardò il cielo con una lentezza esasperante, poi annuí.

– Va bene, andiamo al rifugio. Dubito che la troveremo ma almeno saremo al riparo dalle bombe. Con tutti i posti belli che ci sono a Bologna mi dispiacerebbe farmi ammazzare in un luogo cosí… come dite, voi? Squallido?

Al rifugio di via Santo Stefano la Sandrina non c'era.

Il tenente spedí i soldati alla caserma della Feldgendarmerie con la macchina e tornò alla Kommandantur con il sidecar e il graduato, che guidò velocissimo, come non aveva mai fatto prima.

De Luca restò quasi un'ora nelle cantine delle scuole Aldrovandi, seduto su un gradino con le braccia allacciate attorno alle ginocchia, finché non arrivò un milite dell'Unione Nazionale Protezione Antiaerea, uno vero, a dire che era stato un falso allarme, che qualcuno aveva rubato un camion con le sirene per fare uno scherzo, o qualcos'altro che non si era capito.

Uscí assieme alla gente che parlava ad alta voce, eccitata, indecisa se essere arrabbiata per lo scherzo o sollevata perché il bombardamento non c'era stato, e fuori, ad aspettarlo appoggiato a una colonna del portico, trovò di nuovo Petrarca.

– Bravi, – disse De Luca, – c'ero cascato anch'io.

– L'importante è che ci sia cascato il vostro amico tedesco.

– Dov'è la ragazza?

– In un posto sicuro. Appena l'avremo sistemata meglio vi ci porto.

– Dobbiamo fare presto se vogliamo salvare quegli ostaggi.

– Lo so, e ho detto che vi ci porto. Prima, però, andiamo a far visita a quell'altra signora. Ormai si è fatto un orario decente.

Ma neanche Altea era a casa. La domestica con la crestina non voleva dirgli dove fosse andata né quando era uscita, ma cambiò idea appena De Luca tirò fuori il suo tesserino.

Appartamento di via Volturno, la sera prima, e non era tornata a dormire. Via Volturno 13. Ultimo piano. No, non De Lellis e neanche Attanasio, Diva, sul campanello.

Per un attimo De Luca ebbe la tentazione di spingere da parte la cameriera ed entrare a perquisire la casa, ma Altea aveva troppe conoscenze, anche tra i tedeschi, anche il tenente Manfred, e sarebbe stato troppo rischioso.

Cosí scesero lungo via dell'Indipendenza, aggirarono la facciata dell'*Albergo Baglioni* che era ancora sotto il portico dove era crollata dopo l'ultima bomba messa dai partigiani e voltarono in via Volturno.

Il portone del numero 13 era aperto, De Luca e Petrarca salirono le scale fino all'ultimo piano e si fermarono davanti a una porta che aveva un cartoncino sul campanello con sopra scritto *Diva*, in inchiostro rosso. Petrarca stava per suonarlo ma De Luca lo fermò. Appoggiò la testa alla porta e dentro il sottofondo bianco dell'orecchio schiacciato contro il legno sentí l'eco lontano di una musica leggera. Poi la voce di Altea, chiara e netta, *non muoverti che rovini tutto.*

De Luca alzò il braccio e picchiò due colpi sulla porta, forte, da sbirro. La musica non cessò, e anche se prima, oltre alle parole di Altea, non c'era stato nessun altro rumore, sembrò lo stesso che dall'altra parte il silenzio fosse diventato piú intenso. Un silenzio lungo, tanto che De Luca stava per bussare ancora quando la voce di Altea arrivò in un sussurro, incerto.

– Chi è?

– Polizia. Aprite, per favore.

Ancora silenzio, ma non cosí intenso. Qualcosa si era mosso, dietro la porta, un fruscio rapido, e anche un sospiro, cosí sembrava, come trattenuto. Altea aprí, ma giusto uno spiraglio, e senza neanche tendere del tutto la catenella che bloccava l'uscio. La musica arrivò piú forte.

– Siete voi, – disse. – Cosa volete?

– Soltanto farvi qualche domanda, – disse Petrarca, piú gentile. – Se avete la cortesia, pochi minuti e ce ne andiamo.

– Adesso sono occupata, tornate piú tardi.

Altea fece per chiudere la porta, ma De Luca la bloccò con un piede. Altea abbassò lo sguardo sulla punta della scarpa infilata come un cuneo tra i battenti e sorrise, scuotendo la testa.

– Oh mio Dio… proprio come al cinema! Stoppa, siete sicuro che non stiamo girando un film poliziesco?

– Insisto, – disse De Luca. – Potremmo anche forzarvi ad aprire.

– E per quale motivo?

– Per il sospetto che stiate nascondendo attività partigiane.

Altea guardò il tesserino di De Luca e socchiuse anche gli occhi per leggerne la dicitura. Poi sorrise e scosse la testa, questa volta a metà tra l'insofferenza e il divertimento.

– Ma per favore... – iniziò.

– Cosa fa quella?

Petrarca si era spostato per sbirciare nell'appartamento oltre il corpo di Altea, si era anche alzato sulle punte, e c'era riuscito. Indicò oltre la spalla della donna, che sospirò, esasperata.

– Va bene, – disse. Chiuse la porta per far scorrere la catenella e la riaprí, lasciandola spalancata mentre voltava le spalle e si allontanava.

L'appartamento non era grande, una piccola mansarda molto luminosa e molto calda grazie a un lucernario e due stufette elettriche. Sembrava una copia in piccolo e senza libri della biblioteca nel palazzo di via Rizzoli, ingombra di oggetti e soffocata dai mobili, compresa una radio massiccia come un comodino da cui veniva la musica ovattata e un po' gracchiante di un'orchestra da ballo. Al centro della stanza c'era una poltrona di pelle rossa e davanti a quella, su un cavalletto, una piccola macchina fotografica, una Leica, ultimo modello.

Sulla poltrona c'era una bella ragazza bionda. Sedeva rigida, nonostante le palpebre abbassate e le labbra socchiuse, da cui usciva un respiro pesante, da sonno. Le braccia larghe, abbandonate sui braccioli e la nuca appoggiata alla sommità del cuscino, indossava soltanto le scarpe e una camicia bianca che la copriva fino al pube, infilata tra le cosce nude, e un fazzoletto nero annodato come una cravatta, tirato giú ad aprirle il colletto fino quasi al seno. De Luca l'aveva già vista prima, era la ragazza che stava con Manfred e il giovane spiritato col distintivo del partito sulla giacca, anche se cosí, con i capelli raccolti in due trecce ai lati del collo e i denti bianchi che si intravedevano dietro le labbra, sembrava piú dolce e meno scolpita nella pietra dell'altra volta.

Altea si mise dietro la macchina fotografica. Dalla porta fino al centro della stanza il tragitto era brevissimo ma si vedeva lo stesso che zoppicava, e quando si fermò al cavalletto a regolare l'obbiettivo teneva il piede sinistro piú sollevato, col tallone appoggiato alla caviglia di quell'altro. Era vestita come la volta precedente, col camicione sui calzoni da uomo, ed era ancora scalza, le unghie sempre dipinte di rosso, lo stesso dell'inchiostro sulla porta. Mancava soltanto il turbante.

Petrarca si avvicinò alla ragazza sulla poltrona e si chinò su di lei.

– Sta bene? – chiese.

– Sophie sta benissimo. Ha solo esagerato un po' col Porto.

Altea indicò una bottiglia di cristallo che stava su un tavolino assieme ad alcuni bicchierini, poi appoggiò l'occhio aperto al mirino della Leica.

– La state fotografando, – disse De Luca.

– Brillante deduzione, – disse Altea, e De Luca strinse i denti.

– È pornografia, – disse.

– Non si vede niente, a parte le gambe, che non è un granché di questi tempi. Potete allontanarvi un po', Stoppa? Siete nell'inquadratura.

Petrarca fece un passo indietro e andò a sbattere contro un divano. Voleva sedersi ma c'erano i vestiti della ragazza sparsi sui cuscini e quando fece per spostarli si fermò. Prese una giacca e la sollevò per farla vedere a De Luca. Era una divisa da ausiliaria della Wehrmacht, con le mostrine verdi e il bracciale di stoffa gialla sul bordo della manica. C'era anche una bustina con l'aquila e la svastica.

De Luca girò attorno alla poltrona e raggiunse il mobile che conteneva la radio. La spense, troncando la musica di netto.

– La ragazza è davvero tedesca o si tratta soltanto di una pagliacciata?

Altea staccò il volto dalla macchina fotografica.

– Sophie! – chiamò, poi lo ripeté a voce piú alta. La ragazza sulla poltrona socchiuse gli occhi e si passò la lingua sulle labbra. Mormorò qualcosa con un miagolio lamentoso, da bambina. Altea indicò a Petrarca il tavolino con il Porto. C'erano alcuni bicchierini usati, Petrarca ne prese uno nuovo, ci versò dentro il vino e lo porse alla ragazza.

– *Bitte, Fraülein*, – disse, in tedesco, e lei rispose *vielen dank*, grazie mille, in un sussurro impastato. Assaporò un sorso di Porto e poi tornò a chiudere gli occhi, mormorando *wo ist die Musik?*

Altea sorrise a De Luca, prima un sorriso piccolo, di soddisfazione, poi uno piú grande, perché si capiva che lui stava pesando che sí, era una bella donna, anche se lo faceva con rabbia. Appoggiò l'occhio al mirino ma lo tolse subito, perché De Luca si era messo davanti alla macchina.

– State facendo fotografie pornografiche a una ausiliaria tedesca! E sotto gli occhi della polizia!

– È solo un gioco tra ragazze, commissario. Che sono sicuro resterà tale. Prima di fare qualunque cosa, o divulgare in qualche modo questa situazione, chiedete notizie di Sophie al nostro comune amico Manfred. È un consiglio che sono sicura apprezzerete.

Altea spostò il cavalletto, regolò l'obbiettivo e fece scattare l'otturatore. Sophie sorrise, istintivamente, scoprendo ancora di piú i giovani denti bianchi.

– Avete parlato di domande, – disse Altea, – siete venuti per questo, no?

De Luca fece cenno a Petrarca, poi si mosse per la stanza, lo sguardo che scivolava ovunque, sui libri, sulle carte e sugli oggetti. Petrarca si schiarí la voce.

– Dicevate che avete trascorso la sera a casa, da sola, ad ascoltare musica alla radio.

– Ancora con questa storia dell'alibi? Ma per favore… Altea girò la rotellina per far avanzare la pellicola e scattò un'altra foto. – Sí, l'ho fatto.

– L'orchestra del maestro Vito Crocitto.

– Sí.

– Ballabili.

– Divinamente ballabili.

C'era una porta sul lato della mansarda. De Luca si avvicinò, mise la mano sulla maniglia e la aprí.

– Fate con comodo, – disse Altea, con un tono piú alto del normale che a De Luca sembrò stizzito, ma anche un po' preoccupato.

Era una piccola camera da letto, abbastanza buia perché l'unica finestra era ancora mascherata per l'oscuramento. De Luca girò la chiavetta dell'interruttore e accese la luce. C'erano soltanto un letto matrimoniale, disfatto, e un'altra porta, piú piccola. De Luca la aprí e si chinò per guardarci dentro, perché era davvero molto piú bassa, poco piú di un passaggio. Dava su una scala che scendeva giú, nel buio.

– È una seconda uscita, – disse Altea, affacciata sulla soglia della camera. – Utilissima in caso di bombardamento nel caso la scala principale sia ostruita. O casomai venisse la polizia per arrestarmi. Uscite, per favore, siete nella camera da letto di una signora sposata.

Petrarca aspettava De Luca per continuare con le sue domande, anche se il collega non sembrava piú cosí interessato alle risposte. Ormai la progressione che aveva cercato di costruire si era persa, ma non poteva certo ricominciare da capo.

– Signora, abbiamo controllato. Giovedí sera l'Eiar ha trasmesso un programma di servizio, *Camerata dove sei?* Ci avete mentito.

Altea non disse niente. Chiuse gli occhi e si lasciò sfuggire un soffio che era l'inizio di una risata trattenuta. Passò in mezzo a De Luca e Petrarca, col suo passo zoppicante, girò la manopola della radio incassata nel mobile e la accese.

Dove sta Zazà, uh Madonna mia...

Altea mosse la testa, a tempo. – Non è male, ma preferisco lo swing alla canzone napoletana. A Sophie, invece piace tutto... *magst du, Sophie*? – E lei annuí, senza aprire gli occhi, biascicando qualcosa che finiva con *Musik*.

Come fa Zazà, senza Isaia...

– Che poi lo chiamano swing italiano, ma è swing e basta, jazz o dixie, non credete?

– Sí, – disse Petrarca, – però voi...

– E ho sempre trovato ridicola questa mania di tradurre tutto in italiano, Benny Goodman che diventa Beniamino Buonuomo e *Saint Louis Blues*, che follia, *Le tristezze di San Luigi*.

– Sfondate una porta aperta, signora, ma io le ho chiesto...

– Ascolto Radio Bari, – disse Altea, lo sguardo fisso su De Luca, dove lo aveva sempre tenuto. – Lo so che è proibito, ed è vero che Ubaldo Zeni non è Alberto Rabagliati, ma il programma di intrattenimento al di là del fronte è migliore di quello della Repubblica Sociale Italiana. Però non chiedetemi di citarvi i messaggi ai partigiani di *L'Italia Combatte*, alle ventitre stavo già dormendo da un pezzo.

Uh Zazà, uh Zazà, uh Zazà.

Petrarca guardò la radio, la righina rossa che segnava sulla fascetta trasparente una sintonia diversa da quella degli studi di Torino da cui trasmetteva l'Ente Italiano Audizioni Radiofoniche. Poi guardò De Luca, che fissava Altea, occhi negli occhi, lei che sorrideva e lui serio.

– Sí, ascolto una radio clandestina, lo confesso. Mi volete arrestare?

– Scommetto che se cerco bene un motivo per sbattervi dentro lo trovo. Non credo che la nostra *Fräulein* sia soltanto sotto l'effetto del Porto.

– Avete ragione. Le fotografie oscene già ce le avete, posso offrirvi qualcos'altro?

Altea si avvicinò alla poltrona, appoggiò un ginocchio sul cuscino e si chinò sulla ragazza. Le sussurrò qualcosa all'orecchio che la fece ridere, poi la baciò sulla bocca, schiacciando le labbra sulle sue. Sophie non si mosse, gli occhi sempre chiusi, ma quando Altea la lasciò aveva la lingua ancora tra i denti, che sembrava cercarla.

– Atti contro natura, – disse la donna, ansimando leggermente, – vi basta per arrestarmi?

– Ognuno ha i suoi gusti, – mormorò Petrarca, imbarazzato.

De Luca spense la radio. Aveva voglia di sedersi ma aveva caldo, con quelle stufette accese, cosí evitò il divano e andò a sistemarsi su una poltroncina che stava in un angolo, vicino alla porta.

– Smettiamo di giocare, – disse. – La signorina è solo un'ausiliaria ed è troppo giovane per avere un potere suo, quindi immagino che sia la figlia o l'amante di qualcuno, magari un von qualcosa col trattino tra due nomi e le spalline da generale.

– La figlia, – disse Altea, e si toccò anche una spalla con la punta delle dita, annuendo.

– E immagino anche che se due piccoli questurini come noi si permettono di mettere a disagio il nostro von con certe storie, finiscono in un campo di concentramento prima ancora di firmare il rapporto. Ho ragione, Petrarca?

– Temo di sí, – disse Petrarca.

– Bene. Allora smettiamo di giocare. Abbiamo provato a fare pressione su di voi, a ricattarvi, a incastrarvi con l'alibi, cose da sbirri, insomma, ma adesso, se permettete, carte scoperte. Volete?

Altea si strinse nelle spalle. Andò a sedersi sul divano, sui vestiti di Sophie, e tirò su le gambe in posizione da sirena, ma senza l'atteggiamento fatale dell'altra volta. Si arruffò i capelli, che erano dello stesso colore di quelli della ragazza, ma tinti, e cominciò a giocare con le dita di un piede. Sempre bella, sempre provocante e sensuale, ma adesso con qualche anno in piú di quelli che dimostrava prima. Prese un bicchierino e lo sollevò verso Petrarca, che si affrettò a riempirlo.

– Allora, – disse De Luca, – noi non crediamo che sia stato vostro marito ad uccidere il professor Brullo.

– Pensate che sia stata io?

– Abbiamo un testimone. Una persona che ha visto una donna come voi allontanarsi dal luogo del delitto con una pistola in mano.

– Una donna come me?

– Una zoppa.

L'aveva detto apposta, perché carte scoperte va bene, ma era sempre un poliziotto, e le cose si fanno in un certo modo. *Una zoppa*, con quella zeta tagliente, e da come lei smise di giocare con l'alluce, per un attimo, stringendo assieme i piedi nudi, un momento solo, non di piú, capí che le aveva fatto male.

– Non sarò l'unica zoppa di Bologna, – disse Altea, anche lei quella parola, apposta, mi hai fatto male ma non cosí tanto. – Soprattutto in tempi come questi. Avete altro?

– Non avete un alibi. Lasciamo perdere questa cosa di Radio Bari, immagino che abbiano un programma simile tutte le sere. Eravate in relazione con il professore. E avevate accesso alla pistola di vostro marito, compatibile con l'omicidio. Ma soprattutto una cosa.

Fece una pausa, non per caricare la tensione ma perché gli si era seccata la gola. Troppo caldo. Ma non voleva bere del vino, cosí a digiuno, e allora continuò, forzando la voce.

– Non mi convincete. Piú vi guardo e piú vi ascolto e piú penso che non me la raccontate giusta. Avete mentito fin dall'inizio e continuate a mentire. Quando siamo arrivati c'erano dei bicchieri già sporchi, li ho contati, erano tre, – alzò le dita, muovendole in aria, – e come faccio a non pensare che potesse esserci anche un'altra persona, qui con voi, che se ne è andata attraverso quelle scale, – indicò la porta sulla parete della mansarda, – come faccio a fidarmi di voi? È una cosa da sbirro, appunto, una cosa assurda, forse, ma perdonatemi: non mi convincete.

– Posso farvela io, una domanda? – disse Altea.

– Sentiamo.

– Perché avrei ucciso Franco?

– Non lo so.

– Voi lo sapete?

Petrarca allargò le braccia, scuotendo la testa. Altea agitò il bicchierino e il commissario lo riempí di nuovo.

– Che relazione avevate con il professore? – chiese De Luca.

– Con Franco? Era un collega di mio marito. E mi sbavava addosso come un lumacone. Non era l'unico, lo fanno quasi tutti e io glielo permetto, mi ronzano attorno come le api con un fiore, io li tengo tutti a distanza, ogni tanto ne lascio passare qualcuno, ma pochi, come sapete ho altri gusti, e alla fine di questo stupido carosello mi restano il divertimento e il miele.

Fece schioccare la punta della lingua con un sorriso cosí sensuale che a De Luca dette fastidio. Dovette distogliere lo sguardo e quando lo riportò al suo posto lei sorrideva ancora, e di piú.

– Franco non è stato uno di quei pochi. Mi ha fatto una corte spietata, poi deve aver capito che non c'era niente da fare e si è ritirato. Che motivo avevo per ucciderlo? Perché mi aveva respinto o voleva lasciarmi? Non ho mai avuto una relazione con lui, lo so, l'ho detto, ma mentivo, voi mi avete capito, sono una che ama giocare. Con Lorenzo abbiamo preso in giro il povero Brullo cosí tante volte che adesso un po' me ne vergogno.

Altea si girò verso Petrarca, ma non per farsi versare da bere. – Mi guardate male? Lorenzo era al corrente di tutto.

– Io non guardavo niente, – mormorò Petrarca, ma non lo ascoltava nessuno.

– Vediamo, allora perché l'avrei ucciso? Perché aveva scoperto i miei segreti e mi ricattava? – Altea allungò un braccio verso Sophie, che adesso stava russando, la testa inclinata su una spalla. – Vale per lui quello che vale per voi, la mia bambina è la mia assicurazione.

– Potreste riuscire a convincermi, – disse De Luca. Continuiamo con le carte scoperte?

– Ve ne prego.

– Posso chiedervi di farmi perquisire questo appartamento?

– No.

– Non mi interessa la droga o quant'altro, cercherei una pistola.

– No.

– E l'appartamento di via Rizzoli?

– No.

– Vorrei farvi incontrare il nostro testimone per un confronto.

– No.

Aveva sempre sorriso, scuotendo appena la testa, con le ciocche dei capelli che ondeggiavano come una piccola nuvola bionda. De Luca si alzò dalla poltroncina.

– Va bene, allora abbiamo finito. Togliamo il disturbo.

– Posso dirvi chi penso sia stato?

No, avrebbe voluto dire De Luca, che si era stancato di questo giocare al gatto col topo, anche perché gli sembrava di non essere lui, il gatto. Invece annuí.

– Lorenzo. Non andate a cercare chissà dove e chissà cosa. È stato lui.

– E perché?

– Non lo so, siete voi il poliziotto. Non certo per me, magari per qualcun'altra.

– C'erano altre donne nella vita di vostro marito? – chiese Petrarca.

– Non ne ho idea. Ognuno faceva la sua vita. Sí, forse all'inizio eravamo innamorati, poi abbiamo capito che non eravamo fatti l'uno per l'altra, e non dico solo riguardo ai gusti, abbiamo cominciato a farci i fatti nostri e andava benissimo cosí, a tutti e due. Mi guardate male?

Petrarca scosse la testa, passò accanto alla poltrona e lo sguardo gli cadde sulla ragazza. La camicia si era sollevata dal pube e per un momento sembrò che volesse rimettergliela a posto, per coprirla, infatti esitò, la mano rigida, rosso di imbarazzo, anche perché Altea lo stava guardando. Senza volerlo colpí con un calcio una scarpa che stava sotto la poltrona e la fece rotolare sul pavimento, una bella scarpa elegante dalla punta rotonda, che Altea fece tornare sotto la sedia con una spinta del piede. Cosí in fretta che De Luca pensò che si vergognasse perché si vedeva che era stata risuolata.

Petrarca chiese scusa e lo raggiunse sulla soglia, il collo rigido per non girarsi indietro a guardare la ragazza mezza nuda. De Luca lo lasciò passare, poi si fermò, la mano sulla maniglia.

– E se vi chiedessi se c'era davvero una terza persona, qui con voi, e volessi sapere chi è, me lo direste?

Altea sorrise.

– No, – disse, la nuvola bionda che si muoveva leggera attorno al suo volto.

– Ma noi abbiamo una particolare propensione a farci prendere per i fondelli? – disse Petrarca quando furono di sotto. – Sarò un tipo all'antica ma sono sconvolto.

– L'avete detto voi, ognuno ha i suoi gusti.

– Ma no, non è per quello, ci mancherebbe. Credevo che essere un poliziotto, soprattutto con una tessera della Politica, incutesse almeno un po' di timore, se non di rispetto.

– Funziona meglio con i poveracci, – disse De Luca.

– Pensate davvero che sia stata lei?

– Non lo so piú. Non so piú niente, Petrarca, mi sono svegliato questa mattina con la convinzione di aver praticamente risolto tutti i miei casi e adesso mi sembra di essere di nuovo in alto mare. Quando posso vedere la Sandrina?

– Quando saremo pronti, ve l'ho detto. Per quanto mi fidi di voi non posso farvi girare tutti i nostri covi, comandante, – non commissario, comandante, – non lo facciamo neanche noi.

– Sbrigatevi, però. Vi do un giorno, poi devo vederla.

– Va bene. E intanto?

– Intanto bisogna rimettere a posto i pezzi di questo rompicapo a tre facce. C'è una manciata di indizi sparsi dappertutto che vanno rimessi in fila. Mi sono perso a correre dietro a ogni cosa, e non si lavora cosí.

– Va bene, e quindi?

– Conosco un solo modo. Ricominciare da capo.

Ricominciare da capo.

Caso Tagliaferri. Un ingegnere senza arte né parte, prelevato dalla '22, torturato dal Dentista, ucciso e fatto passare per uno jacchia. Depistaggio d'autore a opera della sua Squadra (e di lui stesso). Nessuna collaborazione da Rassetto.

La Vilma, seduta alla sua macchina da scrivere in un momento in cui in ufficio non c'era nessuno, le gambe da ballerina accavallate e la limetta per le unghie che scorreva, precisa e veloce («Vuoi che sia la tua Mata Hari? E credi che non ci abbia già provato prima? Sono stata io a suggerirti agli amici della Prefettura, visto che non cavavo un ragno dal buco, e guarda che io sono brava. Va bene, ci provo ancora, cercherò di essere piú brava»). E poi un graffio nell'aria davanti al volto di De Luca, a mano aperta, come una zampata.

Ricominciare da capo. L'appartamento dell'ingegnere. Via Sant'Isaia, terzo piano. La porta socchiusa, con la serratura sfondata. Tutto per aria, i cassetti ribaltati, i libri aperti, anche i materassi squarciati. Perquisizione di polizia, diritto di bottino e semplici sciacalli. Anche a guardare ogni cosa, con cura, in ginocchio per terra, di interessante non c'era rimasto piú niente.

Ricominciare da capo.

Caso Weber. Un caporale tedesco delle SS, ladro e disertore, spogliato nudo e lasciato nella cantina allagata di un palazzo bombardato. Delitto per gelosia escluso, falsa pista e perdita di tempo prezioso.

Interrogare la ragazza di nuovo, appena possibile, ma intanto tutte le informazioni disponibili sul *rottenführer* da ripassare in cerca di qualcosa (benedetto telefono). Il tenente Manfred molto disponibile (per inciso: «Oh, sí, quella bella ragazza bionda, Sophie, certo, le avete messo gli occhi addosso anche voi, ma perdonatemi, con un *polizei* italiano... è la figlia di un *Generalmajor*, come dite qui, un generale di brigata, ecco, non è cosa per voi. La sua amica, piuttosto, quella De Lellis, invece, sí, le sto facendo la corte io, avete niente che possa aiutarmi?»)

Molto disponibile. Il ruolino militare del *rottenführer* portato dal graduato col sidecar e letto da lui, in tedesco. Una serie di incarichi e destinazioni su cui De Luca poteva solo prendere appunti prima che lo riportasse via.

SS-schützen nel 1940 a diciotto anni, poi *oberschütze* e *rottenfürer* nella 16ma Panzergranadier-Division «Reichsführer SS». Da novembre di quest'anno trasferito su sua richiesta al comando SS di Bologna.

De Luca voleva staccare la fotografia dall'incartamento ma il graduato non glielo permise. Allora chiamò il Tenente, che aveva un talento insospettato per il disegno, e si fece fare uno schizzo, molto somigliante.

Ricominciare da capo. La lista dei ricettatori di oggetti preziosi derivanti dal bottino di guerra, ufficiali o meno, sia i ricettatori che gli oggetti, disposti ad acquistare dai tedeschi (il commissario della Polizia Annonaria: «in ricordo dei vecchi tempi, De Luca, di quando eri come noi, però mi devi un favore»).

Due orefici (autorizzati), una nobildonna, un commerciante di stoffe, un farmacista, un banco dei pegni clandestino e tre borsari neri.

Portato in giro da Franchina con una vecchia Balilla a gasogeno («lo so, comandante, non è come la 1100, ma vediamo di non farci fregare anche questa»).

Dal primo orefice, con il ritratto del *rottenführer*: niente.

Dal secondo orefice: niente.

La nobildonna, che giocava a canasta nel salottino di una casa di cura saturo dell'odore di brodo di cappone, quello di una volta, che veniva dalla cucina («soffro di anemia, signor comandante, sapeste come soffro, e anche mio nipote, qui, lo so che è in età da militare ma non è un renitente, soffre d'ansia, abbiamo il certificato del medico, il professor Marioni, tutti ce lo abbiamo, ricovero a tempo indeterminato alla Casa di Cura Villa Regina Margherita»): niente. Sí, ogni tanto aveva acquistato qualcosa dai tedeschi, poca roba, ma non da quel caporale lí.

Il commerciante di stoffe: niente.

Il farmacista: niente.

Il primo borsaro nero: sí. Ma l'aveva mandato via («Vendeva un po' di roba grossa, due candelabri d'argento di quegli degli ebrei, un servizio di posate placcate oro, piatti di ceramica e un braccialettino da battesimo. Aveva fretta, diceva che voleva passare il fronte per andare giú al sud. Ma quando ho visto il braccialettino l'ho mandato via. Gentilmente, era un tedesco, sempre meglio essere gentili, però gli ho detto che non ero interessato. Perché? No, cose mie. Perché? Va bene, se insistete, non c'è bisogno di minacciare. C'era una placchetta d'oro con un nome, dall'altra parte la data e il luogo. Marzabotto. Sapete cos'è successo, no? No? Va bene, avete ragione, non è successo niente a Marzabotto. Ma io sono superstizioso, poteva essere una cosa che portava sfortuna, cosí l'ho mandato via, ma gentilmente. Oh, però, un piccolo affare l'ho fatto lo stesso. Gli ho venduto un vestito, un bel gessato da signore con un cappotto color cammello, ha pagato in marchi»).

Riflessione, in macchina, accartocciato sul sedile della Balilla, mentre Franchina bestemmiava per metterla in moto «Ammazza a 'sti tedeschi che c'hanno fregato quella a benzina, ma ammazzarli per davvero, comandante»): il *rottenführer* ha bisogno di soldi, soldi italiani, per passare dall'altra parte e vivere da disertore. I marchi che ha rubato non contano molto perché il cambio forzoso di uno a dieci li riduce, appunto, a un decimo del loro valore. Meglio vendersi subito le cose grandi, difficili da portare in un viaggio come quello, e tenersi quelle piccole come gli anelli, i bracciali e le collane da vendersi poi, a sud, dove ci sono piú soldi, magari agli americani. Il braccialettino di Marzabotto però no, quello voleva darlo via subito, quasi volesse disfarsene.

Marzabotto: solo voci. *Voci inconsistenti*, diceva il «Resto del Carlino», di quando? Metà ottobre? Se lo ricordava perché Rassetto gli aveva letto l'articolo declamandolo come un annunciatore della radio, anche se piú che le parole ricordava il tono («*Le solite voci incontrollate, prodotto tipico di galoppanti fantasie*… *nel corso di una operazione di polizia contro una banda di fuorilegge*… *ben centocinquanta tra vecchi, donne e bambini fucilati da truppe germaniche di rastrellamento. Siamo in grado di smentire queste macabre voci*… e infatti, è una balla. Altro che centocinquanta, di piú, di piú… i crucchi si sono scatenati. Al cimitero c'erano i buchi delle mitragliatrici sulle lapidi a mezzo metro da terra e sai perché? Hanno tirato giú il treppiede delle MG per sparare basso, cosí con una raffica sola prendevano anche i bambini. Ma io me ne frego, perché vinceremo»).

Una domanda, che gli girava in testa da quando ancora parlava col rimo borsaro: se il *rottenführer* Weber non era piú in uniforme da soldato tedesco, quando l'hanno ammazzato, ma in borghese come un civile qualunque e sconosciuto, perché spogliarlo nudo?

Secondo borsaro nero: niente.

Terzo borsaro nero: il Dentista. Nel retro di un magazzino, tra l'odore salato dei prosciutti e quello grasso del burro, a osservare la trama di un lenzuolo di lino contro una lampadina nuda, appesa al soffitto («Devo fare il corredo alla figlia, che si sposa, i genitori di lui sono dei rompicoglioni e voglio fare bella figura. Che te ne pare? Stava a casa di un ribelle della 7ma Gap preso dai tedeschi a Porta Lame, era un conte, adesso anche gli aristocratici voglion fare i comunisti. Che te ne pare?») De Luca non poteva chiedere di un *rottenführer* delle SS con uno della '22 presente, che si sarebbe fatto un sacco di domande, sarebbe tornato, ma poteva cogliere comunque l'occasione («Ceniamo insieme? Cosí ti insegno un po' di mestiere? È un onore, chiesto da te, ma ci mancherebbe. Al *Diana*, una di queste sere, però offri tu, intesi?»)

Ricominciare da capo.

Caso Brullo. Un professore universitario cacciatore di donne ucciso con un colpo di pistola in un occhio mentre andava a un appuntamento galante.

L'appartamento di vicolo della Scimmia. Aperto senza mandato («Figuratevi, comandante, mi chiamano mani d'oro mica per niente, no per carità, sono pulito, ho tirato fuori il grimaldello solo per fare un favore a voi, piuttosto, per quel permesso di circolazione in bicicletta?»), perquisito con cura: strano.

Ex trappolone da scapolo trasformato in appartamento. L'armadio piú grande, la toletta da bagno, una cucina economica. Pulitissimo («faccio le pulizie in tutto il palazzo e dal professore ci davo solo una passata, poi ha cambiato tutti i mobili, ci ha pensato mio marito a portarli qua sul cassone del triciclo, e ora sgobbo piú che con tutti gli altri»).

Letto disfatto, però. Non sotto le coperte: sopra, come quando i bambini ci saltano sopra. Una macchia di sangue sul copriletto (piccola), un'altra sul pavimento (poco piú grande). Gocce di sangue diluito nel lavabo (due). Un bottone (da donna) sotto al letto.

Ricominciare da capo. La vedova Brullo, altra casa di cura, Villa Principe di Savoia. L'odore del ragú nel giardino d'inverno dalle vetrate oscurate. La vedovona in nero, seduta accanto al ragazzino su un divano impero, che guarda con diffidenza il tesserino da questurino di Petrarca, piú rassicurante («Un supplemento di indagine? E perché mai? Non è già tutto chiaro? Anche se io non ci credo che il mio Franco se la faceva con la moglie di quel disgraziato che me l'ha ucciso, era un bravo ragazzo, gli piacevano le donne, lo so, era un uomo e l'uomo è cacciatore, però corretto, sempre. Voleva sposarsi, mettere su famiglia, diceva di aver adocchiato una ragazza giusta che mi voleva presentare, che disgrazia, che disgrazia!»)

Ricominciare da capo. Petrarca, De Luca e Finzi sotto il portico di via Rizzoli, a guardare Altea che usciva dal portone, un cappotto rossiccio che le fasciava il corpo in una falcata decisa anche se sghemba, il collo di pelliccia alzato fino al naso e un cappellino a cloche («Non lo so, non saprei, l'ho vista solo fino al mento e sí, potrebbe essere, zoppicava cosí, sí, però non so. Siete sicuri che con questo documento passerò il posto di blocco? Davvero posso sembrare un agente della Politica anch'io? Mi accompagnate, vero? Sarete con me anche voi, sí?»)

Ricominciare da capo. Le fotografie del cadavere e del luogo del delitto da esaminare di nuovo, ancora, piú a fondo («No, De Luca, non sono piú in quell'appartamento. No, ve l'ho detto, non posso portarvi in tutti i nostri covi. Va bene, andrò a prendervi la busta di Brullo e appena possibile ve la mostrerò»).

Mentre correva su e giú per la città, De Luca incontrò Silvia Attanasio. O meglio, la vide, perché stava sul marciapiede dall'altro lato della strada, appoggiata al palo di un lampione verniciato di bianco, perché nessuno andasse a sbatterci contro durante il buio dell'oscuramento. Si era tolta una scarpa e stava scuotendola per far cadere fuori un sassolino, poi sollevò il ginocchio e se la rimise, tirando a forza.

Era una bella scarpa elegante dalla punta rotonda, chiusa da una fascia e un bottone. Aveva la suola rifatta e anche un tacco, sicuramente, perché era piú scuro della tomaia, come fosse piú nuovo.

De Luca sorrise perché l'aveva già vista, quella scarpa, e pensò che adesso sapeva chi era la terza persona a casa di Altea. Avrebbe voluto raggiungere Silvia ma non era il momento. La ragazza era già ripartita col suo passo da bersagliere e De Luca aveva dovuto spostarsi perché si era fermato proprio sotto lo scheletro di un palazzo che aveva perso un pezzo di facciata, i piani e le stanze all'aria come lo spaccato di un modellino.

Non era il caso di correrle dietro per metterla alle strette, e poi cosí, in mezzo alla strada.

Aveva altro da fare, intanto.

Ricominciare da capo.

«Il Resto del Carlino», sabato 9 dicembre 1944-XXIII, Italia, Impero e Colonie cent. 50.

IL POTENZIALE BELLICO NIPPONICO PREOCCUPA VIVAMENTE GLI AMERICANI - LA SITUAZIONE POLITICA NEL MONDO PEGGIORA SEMPRE DI PIÚ PER L'INGHILTERRA.

Cronaca di Bologna: ALTO ELOGIO DEL DUCE AI DIPENDENTI DEGLI UFFICI PUBBLICI - AGENTE DI PS CADUTO NELL'ADEMPIMENTO DEL SUO DOVERE - IL CADAVERE DI UN NEONATO RINVENUTO IN UNA CANTINA - LE STELLE DI MEZZANOTTE, UNA FANTASIA MUSICALE AL MANZONI. L'autore, Mario Moretti, dirigerà la sua orchestra. Agirà il Balletto Primavera. Lo spettacolo avrà carattere continuativo, dalla 14 alle 18.

Vilma entrò nell'ufficio di De Luca, si tirò su la sottana lungo le cosce, si sedette sul bordo della scrivania, appoggiò i piedi sul bordo della sedia su cui stava seduto e la spinse indietro, rischiando di farlo cadere. Aprí le gambe e De Luca girò lo sguardo.

– Dài, Vilma, per favore...

– Guardami. Me lo merito perché sono stata piú brava. Ho un regalo per te.

De Luca la guardò. Mutandine di pizzo bianco in fondo all'intreccio delle giarrettiere. Vilma chiuse le gambe strisciando insieme le ginocchia in un fruscio di calze e sorrise, maliziosa.

– Il Ras si è lasciato scappare qualcosa. Poco, credo, ma quando ho portato il discorso sulla '22 ha detto che lo hanno fregato. È una cosa che gli brucia, perché ha avuto subito un calo, – piegò il polso, abbassando la mano, – che poi ho fatto la mia bella fatica a rimettere tutto a posto. Però mi ha dato un nome.

– Quale?

Vilma scese dalla scrivania e gli si sedette sulle gambe, stringendogli i fianchi con le ginocchia. Appoggiò le mani sullo schienale della sedia e avvicinò il seno al volto di De Luca, la scollatura della camicetta quasi sotto il suo naso.

– Vilma, ti prego...

– Edore Santelli. Ha detto *sono stato l'Edore Santelli della Brigata Nera*.

– E chi è?

– Gliel'ho chiesto –. Vilma cominciò a muoversi su De Luca, lentamente. – Ha detto che era un poveraccio della Bolognina. Ho insistito ma mi ha detto che a fare troppe domande si finisce male. Ha detto che era un consiglio da amico.

Le stesse parole che aveva detto a lui quando gli aveva chiesto della '22. Ma De Luca non riusciva a pensare, Vilma non lo lasciava indifferente, anche se lui non voleva. Lei lo sapeva e aggiustò le natiche dentro la gonna, le labbra sottili tese in un sorriso con quello di sotto tra i denti. De Luca la prese per i fianchi e la spinse piú indietro, allontanando quel calore che cominciava a fargli girare la testa.

– Sono stata una brava Mata Hari?

– Bravissima. E già che ci sono vorrei chiederti un altro favore.

Vilma smise di muoversi ma restò seduta sulle ginocchia di De Luca. Lo guardò incuriosita, con quei suoi occhi troppo vicini, le palpebre socchiuse, da miope.

– Cerco un braccialettino da battesimo.

– Devi fare un regalo?

– Ho una lista di posti che comprano cose dai tedeschi, e c'è un caporale che potrebbe avergliela venduta. Voglio che ci vai, soprattutto l'ultimo, che non ci sono ancora stato, ma anche gli altri, perché quando si parla di tedeschi la gente si irrigidisce e gli si secca la lingua. Fatti portare con la macchina da Franchina, che li conosce, lui resta fuori e tu ti presenti come una che vuole comprare un regalino per un battesimo. Vacci in borghese.

Tirò un cassetto della scrivania e prese alcune banconote che ci stavano dentro. Vilma le arrotolò e se le infilò nella scollatura, tra i seni.

– E come lo riconosco il tuo braccialettino?

De Luca si cinse il polso con due dita.

– Piccolina, con una placca d'oro. C'è un nome sopra e dentro una data con il nome Marzabotto.

Vilma sorrise, il labbro di sotto sempre stretto tra i denti.

– Marzabotto, – ripeté. – È un paese sull'Appennino.

– Sí, lo so. Non parlare del caporale, cerca solo il braccialetto.

– Va bene, – disse Vilma. – Ma se lo trovo scopiamo, d'accordo?

Lo schiacciò contro lo schienale della sedia, le labbra cosí vicine alle sue che sentiva già il sapore del rossetto. Invece lo baciò su una guancia e scese dalle sue ginocchia, agitando i fianchi per lisciarsi la sottana. Cercò col piede una scarpa che le era sfuggita sotto la sedia, gli soffiò un altro bacio sulla punta delle dita e se ne andò, ancheggiando sulle sue gambe da ballerina.

De Luca aspettò un momento, per riprendere fiato, poi tirò la sedia fino alla scrivania, puntò i gomiti e appoggiò la testa sulle mani.

Ricominciare da capo.

Si alzò, deciso, e uscí dall'ufficio. Gli sarebbe piaciuto andare da Rassetto a chiedergli chi fosse questo Edore Santelli, avrebbe fatto prima che a cercarselo da solo all'Anagrafe, ma non voleva mettere nei guai la Vilma, e proprio adesso che lo stava aiutando. Però nell'ufficio del comandante ci andò lo stesso, perché Rassetto lo chiamò mentre passava davanti alla porta aperta.

Era seduto dietro la sua scrivania, sorriso dritto e denti da lupo, e faceva girare una piccola bomba a mano come una trottola. Era inerte, De Luca lo sapeva, una vecchia Sipe della Prima guerra mondiale a forma di ananas come quelle che stavano nel vecchio ufficio di Mussolini, che Rassetto aveva riprodotto fedelmente, anche il gagliardetto nero con il teschio col pugnale tra i denti appeso alla parete dietro alla sua sedia.

– Mentre tu lavoravi con i tedeschi il Tenente ha trovato il Notaio.

– L'ha trovato?

– Sí... quasi. Ha avuto una dritta da un confidente, ma è una buona pista che darà presto i suoi frutti.

– Chi è il confidente, Campanella?

– No. L'abbiamo cercato, Campanella, ma non riusciamo piú a contattarlo. Questo è un altro, un delatore che ha capito da che parte è giusto stare e si prepara a fare il salto della quaglia.

– E chi sarebbe il Notaio?

– Lo saprai a suo tempo. Tu continua a giocare con i tuoi amici tedeschi. Aspetta, aspetta, girati un po'?

De Luca si toccò la guancia e guardò i polpastrelli sporchi di rossetto. Si pulí strisciando col palmo della mano.

– Sai com'è la Vilma... – disse e Rassetto annuí, stringendosi nelle spalle.

– Tranquillo, non sono geloso. Lo so che alla Vilmona piace giocare. Però stacci attento, perché non è una bambina. È una che per divertimento spegne le sigarette sui prigionieri.

Non ci mise molto a rintracciare Santelli Edore, classe 1874, nato a Bologna e residente in piazza dell'Unità 11, quartiere Bolognina. E non solo per l'indicazione della zona, ma perché c'era andato di persona, in Comune, e anche se il capo dell'Ufficio Anagrafe gli aveva detto con le mani nei capelli che tra sfollati, profughi, rifugiati e bestie avevano già abbastanza da fare a mantenerla in vita, questa benedetta città, senza che gli morisse di fame, di freddo o di tifo, altro che cercargli uno dei tanti disgraziati che poteva essere finito chissà dove, e non importa se aveva un tesserino pesante, lui rispondeva solo al Podestà, nella stanza c'era un altro impiegato che veniva proprio dalla Bolognina, e se lo ricordava, l'Edore, che faceva il ciabattino e aveva risuolato le scarpe a mezzo quartiere, anche le sue, prima che si trasferisse in centro con la famiglia, da bambino.

Lo trovarono con la tessera del razionamento, via dell'Unità 11, non c'erano variazioni di residenza e risultava ancora in vita, ma chissà, con tutto quello che avevano da fare, le mense dell'Eca da gestire, duemila minestre distribuite ogni giorno, mille e duecento pasti solo in quella collettiva di via Ugo Bassi, le cucine popolari, i centri profughi, sessantamila persone da sistemare, trentacinquemila sfollati senza casa, ottantamila col libretto di povertà, lavoravano anche di sabato, Dio bono, invece di starsene a casa con la famiglia, chi ce l'aveva il tempo di aggiornare i registri? Il capo ufficio era tornato alla carica, cosí De Luca aveva ringraziato e se ne era andato, sperando in un altro colpo di fortuna.

Prese il tram che quel giorno andava, scese davanti al rifugio della Montagnola, percorse il viale segnato dalle basi rotonde degli alberi abbattuti dai tedeschi per riscaldare le caserme e siccome non voleva girarci attorno attraversò la stazione, passando tra i crateri dei bombardamenti e nodi di traversine fuse insieme che uscivano dal terreno come le zampe contorte di un ragno.

C'erano soldati della Wehrmacht militi della Gnr, ferrovieri tedeschi che discutevano con quelli italiani sotto un treno lunghissimo, carico di mucche che muggivano dentro i carri bestiame e non potevano partire per la Germania perché qualcuno aveva sabotato gli scambi, lavoratori coatti che scaricavano sacchi di canapa e filati tessili dai carretti per tirarli dentro i vagoni di un convoglio, anche lui diretto in Germania e anche lui fermo, c'era un ingegnere della Safta, la società che organizzava i treni per il nord, che urlava in tedesco contro un capostazione italiano, e gli batteva il dito contro il petto come un punteruolo e lui si era strappato il berretto rosso con una bestemmia in bolognese e gli si era lanciato contro, trattenuto da un collega, c'era tanta gente, artiglieri della Flak, militi dell'Unpa, anche le camicie nere della Milizia Ferroviaria, ma nessuno lo fermò, si fece tutta la stazione con le mani affondate nelle tasche del soprabito, le scarpe che scivolavano sulla terra smossa, superò l'ultimo binario morto, con le carcasse dei vagoni sventrate dai mitragliamenti, e arrivò oltre, fino a piazza dell'Unità.

Però ce l'ebbe solo a metà, il colpo di fortuna, perché Edore Santelli abitava ancora al numero 11, ma era morto poco tempo prima. Glielo disse l'uomo che era andato ad abitare nel suo alloggio.

– Ma non l'appartamento di sopra, eh... no, la bottega da ciabattino nello scantinato, quella è meglio di un rifugio.

Sembrava anche lui uscito dalla terra come un ragno, un omino magro con un berretto, una sciarpa di lana ruvida e una tuta da operaio della Sasib Macchine Automatiche forata sui gomiti. Era sbucato fuori appena aveva visto De Luca aggirarsi attorno al numero 11, gli aveva chiesto se l'avesse mandato l'avvocato e quando lui gli aveva detto di no si era tranquillizzato e aveva rimesso in tasca il martellino che teneva nascosto dietro la schiena.

– No, perché siam proprio sotto la ferrovia e se per sbaglio sganciano prima qua cascan di brutto, son bombe ad alto potenziale da centocinquanta chili, mica bruscolini, ma io corro di sotto e chi se ne frega, può crollarmi la casa in testa che non me ne accorgo neanche, guarda un po'.

L'uomo allargò le braccia come per abbracciare la piazza, che sembrava una bocca che avesse preso un cazzotto, circondata da palazzi spezzati come denti rotti. L'11 era quasi intatto, a parte tutti i vetri sfondati e le unghiate delle schegge sui muri.

Sí, lo conosceva l'Edore, peccato che era morto. Gli fece vedere dove, lo portò davanti a un muretto a un lato della piazza e gli indicò una fila di fori che avevano scavato l'intonaco, uno accanto all'altro come le note di un pentagramma. Ci mise un dito dentro, grattandone il fondo.

– È stato Pippo.

– Pippo?

– Quell'aereo che gira e quando vede qualcosa la mitraglia. Dicono che sia uno Spitfire.

De Luca li conosceva i caccia alleati incaricati di mantenere alta la tensione nel territorio, e sapeva anche che la gente li chiamava cosí. Quello che lo aveva colpito era un'altra cosa. Erano i coni dei fori che avevano trapanato il muro, ma dritti, invece che inclinati verso l'alto, come se la raffica fosse stata sparata dall'altezza di un metro, e parallela al terreno. Un pilota abilissimo, questo Pippo. O qualcos'altro.

– E quando è successo? – chiese De Luca.

– Due, no, tre notti fa.

– Come fate a dire che è stato Pippo? L'avete visto?

– No, me l'hanno raccontato perché quando è successo ero fuori al lavoro, – si toccò la tuta, – ma no alla Sasib, quella l'hanno smantellata per spedire i macchinari in Germania, adesso spalo le macerie per il Comune. Avevo fatto tardi per il coprifuoco e sono rimasto a dormire là.

– Chi ve l'ha raccontato?

– Non so. L'ho saputo, – l'uomo abbracciò la piazza. – Che volete, si dice, dicono, si dice che dicano, povero Edore.

Sí, lo conosceva bene. Oddio, proprio amici amici, vista la differenza d'età, però ogni tanto bevevano insieme, perché gli arrivava un fiasco di vino, all'Edore, e roba da mangiare, uova, zucchero, una volta anche un salame, una mortadella, pure, be', non spesso spesso, ogni mese, diceva che aveva dei parenti in campagna.

No, non lavorava piú da un pezzo, era diventato quasi cieco, e per forza, tutta una vita a risuolare scarpe in quel buco sotto terra che non c'era neanche bisogno dell'oscuramento, ci dormiva, nello scantinato, anche dopo che il Comune gli aveva assegnato l'appartamento, che poi erano due stanze, ma l'Edore continuava a dormire giú, in una branda sotto il banco da ciabattino. Ci stava lui, l'omino, nel suo appartamento, però adesso era sceso, altro che rimanere lassú, all'ultimo piano, esposto alle schegge e agli spezzoni incendiari, son di fosforo, se si attacca alla pelle brucia con l'ossigeno e non si spegne piú.

– Va bene, – disse De Luca, che aveva cominciato a pensare, e cercava di vederselo il vecchio Edore mezzo cieco, mantenuto dai parenti di campagna, che dormiva sotto il banco e si era fatto ammazzare da una sventagliata di mitra, sparata non da Pippo ma da qualcun altro. Cercava di vederselo ma non riusciva a metterlo a fuoco cosí bene come avrebbe voluto, anche perché c'era l'omino che parlava e sembrava non volesse smettere piú.

– Perché io di lí non mi muovo, piuttosto imparo a fare il ciabattino, piuttosto mi ci muro dentro, si prendano pure tutto ma lo scantinato no, ci faccio la ronda col martello e se qualcuno si avvicina gli spacco anche la testa.

– Va bene, – disse De Luca, facendo il gesto che si calmasse, con la mano, perché aveva ritirato fuori dalla tasca il martellino.

– E non me ne frega niente se non eravamo parenti e poi, dài, neanche cosí amici, io me ne frego, come diceva il Duce, me frego se non sono nel testamento.

– Testamento? – chiese De Luca.

– Sí.

– Che testamento?

– Quello del povero Edore.

– Aveva fatto testamento?

– Se vi ho detto di sí... lo so perché gli ho fatto da testimone. Siamo andati da un avvocato, in centro, Edore ha firmato e io ho firmato che lui aveva firmato. Dopo ci hanno portato a pranzo in un bel posto, abbiam mangiato cosí tanto.

– Quale avvocato?

– No, io per i nomi... era in centro, si vedevano le due torri, però la strada non me la ricordo.

– Quando è successo?

– Un paio d'anni fa. C'era già la guerra da un pezzo.

– Cosa c'era nel testamento?

– Non lo so, mica me l'han fatto leggere, io ho firmato e basta.

Sapeva che sarebbe stato inutile, ma si fece portare lo stesso nello scantinato, che davvero era un buco, senza finestre, senza luce, la tana di un topo con un materasso e un bancone di legno con una zeppa di ferro su cui mettere in forma le scarpe. E anche di sopra, due stanzette gelide che sembravano ancora piú spoglie. Inutile, perché lo immaginava che neppure lí avrebbe trovato il testamento, ma non voleva tralasciare niente. Lo chiese anche all'omino, se sapeva dove fosse.

– Ce l'avrà l'avvocato. Io no di certo.

De Luca corrugò la fronte e nonostante il freddo gelido che faceva nell'appartamento incrociò le braccia e appoggiò le spalle al muro. Il vecchio Edore mezzo cieco, eccetera eccetera, che faceva testamento da un avvocato, e con un testimone, gli risultava ancora meno a fuoco. Per lasciare cosa? La bottega da ciabattino?

Doveva aver pensato ad alta voce, perché l'omino gli rispose.

– Non era mica sua, si era infilato nello scantinato di frodo, e ci stava cosí da tanto che non l'hanno mai cacciato via. Però qualcosa doveva avercela, perché le volte che gli arrivava il fiasco, e ce lo scolavamo tutto subito, gli brillavano gli occhi che sembrava quasi ci vedesse ancora, e mi diceva *te mi vedi cosí ma non lo sai mica chi sono io, lo sai chi sono?*

– Chi era? – chiese De Luca, impaziente, perché l'omino aveva fatto la faccia da ubriaco e sorrideva, sgranando gli occhi come probabilmente faceva Edore. Lo ripeté, anche, ancora piú impaziente: – Chi era?

– L'uomo piú ricco di Bologna.

Avrebbe potuto andare a caccia del testamento cercando lo studio dell'avvocato con quello che si era fatto dire dall'omino, poca roba, una fotografia del Duce alla parete, tanti libri, si vedevano le torri da una finestra, niente via, niente numero civico, neanche il piano si ricordava, pensava solo al pranzo che gli avevano promesso. Avrebbe potuto disegnare un cerchio sulla mappa di Bologna con la Garisenda e la Torre degli Asinelli al centro e con quello battere tutti gli studi da avvocato registrati nella zona con le finestre giuste, sempre che non stessero in abitazioni private o non fossero stati bombardati nel frattempo o sfollati da qualche altra parte. Avrebbe potuto, ma ci volevano tempo e risorse, e mica poteva prendere Franchina, Massaron o il Tenente e mandarli in giro alle spalle di Rassetto, e in un certo senso anche contro di lui.

Oppure poteva andare a caccia dell'Uomo piú Ricco di Bologna attraverso i registri, quelli della Tributaria, per esempio, sempre che pagasse le tasse, o quelli civici, se aveva case intestate, o auto su quelli del Reale Automobile Club d'Italia, ma continuava a non avere le risorse e neppure il tempo. Soprattutto perché aveva incontrato di nuovo il Dentista a Ingegneria, *stasera al Diana, allora, offri te*, e avrebbe voluto andarci con qualche informazione in piú.

Cosí spinse il tastino rosso, girò la rotella del telefono del suo ufficio per comporre il numero della Prefettura e chiese del segretario Spagnuolo. Che non c'era, visto che era sabato e per di piú ora di pranzo. Allora chiese il numero di casa del segretario, che il centralinista non volle dargli, ma poi De Luca minacciò di andare lí di persona, a rompere le scatole a tutti con le richieste piú assurde, uscieri, funzionari di turno, pure il centralinista, che si spaventò e glielo dette, *ma non dica che sono stato io, per favore.*

Tastino rosso e rotella, la casa del segretario rispose al quarto squillo con la voce di un bambino che urlò *papà!* senza allontanare la bocca dal microfono. De Luca fece una smorfia, staccando l'orecchio dalla cornetta, poi aspettò in un silenzio opaco finché non arrivò la voce di Spagnuolo, che al telefono sembrava piú acuta, quasi in falsetto.

– Come avete avuto questo numero?

– Sono un poliziotto, è il mio mestiere scoprire le cose.

De Luca gli raccontò di Edore Santelli, dell'omino e del testamento.

– L'uomo piú ricco di Bologna? E che significa?

– È per questo che vi ho disturbato a casa. Ho bisogno di informazioni con una certa urgenza, ma non ho uomini per cercare nei registri.

– Ho capito. Rovineremo il fine settimana a qualcuno dei miei. Ma ancora non ho afferrato che collegamento c'è tra questo Santelli e l'ingegner Tagliaferri.

Neanche De Luca, a parte la frase di Rassetto su quello che era stata la sua Squadra per la '22, ma non glielo disse. Gli chiese solo di fare presto, per cortesia, e riattaccò.

Stava ancora pensando con la mano appoggiata alla cornetta quando entrò la Vilma. Sentí il suono dei suoi tacchi che si avvicinava, deciso, e appena la vide sollevarsi la gonna sulle cosce fece per alzarsi, perché aveva paura che si sarebbe seduta su di lui, come l'altra volta, ma Vilma gli appoggiò un piede sulla gamba e lo schiacciò giú. Roteò il tallone facendo perno sulla punta della scarpa per far notare il braccialetto che portava alla caviglia. De Luca si affrettò a sganciarlo e Vilma rise perché si era incagliato sul fermaglio, *Dio che imbranato, fai sempre cosí con le donne?*, ma lui neanche se ne accorse, lo grattò con l'unghia del pollice finché non riuscí ad aprirlo e se lo portò agli occhi, la calza tesa sul ginocchio della Vilma, la sottana su fino alla giarrettiera, anche il tacco che puntato cosí sulla gamba gli faceva male.

Luisa, Marzabotto 23-05-1939. Era quello.

De Luca si tirò indietro, appoggiandosi allo schienale. Fece girare il braccialetto in aria, arrotolandolo attorno all'indice.

– Dove l'hai trovato?

– Primo tentativo. Sono partita da quello che non avevi ancora fatto, il borsaro di vicolo del Falcone. Gli ho detto che era per la mia sorellina che doveva fare la Santissima

Comunione ed eccolo qua. Mi è costato tutto quello che mi hai dato.

Non era vero, e lo si capiva benissimo dal suo sorriso sfrontato, ma non aveva importanza.

– Dovevi vedere la roba che aveva. C'era anche una specie di gigante a fare la guardia, con due manacce da gorilla, che non mi ha mai tolto gli occhi dal culo, figurati. Quei candelieri dei giudei, piatti, bicchieri di cristallo, pizzi bellissimi, posate, anche gioielli, con i tuoi soldi stavo per comprarmi un anello, sei fortunato che ho resistito. Sono stata brava?

De Luca annuí. Fece per spostare il piede di Vilma perché si era accorto soltanto allora che il tacco gli faceva male, ma lei resistette.

– Guarda che non ho mica finito, – mormorò, e aveva un'espressione cosí ammiccante e misteriosa che di nuovo De Luca dimenticò tutto.

– Avevi detto che ti interessava un caporale ma che non dovevo chiedere di lui, ma io ho fatto un po' la gattona, *ma quante belle cose, ma come siete bravo voi, ma dove le trovate*, e quel giuggiolone di un vecchio bavoso si è messo a raccontarmi che gliele porta la gente che paga cosí la roba da mangiare, gli sciacalli che rubano nelle case bombardate, i fascisti e i tedeschi per diritto di razzia, e io *anche i tedeschi?*, con gli occhioni sgranati e le tette mezze fuori anche se faceva un freddo, per conservare i prosciutti, se mi sono presa il raffreddore è colpa tua, e lui *sí, tanti*, perché paga anche in marchi e certi crucchi già pensano a quando torneranno a casa, e io *anche questo braccialettino qua*, e lui *sí, un caporale delle esse esse*. Era in borghese, ma gli ha fatto vedere il tesserino militare, perché lui glielo ha chiesto subito, se sono sciacalli o gente che ha bisogno fa un prezzo, se sono tedeschi regolari gliene fa un altro. Sono stata brava?

– Bravissima, – disse De Luca, e di nuovo tentò di liberarsi dal piede della Vilma, non tanto per il fastidio, quanto perché la smania che cominciava a ribollirgli dentro gli impediva di stare fermo. Ma si bloccò, perché lei aveva continuato a parlare e in quel nodo di pensieri che gli si accavallavano in testa non era sicuro di aver capito bene quello che aveva sentito.

– Come hai detto?

– Ho detto il caporale e la ragazza.

– Quale ragazza?

– Quella che accompagnava il tedesco. Il vecchio bavoso ha detto che prima è entrata la ragazza con il braccialettino, e quando lui le ha detto che glielo prendeva, lei ha fatto entrare il tedesco che aveva una valigia con un sacco di roba, candelieri, vasi d'argento, tante cose, gliel'ha comprate tutte.

Vilma chiuse la bocca perché De Luca aveva alzato una mano, brusco, ma non era per lei, era per fermare i pensieri, che stavano diventando troppi.

– La ragazza, – disse. – Hai chiesto com'era, questa ragazza?

– Sí. Ero curiosa di sapere se era bella.

– E lo era?

Vilma si strinse nelle spalle, con una smorfia compiaciuta. – Non tanto. Giovane, un po' robusta, vestita un po' cosí, come una profuga.

Va bene, pensò De Luca, e di nuovo alzò la mano, ma sempre per sé.

– Ti ha detto altro?

– I soldi che gli ha dato. Credo che volesse fare colpo su

di me, il bamboccione bavoso. Tremila lire, ma dice che ci fa molto di piú quando le rivende. Dice che il caporale li ha voluti con le lire di là, quelle degli Alleati, e cosí lui l'ha anche fregato sul cambio. Sono stata brava?

De Luca spostò il piede di Vilma con abbastanza forza da riuscire ad alzarsi e lei dovette tenersi allo schienale della sedia per non perdere l'equilibrio.

– Sí, sono stata brava, – disse, un po' seccata. – Anzi, bravissima. Allora scopiamo.

– Ma dài, Vilma...

– Non dico qui, adesso. Andiamo da te o in un posto che so io.

Troppi pensieri, troppe cose, una soprattutto. De Luca cercò di non essere brusco.

– Ne parliamo in un altro momento. Adesso devo fare una cosa urgente, e devo farla subito se no divento matto.

– Va bene. Ma dopo scopiamo. Me l'hai promesso.

De Luca era già arrivato alla porta e l'aveva anche aperta, ma si fermò. Troppi pensieri, troppe cose, una soprattutto, la ragazza un po' robusta che accompagnava il *rottenführer* Weber, però quell'insistenza era cosí assurda che fece breccia per un momento nel muro che aveva in testa.

– Senti, Vilma, ma perché? Non ho capito, cosa... cioè, ti piaccio cosí tanto? Mi vuoi come trofeo? Non ho capito, cosa vuoi fare?

Vilma sorrise e socchiuse gli occhi per mettere a fuoco De Luca, che si era già allontanato troppo. Cosí piú piccoli e cosí vicini facevano sembrare il suo volto ancora piú affilato. La piega che aveva sulle labbra sottili marcate dal rossetto non era maliziosa né ammiccante, solo diretta e decisa.

– Mi piaci ma non cosí tanto, e sí, saresti un bel trofeo ma ne ho già molti, uno in piú o uno in meno. Cosa voglio fare, comandante De Luca? Sto cambiando cavallo.

Venne avanti ancheggiando sui tacchi, mise una mano sulla porta e la chiuse.

– Secondo me il Ras ha i giorni contati, non riesce a combinare niente e la squadra fa acqua da tutte le parti. Quello bravo sei tu. Voglio cambiare cavallo.

– No, guarda, io proprio...

Vilma alzò un dito e lo mise sulla bocca di De Luca, schiacciandogli le labbra.

– Io lavoro per te. Scopare fa parte dell'accordo, come la firma sul contratto.

Troppe cose, troppi pensieri, uno soprattutto, e non era quello.

– Ne parliamo dopo. Intanto, però, puoi fare una cosa, visto che lavori per me. Se chiama il nostro amico della Prefettura prendi tu la telefonata. Fatti dire dove e quando posso richiamarlo. D'accordo?

Vilma annuí, e batté le mani, felice come una bambina. Aprí la porta, lo spinse fuori e lo guardò allontanarsi con un'espressione di gioia cosí teneramente infantile che in quel momento a De Luca sembrò difficile immaginarla spegnere sigarette sulla pelle dei prigionieri.

Ma aveva già cominciato a pensare ad altro e a metà corridoio se ne era già dimenticato.

Attraversò veloce gli archi razionalisti del porticato della Questura, passò davanti al bassorilievo di una donna dal seno nudo che teneva un fucile ed entrò nel palazzo con tanta decisione che il piantone non lo fermò neppure, anzi, lo salutò con la mano alla visiera.

L'ufficio passaporti stava in fondo all'atrio, a sinistra, dopo una porta a vetri. Entrò senza bussare e Petrarca fece un gesto a uno dei suoi che aveva aperto un cassetto, in fretta, appena aveva visto De Luca, e già aveva cominciato a farci sparire dentro un mazzetto di fotografie formato tessera.

Non si dissero niente. Petrarca annuí, poi prese il cappello e il cappotto e uscirono insieme.

Sapeva che Bologna si può navigare da un capo all'altro, silenziosamente, anche senza essere visti, quando i canali passano tra gli edifici nelle zone piú buie. E sapeva che dietro i portoni spesso ci sono giardini che diventano vere e proprie foreste che arrivano dall'altra parte di interi quartieri. Sapeva che Bologna è una città che copre e nasconde, che ha sempre un lato oscuro, dove lo sguardo si perde per ritrovarsi dove non avrebbe mai immaginato di essere.

Ma alle soffitte non ci aveva mai pensato. Spazi vuoti che corrono sulla testa dei palazzi che stanno spalla contro spalla, uno dietro l'altro, lungo tutta una strada. Non ci aveva mai pensato.

Al numero 1 di via De' Monari c'era il cinema-teatro Manzoni. Petrarca sorrise alla cassiera dentro il gabbiotto e fece il biglietto anche per De Luca, che lo aspettava accanto al cartellone issato su un cavalletto, sotto lo sguardo ammiccante di una ragazza con una ciocca di capelli che le copriva metà del viso. *Mia moglie è fatta cosí*, c'era scritto, e sotto il titolo *film tedesco brillante*.

Passarono oltre la tenda di velluto pesante e si infilarono nell'oscurità appena rischiarata dalla luce dello schermo, dove un uomo in frac puntava una pistola su una ragazza in vestaglia, che rideva, la voce appena falsata dal doppiaggio. Era la prima proiezione del pomeriggio ma c'era già abbastanza gente infossata nelle poltroncine, col mento affondato nel bavero dei cappotti e il vapore biancastro dei fiati che si confondeva col fumo grigio delle sigarette.

Scesero i gradini della platea fino in fondo, passando rasente al muro, e invece di sedersi scivolarono dietro un'altra tenda e uscirono da una porta laterale, in un corridoio stretto che dava su una scala.

Salirono fino al primo piano e poi al secondo, Petrarca bussò a una porta e una signora anziana dalla pelle cosí bianca che sembrava di porcellana li fece entrare. La seguirono senza dire niente attraverso le stanze di un piccolo appartamento dalle pareti macchiate di muffa, dove la signora di porcellana gli indicò un'altra scala, quattro gradini incassati nel muro, con la ringhiera di legno, che portavano a una soffitta minuscola, ingombra di mobili vecchi.

Dietro un comodino c'era una porta che si apriva su una stanza vuota, un sottotetto polveroso, velato dalle ragnatele intrecciate alle travi. Chiunque ci avesse gettato un'occhiata avrebbe tirato indietro la testa e richiuso la porta, ma De Luca cercò il lato piú scuro e vide che laggiú le ragnatele mancavano, e proprio dove il muro aveva una sfumatura piú lucida. Era un pannello di cartongesso, che spostò con l'aiuto di Petrarca, e infatti dietro c'era un'altra porta, e dietro la porta un altro mondo.

Poteva sembrare la camerata di una caserma, con materassi lungo le pareti e lenzuola gettate sopra fili tesi da un muro all'altro, a separare gli spazi in qualche modo, ma erano soprattutto i tappeti sulle assi di legno del pavimento a farla assomigliare all'accampamento beduino di un film sulle colonie. Servivano ad attutire i rumori cosí che si sentissero di meno al piano di sotto, De Luca ne rese conto appena entrò nella stanza e la lana annodata si mangiò i suoi passi.

C'erano quattro bambini piccoli piccoli che giocavano su un tappeto, le ginocchia scorticate dai geloni sotto l'orlo dei calzoni corti, e c'erano due uomini troppo alti e troppo biondi per sembrare italiani, che parlavano piano dietro un lenzuolo, tirandosi le maniche delle giacche che gli arrivavano ancora sopra al polso. C'era l'uomo senza un braccio che dormiva su un materasso, acciambellato come un feto alla moglie seduta accanto a lui, e c'era la Sandrina, che sistemava addosso a un ragazzino quella che a De Luca sembrò una coperta gialla, e che invece era un cappotto.

Si era morsa un labbro, quando lo aveva visto entrare, e a lui era sembrato di scorgerlo tutto, quel momento di sconforto terrorizzato che le aveva fatto sgranare gli occhi. De Luca si avvicinò fino al bordo del materasso, mentre lei faceva finta di niente, rimboccando il cappotto attorno al ragazzo come se volesse incartarlo. C'era un freddo intenso, nella soffitta, un gelo umido che faceva male alle ossa, e il ragazzo era rosso e sudato di febbre, ma doveva tenerlo al caldo, quel cappotto, perché era nuovo.

– Ti devo parlare, – disse De Luca.

– Andrea sta male. Si è addormentato adesso, prima tremava tutto.

– Ti devo parlare e non vorrei farlo qui davanti a tutti.

– Si è addormentato proprio ora. Devo stare qui con lui.

C'era un'altra porta nella stanza. De Luca la aprí.

– O parli con me adesso, o parli dopo con i tedeschi, – disse, e uno dei quattro bambini sul tappeto, il piú grande, sollevò la testa, gli occhi sgranati come quelli della Sandrina. Petrarca se ne accorse, gli fece di no con la testa e il suo sorriso che chiedeva fiducia, poi prese la ragazza per un braccio e la forzò ad alzarsi.

– Andiamo di là, dài, – disse, deciso, e la spinse fuori dalla porta assieme a De Luca.

L'altra stanza aveva un lucernario con una scala a libro aperta sotto, già pronta per scappare sui tetti. Dovevano essere quasi arrivati alla fine di via De' Monari, e in un altro momento De Luca avrebbe pensato che era un nascondiglio perfetto, con quella via di fuga, e anche una bella presa in giro visto che la Casa del Fascio stava nella strada dopo e da lassú si doveva anche vederla. Ma aveva altro in mente, e non solo quello che lo aveva fatto arrabbiare e che doveva chiedere alla Sandrina, ma anche qualcos'altro, un'idea, meno ancora, un'impressione, che lo aveva colpito ma che non riusciva a focalizzare, una puntura di spillo, da qualche parte nella testa, che aveva cominciato a distrarlo ma che svaní subito quando si ritrovò davanti quella ragazzotta robusta con il fazzoletto in testa, che si muoveva incerta sui calzettoni di lana spessa, perché non portava gli zoccoli ma lí non c'era un tappeto a mitigare il gelo delle assi del pavimento.

– Ti do la possibilità di scegliere, – disse De Luca. Aveva le mani nelle tasche del soprabito. Ne tirò fuori una e mostrò un paio di manette a catenella, acciambellate nel palmo socchiuso a coppa come un serpente di ferro. Poi aprí quell'altra e fece vedere il braccialetto del Battesimo.

– Puoi scegliere, – disse, – o le manette o il bracciale. Fai un po' tu, Sandrina, ma questa volta voglio la verità, se no davvero ti metto queste e ti consegno alle SS!

Petrarca agitò una mano e si portò un dito alle labbra, ma non ce n'era bisogno perché De Luca non aveva intenzione di urlare.

– Mi hai mentito, – disse.

– Non ho mentito…

– Mi hai mentito.

– Non è vero! Non ho mentito… non ho detto tutta la verità ma non ho mentito!

Urlava lei, adesso, e Petrarca agitò di nuovo le mani, esasperato.

– Basta! – soffiò di gola. – Smettetela se no i tedeschi arrivano davvero!

C'era una cassapanca in un angolo della stanza. Sandrina andò a sedersi e tirò su le gambe, coprendosi i piedi con la sottana.

– Se bastassero due urli, – disse, – i miei cinni fanno una confusione, corrono, piangono, soltanto il bambino ebreo sta sempre zitto. E anche i due piloti americani... ce n'è uno che urla la notte perché fa i brutti sogni. Non è un posto per noi, questo, quanto ci dobbiamo stare? Era meglio il teatro, allora.

De Luca rimise in tasca le manette e tenne fuori il bracciale, arrotolato attorno a un dito. Andò a sedersi accanto alla Sandrina e le posò una mano su un ginocchio, senza nessuna intenzione. Era un gesto quasi paterno, e né lei né Petrarca pensarono ad altro, evidentemente, perché guardarono De Luca con quell'aspettativa che si riserva a un padre quando sta per fare un discorso, uno importante. E infatti De Luca parlò con calma, quasi dolcemente.

– Tu non capisci la gravità della situazione. I tedeschi vogliono indietro il bottino rubato dal caporale e vogliono sapere chi l'ha ammazzato, se no fucilano dieci persone. E lo sai come sono i tedeschi, mica si dimenticano, mica lasciano perdere, mi hanno dato una settimana, all'alba di lunedí li mettono contro un muro e bum bum bum.

Gli occhi della Sandrina erano diventati grandi. Le tremarono le labbra, ma lei le strinse fino a farle diventare bianche.

– Tu sei l'unica in possesso di certe informazioni e se me le avessi dette subito, invece di farmi correre da solo dietro a nobildonne e borsari neri, avrei risparmiato tempo e forse avrei già risolto il caso –. Di Valerio Orsi, l'internato militare irriducibile, non disse niente. Sandrina non sapeva che era morto e De Luca non voleva che lo imparasse proprio da lui, e soprattutto in quella circostanza.

Non era per delicatezza o compassione, ma solo perché l'avrebbe distratta dall'interrogatorio, De Luca lo sapeva e in quel momento non gli importava altro. Non era piú cosí arrabbiato, con la Sandrina, ma aveva bisogno di portare a casa qualcosa di concreto, da quella conversazione.

– Ti ho salvato la pelle due volte. I tedeschi mi avevano chiesto di rintracciarti e quando ti ho trovata non ti ho consegnata. E quando sono venuti a prenderti ti ho fatto scappare. Quindi almeno qualcosina me la devi, per cui fai la brava e dimmela 'sta verità. Ma questa volta dimmela tutta.

Passò un po' di tempo prima che Sandrina cominciasse a parlare. Soltanto pochi secondi ma che sembrarono lunghissimi su quel volto contratto a pensare, le labbra bianche e una ruga piccola ma profonda tra gli occhi. Pochi secondi cosí lunghi che De Luca stava per tirare fuori di nuovo le manette quando lei aprí la bocca.

– Erni voleva disertare. Aveva bisogno di soldi per attraversare il fronte e nascondersi dall'altra parte fino alla fine della guerra. Mi ha detto che aveva rubato delle cose ai suoi camerati e che voleva venderle. Dovevo entrare prima io e vedere se volevano comprarle, e poi arrivava lui.

De Luca annuí, ma non tolse la mano dal ginocchio della Sandrina. Erano fatti che già sapeva, e voleva altro.

– Il bracciale l'ha comprato uno che fa la borsa nera e ha il magazzino in vicolo del Falcone. Ha detto che non gli importava niente da dove veniva e ha comprato tante altre cose.

La mano sul ginocchio. Già lo sapeva. Voleva altro.

– Hanno trattato molto sul prezzo e hanno anche litigato. Il borsaro ha detto che se Erni non accettava le sue condizioni l'avrebbe denunciato e Erni ha detto che se lo faceva lo denunciava anche lui. C'era un uomo, col borsaro, che a un certo punto si è alzato, sembrava che volesse picchiare Erni, ma Erni aveva una pistola. Poi si sono calmati tutti e alla fine si sono messi d'accordo.

De Luca tolse la mano dal ginocchio della Sandrina e si alzò, perché non riusciva a stare fermo.

– Un uomo, col borsaro. Un uomo come?

– Brutto, cattivo, grosso.

Come quello che aveva visto Vilma. Bene.

– E poi cos'è successo?

Sandrina si strinse nelle spalle. – Si sono messi d'accordo, anche se il borsaro non sembrava per niente contento. Erni ha preso i soldi e quando siamo andati fuori ha detto che aveva strappato un affare, ventimila cinquecento quaranta lire, che erano soldi degli americani, che valevano di piú, e che con quello che aveva nascosto poteva cavarsela molto bene.

– E poi?

– E poi abbiamo fatto un giro lungo, perché Erni aveva paura di essere seguito dall'uomo grosso, ma non c'era nessuno, siamo andati al palazzo di via del Fossato, che era uno dei nostri posti, l'ho salutato, sono tornata a casa a dare da mangiare ai cinni e da allora non l'ho visto piú.

Bene, pensò De Luca, molto bene. Gli era venuta un'idea e doveva avercelo scritto sul volto perché Petrarca lo guardava incuriosito ma non aveva tempo di spiegargliela.

– Quando è successo?

– Il giorno che doveva partire. Ma non chiedetemi il giorno esatto, perché sono successe tante cose che non me lo ricordo piú.

Non aveva importanza. Era il giorno in cui il caporale Weber era stato ammazzato, altrimenti se ne sarebbe andato verso il fronte, e adesso starebbe a vendere i suoi gioielli a Firenze, o morto in un fosso sotto San Lazzaro, ucciso da una bomba o da una fucilata. E lui neanche l'avrebbe mai conosciuta quella ragazzotta rustica e diretta accoccolata sulla cassapanca a tremare di freddo in una soffitta ghiacciata. Ma non era ancora finita. C'erano altre cose che voleva sapere.

– Dove l'aveva nascosta?

– Che cosa?

– Hai detto *con quello quello che aveva nascosto*. Immagino siano le cose rubate ai suoi camerati. Nascoste dove?

– Non lo so.

– Sandrina, per favore...

– Non lo so! Da qualche parte nel posto dove stava nascosto anche lui, ma non lo so, non l'ho visto, non lo so! A me non ha dato niente, stavo ancora al teatro se avevo qualche soldo? Ero qui, adesso?

De Luca le mise una mano su una spalla e la costrinse a sedersi, perché si era alzata. Sandrina intrecciò le gambe sotto la sottana, curvandosi sulle ginocchia. Era senza cappotto, che aveva lasciato nell'altra stanza, ma De Luca aveva ancora qualcosa da chiederle.

– L'altra volta mi hai mentito...

– Non ho mentito!

– L'altra volta mi hai mentito su una cosa. Hai detto che hai lasciato il tuo caporale perché ti eri stancata, ma non è vero. Quell'insistere che ti eri innamorata, che sembrava solo una giustificazione, a me, invece, ha dato un'impressione diversa.

Sandrina deglutí e abbassò gli occhi. Restò in silenzio ancora un po', poi strinse le labbra.

– È vero, – mormorò. – Sono sempre stata innamorata. E ancora. Non so perché, non so come, però...

– Ti ha chiesto di andare con lui?

– Sí.

– E perché non hai accettato?

Sandrina alzò lo sguardo su De Luca e di nuovo le tornò tra gli occhi quella piccola ruga profonda. Diversa, questa volta, piú cattiva, perché era uno sguardo duro.

– E come facevo. Ho tre bambini, cosa faccio, me li porto dietro attraverso le cannonate del fronte? Li lascio qui da soli in questo inferno? Senza contare mio cognato mutilato di guerra e mia sorella –. *Incinta*, aggiunse.

Basta cosí, pensò De Luca. Mormorò *perché non me l'hai detto prima*, lei rispose *avevo paura*, lui le fece un cenno della testa, inclinandola appena verso la porta, e la Sandrina scappò via con i piedi nei calzettoni che quasi non toccavano le assi del pavimento.

– Possiamo anche morire congelati, – disse Petrarca, – ma se non mi dite a cosa state pensando io di qui non mi muovo.

– Pensavo che adesso il principale indiziato dell'omicidio del caporale è diventato il gigante con le mani da gorilla. E il vecchio bavoso il suo mandante.

– Il vecchio bavoso?

– Intendo il borsaro del vicolo del Falcone.

– Per paura di essere denunciato?

De Luca scosse la testa. Si appoggiò alla scala sotto il lucernario, col braccio infilato tra due gradini. – E da chi, da un disertore ladro? No, denuncia contro denuncia a nessuno dei due conveniva parlare. Piuttosto i soldi.

– Il tesoro nascosto? – disse Petrarca, e di nuovo De Luca scosse la testa. Aveva ancora il bracciale in mano e la fece girare attorno al dito, mentre pensava.

– Non sapevano del tesoro, come lo chiamate voi, e dubito che il caporale sia stato cosí stupido da parlarne. No, mi riferisco ai contanti che il borsaro, evidentemente, non era stato affatto contento di sganciare. Ventimila lire, e lire alleate, sono un sacco di soldi, altro che mille e duecento –. Il vecchio bavoso aveva voluto vantarsi con la Vilma.

– Tremila?

– Lasciate stare –. De Luca si batté il bracciale contro il labbro, concentrato sulle sue riflessioni. – Magari lo ha torturato prima di ucciderlo, lo ha preso a cazzotti con quelle manacce, da come lo avevano ridotto i topi è impossibile stabilirlo.

Petrarca disse qualcosa, ma De Luca stava ancora pensando. Aveva chiesto *perché spogliarlo nudo* e De Luca forse lo sentí, perché si strinse nelle spalle, o forse era troppo concentrato sui primi passi della sua ipotesi.

– Si è fatto dare i soldi e lo ha ammazzato. In questo caso il tesoro del caporale è ancora in via del Fossato –. Compreso l'orologio del maggiore. – Oppure ha saputo di tutto il resto, magari il *rottenführer* glielo ha detto per salvarsi la vita, e allora il tesoro non c'è piú.

– Vale la pena andarci a dare un'occhiata, no? – disse Petrarca, e De Luca annuí.

– Sempre che le cose siano andate cosí, – mormorò tra sé, anche se sentiva di essere sulla pista giusta. Si era dimenticato del freddo e se ne ricordò quando lo prese alla nuca con un morso gelido che gli irrigidí il collo. Si tirò su il bavero del soprabito, per quello che contava.

– Verrei con voi ma devo lavorare, – disse Petrarca, – e comunque il caso sembra ormai bene avviato. Che mi dite del nostro?

– Vi dico che siamo a un punto morto. Quando mi date quelle fotografie che vi ho chiesto?

– Questa sera va bene?

– Ho un invito al *Diana*, questa sera, a cena. Devo vedere il Dentista per spremerlo sulla '22, volete aggiungervi anche voi?

Era sarcastico, naturalmente, ma Petrarca si oscurò lo stesso, anche se solo per un attimo.

– Lascio a voi l'onore. Facciamo dopo, allora, venite a casa mia quando avete finito. Sto in via Belle Arti, al numero 5. Portatemi un piatto di tortellini, se avanza.

Mentre riattraversavano l'accampamento beduino, De Luca cercò la Sandrina con gli occhi, ma non era col ragazzino che si agitava nel sonno sotto il cappotto giallo. Per un attimo incrociò lo sguardo del bambino che l'aveva fissato prima, quando aveva nominato i tedeschi, ma aveva un'espressione che gli faceva male, e girò subito la testa.

La vide quando era quasi arrivato alla porta, dietro un lenzuolo che copriva una fila di secchi che servivano da latrina. Stava vomitando e aveva accanto un bambino che le accarezzava la schiena, piccolissimo, con una giacca a righe cosí grande da arrivargli alle caviglie, come un cappotto, legata in vita da una corda.

La Sandrina alzò la testa, sputando fili di saliva, e si asciugò la bocca con la mano.

– Maledetta vegetina, – mormorò.

Era come avere qualcosa sotto la pelle, una scheggia minuscola, di quelle che spuntano appena e dànno fastidio solo quando si sfiorano, per sbaglio.

La sua scheggia, De Luca, non ce l'aveva sotto un'unghia ma dentro la testa. Una piccola puntura, ma cosí acuta da mettergli i brividi quando gli veniva in mente quello che non riusciva a ricordare. Insistere, concentrarsi e spremersi anche era come grattarla con un ago, la scheggia andava ancora piú giú, a bruciare invisibile sotto la pelle graffiata.

C'era qualcosa che lo aveva colpito, qualcosa che non riusciva a mettere a fuoco, su cui non aveva riflettuto subito, distratto dalle ammissioni della Sandrina e da tutti quei dettagli nuovi, l'uomo con le mani da gigante che faceva paura al caporale, i soldi, il tesoro nascosto. Adesso stava da qualche parte, persa nella nebbia dei suoi pensieri, meno di un ricordo e poco piú di una sensazione.

Non riusciva neppure ad associarla a un momento preciso, o un argomento definito, perché la puntura di spillo tornava fuori all'improvviso anche quando sfiorava cose diverse, un'immagine in fondo alla coda degli occhi, un odore, fastidiosa e frustrante.

C'era un gruppo di bambini che giocavano a nascondino tra le macerie di casa Milani, in via Galliera. C'era l'odore del sangue e della carne della macelleria comunale di via Ugo Bassi che stringeva la gola e lo stomaco. C'erano le urla di due donne che si litigavano un pezzo di stoffa davanti al negozio Ape di via de' Gombruti, sventolandosi in faccia le tessere con cui si potevano comprare i tessuti. Anche quando uscí dal cinema Sordomuti di via Nosadella, dopo essersi fermato per telefonare dall'ufficio del direttore, lo sguardo obliquo dell'uomo elegante sul manifesto di *Addio giovinezza!* gli increspò la memoria senza arrivare da nessuna parte.

Sensazioni che sfioravano la scheggia come l'unghia di un pollice, la puntura di un istante, a ricordare che stava ancora lí, e poi piú niente, soltanto un fastidio sottile e lontano. Smise di pensarci quando arrivò in via del Fossato, vide il portone sfondato del magazzino in cui avevano trovato il caporale Weber e decise che aveva altro su cui concentrarsi.

C'era ancora abbastanza luce, altrimenti sarebbe tornato indietro a requisire una torcia elettrica alle maschere del cinema. Il sole di metà pomeriggio pioveva dal buco nel tetto e si stendeva sull'acqua stagnante come un velo di brina. Anche il freddo, cosí umido, sembrava un riflesso metallico sulla rampa inclinata del pavimento.

De Luca si tirò su il bavero del soprabito e si sfregò le mani, soffiandoci sopra una nuvola di fiato biancastro e inutile. Lasciò che gli occhi si abituassero a quella penombra ghiacciata, poi si avventurò sui mattoni rotti, attento a non cadere. Aveva pensato che probabilmente il *rottenführer* non aveva niente per scavarsi un nascondiglio per il suo tesoro, le mani nude, come lui, o poco piú. Certo, per setacciare a fondo lo scantinato avrebbe avuto bisogno di uomini con pale e picconi, ma intanto voleva cercare di capirlo da solo quello che poteva aver pensato il caporale. Gli sembrava piú facile.

Cosí scartò la piattaforma di travi marce, mattoni e mattonelle inclinata come una rampa e guardò il lago nerastro in cui ci finiva dentro. Anche se non era profondo non pensava che il caporale l'avesse gettato là in mezzo, come un sasso, impossibile da recuperare senza bagnarsi tutto. Però quello era il posto migliore per nascondere qualcosa senza spaccarsi le unghie scavando nelle macerie.

De Luca ci girò attorno fino al muro opposto, battendo forte i piedi per far scappare i topi, ma non vide niente di utile. Restò un po' a guardarli rigare la superficie dell'acqua finché non notò qualcosa dall'altra parte di quella specie di stagno che puzzava di marcio. Uno spuntone di pavimento, piccolo e isolato come un trampolino, e sopra un anello infisso nel muro, come quello di una stalla. Per raggiungere quella penisola doveva fare qualche passo nella melma e ci si infilò senza neanche togliersi le scarpe, non si rimboccò neppure i calzoni, perché aveva visto una cosa e non pensava piú a nient'altro che quella.

Un pezzo di corda che dall'anello scendeva nell'acqua. Lo tirò su, era corto, ed ebbe un tuffo al cuore quando vide che c'era legato un fagotto di telo da tenda, mimetica e soprattutto impermeabile.

Tornò indietro di corsa e andò a sedersi su un blocco di mattoni, proprio sotto il buco del tetto, dove c'era piú luce. Il freddo della grotta e i piedi bagnati lo facevano tremare ma non aveva importanza. L'involucro era chiuso da un pezzo di spago, cosí stretto che De Luca si spezzò un'unghia per scioglierlo. Lo aprí sulle ginocchia, con cautela, e la prima cosa che vide fu la pistola, una piccola Walther Ppk, probabilmente quella che il caporale aveva tirato fuori dal borsaro di vicolo del Falcone.

Bene, pensò, un punto per la sua teoria, perché se aveva già messo via la pistola il caporale non avrebbe potuto difendersi dal gigante.

La seconda cosa fu l'orologio del maggiore, che estrasse da un groviglio di collanine e braccialetti d'oro e anche un filo di perle annodato attorno alla sua catena d'acciaio. Cercò di aprirne la cassa con l'unghia del pollice ma si spezzò anche quella, poi premette il pulsante che ci stava sopra e il coperchio si sollevò come un'anta, dandogli la conferma che sí, era proprio l'orologio del maggiore, perché c'era una breve incisione, in caratteri gotici, e sotto due ghirigori nervosi, inclinati verso il basso. De Luca non aveva mai visto la firma di Adolf Hitler, ma date le circostanze e soprattutto la coincidenza, non aveva nessun dubbio che fosse quella.

Bene, pensò, *benissimo*.

Ma c'era anche un'altra cosa assieme alle collane, ai braccialetti e agli anelli che rendevano pesante l'involucro di tela. Un rotolino di carta cerata, chiuso sopra e sotto da uno spago piú sottile, annodato a croce. De Luca lo sfilò senza scioglierlo, spiegò il rotolino e restò a guardarlo, stringendo le labbra.

No, pensò.

Un rotolo di banconote che gli si aprí tra le ginocchia come se avesse avuto vita propria.

No.

De Luca le contò facendo scorrere rapidamente i polpastrelli sulla carta filigranata. Venti fogli azzurri da mille lire, uno verde da cinquecento e quattro fogliettini quadrati, color seppia, da dieci. Valuta alleata dell'oltre fronte, con il taglio in inglese, *one thousand*, *five hundred* e *ten* sotto la cifra. Ventimila cinquecento quaranta lire, come aveva detto il caporale alla Sandrina, il borsaro aveva mentito per farsi bello con la Vilma.

No, cosí non andava bene. De Luca si morse l'interno di una guancia mentre cercava di concentrarsi, con la mente che rimbalzava ovunque. Era sicuro, o almeno ragionevolmente certo, che il tesoro del caporale fosse nascosto nello scantinato, e aveva avuto ragione. Ma era anche sicuro, irragionevolmente sicuro, adesso l'aveva capito, che i soldi del borsaro fossero stati ripresi dal gigante. Anche con tutto il resto, nel caso il caporale li avesse già messi via all'arrivo del gorilla.

E invece erano ancora lí. Con tutto il resto.

Va bene, *no, non va bene*, va bene, magari al gigante era scappata la mano nel picchiarlo, aveva afferrato il collo del caporale e l'aveva ucciso prima che potesse parlare. Va bene, *no, non va bene*, magari il caporale aveva un'altra pistola, un coltello, oppure aveva preso un sasso per difendersi e l'altro l'aveva ucciso per fermarlo. Va bene, *no, non va bene.*

E poi, all'improvviso, mentre stava pensando a troppe cose, a De Luca venne in mente, chiaro e nitido come il sole dopo la nebbia, quello che lo aveva colpito prima, quando stava dalla Sandrina. La scheggia di legno sotto la pelle. Cosí evidente da poter essere afferrata tra i polpastrelli, neanche tra le unghie, e tirata fuori in un colpo.

Ed ebbe la certezza, ragionevole certezza, ma già sicura per il suo istinto da poliziotto, di aver capito chi aveva ucciso il *rottenführer* Weber.

– De Luca!

Non aveva urlato, ma la voce del tenente Manfred rimbombò sull'acqua cosí forte che De Luca sobbalzò e dovette stringere subito le ginocchia perché non gli cadesse per terra il fagotto con i soldi, i gioielli e la pistola.

Si era dimenticato dei tedeschi. Al cinema Sordomuti, dal telefono dell'ufficio del direttore, aveva chiamato Manfred per chiedergli un paio di soldati con le pale, nel caso non fosse riuscito a trovare il tesoro del caporale e ci fosse stato davvero bisogno di scavare. Il tenente ne aveva portati quattro, tutti con pale, picconi e torce elettriche con dinamo a manovella, ed era venuto anche lui.

De Luca si infilò il fagotto nella tasca del soprabito, spingendo forte perché ci entrasse, e i soldi in quell'altra. Aveva ancora la Walter in mano quando Manfred fu abbastanza vicino da notarla.

– Cosa fate con una pistola?

– Niente. Ero qui da solo. Non si sa mai.

– È una pistola tedesca.

– Sono le migliori.

Manfred sorrise. De Luca fece sparire la pistola e si alzò, le tasche del soprabito gonfie e pesanti. Ci tenne sopra le braccia, per schiacciarle.

– Avete detto di aver scoperto cose importanti, sono ansioso di conoscerle. Dite che qui ci sono le cose rubate dal *rottenführer*, è vero?

– Credo di sí, – mormorò De Luca. – Nascoste da qualche parte, probabilmente.

– Probabilmente?

– Sí. Molto probabilmente, quasi sicuramente. Qui.

De Luca allargò le braccia sullo scantinato. Manfred lo guardò serio, poi annuí. Gridò qualcosa che echeggiò tra le pareti del magazzino e i soldati cominciarono a girare le manovelle per caricare le torce. Il ronzio delle dinamo riempí la grotta come se fossero entrate migliaia di mosche.

– Anche nell'acqua?

– Sí, è possibile.

– Possibile. E le cose importanti che avete detto di avere scoperto?

– Ci sto ancora lavorando. Credo di avere esagerato con l'entusiasmo, ecco. Ma presto avrò degli elementi.

– Presto.

– Sí, presto, prestissimo.

Manfred non disse nulla. Erano sotto il buco nel tetto ma il cielo iniziava a farsi scuro e con quella penombra che diventava sempre piú fitta era difficile decifrare l'espressione del tenente, che restò in silenzio per un po'. De Luca abbassò lo sguardo per un tempo insopportabile e quando stava per dire qualcosa, qualunque cosa, probabilmente sbagliata, il tenente si mosse.

– L'*haupsturmführer* Niemann ha espresso il desiderio di vedervi. Venite con me, per favore.

Son contento di morire ma mi dispiace, mi dispiace di morire ma son contento.

Erano fuori Bologna, anche se non sapeva dove perché per gran parte del tragitto, che comunque era stato breve, De Luca aveva cercato di stendere col palmo della mano la roba che aveva nelle tasche, in modo che non sembrassero cosí gonfie.

Non era stato difficile perché sedeva dietro, nell'auto, e il tenente davanti, col solito graduato. Avevano parlato tra di loro in tedesco, per tutto il viaggio, e Manfred aveva anche riso, di gusto, tanto che De Luca si era tranquillizzato e aveva ricominciato a pensare alle sue cose. E piú lo faceva piú tutte quelle vaghe e fastidiose punture di spillo diventavano chiare e concrete come le tessere di un mosaico che si incastravano l'una con l'altra. Ne mancavano ancora molte, e avrebbero ancora potuto cambiare tutto, ma quel senso di smaniosa eccitazione che provava quando azzeccava una pista giusta, nella sua vita precedente di poliziotto, gli faceva pensare che probabilmente questa volta ci aveva preso.

L'auto si fermò lungo un viale, sul retro di una villa e il tenente si voltò verso De Luca, come se si fosse accorto di lui soltanto in quel momento.

– Siamo arrivati, – disse.

Era una grande casa squadrata, con lunghi finestroni stretti, cosí bianca da riflettere ancora l'ultimo sole del pomeriggio, poco prima della sera. La ghiaia fredda scrocchiava sotto le scarpe di De Luca e del tenente mentre giravano attorno alla villa e intanto si sentiva quella strana voce, che sembrava cosí lontana, e ripeteva sempre la stessa frase.

Son contento di morire ma mi dispiace, mi dispiace di morire ma son contento.

Era il ritornello di una canzone. De Luca la conosceva, l'aveva sentita cantare in un varietà una volta che ci era andato con la fidanzata, in un'altra vita appunto, e anche allora non gli era piaciuta, perché doveva essere ironica e divertente, ma a lui era sembrata triste.

Son contento di morire ma mi dispiace…

Voltò l'angolo della villa e si fermò.

Nel piccolo parco davanti alla casa c'erano alcuni soldati con i mitra e i fucili, ma non erano stati quelli a togliergli il fiato. Dietro ai soldati c'era un muretto con una grande cancellata in ferro battuto, aperta, e alle inferriate erano attaccati degli uomini, in piedi, con le mani dietro la schiena. Uno di questi era l'uomo che cantava.

... mi dispiace di morire ma son contento.

Nello spiazzo oltre il cancello c'era il capitano delle SS, che appena lo vide alzò una mano e gli fece cenno di avvicinarsi. De Luca passò in mezzo agli uomini attaccati al cancello cercando di non guardarli, il collo rigido che gli faceva male per lo sforzo di tenere lo sguardo dritto davanti a sé e la coda dell'occhio che vedeva tutto, il filo di ferro che legava le gole alle inferiate del cancello, le gambe che tremavano nello sforzo di stare in piedi, il sangue sui volti lividi. Ce n'era uno, lo vide perché stava proprio alle spalle del capitano, legato a un palo in un'aiuola in mezzo allo spiazzo, che era andato giú, le gambe piegate da un lato, ad angolo, il filo di ferro teso sotto al mento, la lingua tra i denti e una riga di sangue che gli era scesa sulla camicia, larga e compatta come una cravatta. Sul palo, poco sopra la testa dell'uomo, c'era un cartello vergato a pennellate lunghe che si schiacciavano contro un bordo, perché chi l'aveva scritto aveva preso male le misure, *questa è la fine d'ogni partigiano oppure spia antitedesca!!!*

– Non abbiate riguardi, sono nemici, catturati in combattimento con le armi in pugno. Non sarete anche voi un piccolo *herzchen*, come il nostro tenente Manfred?

Vestito cosí, con un cappotto di pelle lungo fino alle caviglie e il bavero di pelliccia che gli mangiava il collo, il capitano sembrava piú piccolo. Fumava ancora come la prima volta che lo aveva visto, la sigaretta tra il medio e l'anulare e la mano aperta che saliva a coprirgli la faccia quando tirava una boccata.

– Volevate vedermi? – chiese De Luca, tenendo lo sguardo sul capitano per evitare l'uomo sotto al cartello.

– Volevo sapere come procede la vostra indagine.

– Molto bene, a breve avrò terminato.

– Non vi ho sentito.

– Volevo dire che…

– Scusate, c'è un rumore che mi disturba.

Il capitano fece un cenno con la mano e uno dei soldati colpí l'uomo che cantava sulla bocca, col calcio del fucile. De Luca ne sentí il gemito, poi di nuovo la voce che tentava di venire fuori in un gorgoglio e si perdeva tra i colpi di tosse. Si voltò a guardare, d'istinto, e vide che l'uomo era ancora in piedi e stirava le labbra sui denti rotti e insanguinati in quello che voleva essere un sorriso.

– Adesso vi sento, – disse il capitano. – Potete parlare.

Poteva parlare. Ma non voleva dirgli nulla. E aveva paura.

– Mi avete dato sette giorni, ne ho ancora uno. Mi avete chiesto di condurre le indagini perché l'avrei fatto a modo mio. Ho ottenuto molti risultati ma mi serve ancora una verifica. Domani sera…

L'uomo aveva ricominciato a cantare. Senza le parole, soltanto sibili e rantoli umidi spinti fuori a forza di gola. Il capitano serrò i denti, poi alzò la mano con la sigaretta e fece un altro gesto, piú deciso.

Di nuovo De Luca si girò a guardare, d'istinto, perché non voleva. Un graduato delle SS tirò fuori una pistola dalla fondina e sparò due colpi nelle gambe dell'uomo, che crollò verso terra, strangolandosi col filo di ferro. De Luca fece un passo in avanti come per andare a sostenerlo, d'istinto anche quello, ma si fermò subito perché il tenente gli aveva messo una mano sul braccio.

Il capitano fece un altro gesto e il graduato iniziò a sparare alle gambe di tutti gli uomini appesi alla cancellata. A ogni colpo De Luca incassava la testa tra le spalle, come un pupazzo a molla, gli occhi chiusi e i denti stretti, sotto lo sguardo dei soldati che ridevano di lui. Alla fine gli restò nelle orecchie il ronzio intenso delle esplosioni e ne fu felice perché attutiva il gorgoglio del sangue che usciva dalle bocche spalancate.

Anche il capitano aveva riso. Gettò la sigaretta nella ghiaia e la schiacciò con la punta dello stivale.

– Sapete, De Luca, io ho come l'impressione che vogliate prenderci in giro. Che anche ora, anche adesso, stiate soltanto cercando di guadagnare tempo. Forse non siete cosí bravo come ci hanno detto o forse non vi state impegnando abbastanza. Ditemi quello che avete scoperto, ora, adesso, o i vostri dieci connazionali che teniamo come ostaggio non ci arriveranno, a domani sera.

Indicò la cancellata, e siccome De Luca non si voltava lo prese a braccetto e lo costrinse.

– Allora? – chiese.

De Luca deglutí. Guardò gli uomini appesi al cancello, fissò quello che cantava, che era scivolato giú sulle ginocchia, la pancia che usciva nuda dal maglione sollevato e il bordo delle mutande fuori dai calzoni, il collo che spuntava troppo lungo dal colletto aperto della camicia inzuppata di sangue.

Poi abbassò lo sguardo, tirò su col naso, e cominciò a parlare.

– Avete fatto bene, – disse il tenente Manfred mentre lo riaccompagnava alla macchina. – Non so perché non ce lo abbiate riferito prima ma avete fatto bene a farlo adesso. E non solo per gli ostaggi, anche per voi, perché sareste partito col primo treno per il campo di concentramento. Vi prego di credermi che mi sarebbe dispiaciuto.

Lo aveva detto sinceramente, ma a De Luca venne lo stesso uno sbocco di rabbia che gli bruciò in gola come un rigurgito acido. Strinse i pugni e voleva infilare le mani in tasca ma si ricordò di tutto quello che ci teneva dentro e si limitò a schiacciare le braccia sul soprabito. Erano arrivati alla macchina.

– E poi sono davvero contento che abbiamo salvato quegli ostaggi. Anche il generale von Senger lo sarà, ne sono certo. Meno tensioni con la popolazione, meglio per tutti. Era questo lo scopo.

De Luca aprí la portiera e salí in macchina. Il tenente gli fece cenno di spostarsi un po' e si sedette dietro, con lui. De Luca si premette contro la portiera dall'altra parte, perché aveva paura che sentisse le sue tasche gonfie. Ci mise le mani sopra, anche. Ma il tenente aveva solo voglia di parlare.

– Io appartengo a un'altra razza rispetto all'*hauptsturmführer*. Non mi fraintendete, non intendo razza in senso, come dite, *wörtlish*, letterale, sí? Anche se in effetti Niemann non ha un aspetto molto tedesco. Ma non importa, siamo diversi. Io sono un soldato e un poliziotto, come voi. Lui è una SS. Lo sapete perché mi chiama *herzchen*? Sapete cosa significa?

– No, – disse De Luca. In un altro momento sarebbe stato curioso, ma adesso ce l'aveva davvero un bolo acido che gli rivoltava lo stomaco. Voleva solo chiudere gli occhi, dimenticare e ricominciare a pensare alle cose urgenti che doveva ancora fare, perché non c'era tempo da perdere. Ma il tenente voleva parlare.

– Significa, come dite voi, *herzchen*, cuoricino, cuore d'oro, ecco. Ho guadagnato questo soprannome in Polonia, un paio di anni fa. Ero un giovane sottotenente del 101° Battaglione di Riserva della polizia, a metà tra un soldato e un poliziotto, appunto. Seguivamo l'avanzata delle truppe per stabilire l'ordine nelle retrovie e cosí un giorno, a Józefów… – si fermò, perché aveva voglia di parlare, il tenente, ma non per ridere, e si morse anche le labbra, – un giorno abbiamo rastrellato tutti questi ebrei e abbiamo l'ordine di ucciderli, e io… non sto discutendo questo, non mi fraintendete, è un ordine, e sarà sicuramente giusto, non lo discuto, però io…

Il tenente guardò fuori dal finestrino, poi tornò a voltarsi e a De Luca sembrò che ci fosse un'ombra nei suoi occhi azzurri da modello per riviste di propaganda.

– Io dovevo solo coordinare le squadre dei nostri e i gruppi di ebrei, per farli entrare nel bosco senza accavallarsi, non era compito mio sparare, e lo ripeto, non voglio discutere, anche se io… ma non importa quello che penso io. Comunque, siamo tra gli alberi e sto guidando un altro gruppo quando all'improvviso mi sento prendere la mano –. Il tenente rise, ma si capiva benissimo che non era una risata vera. – Pensate un po', è una bambina, una bambina ebrea. Avrà avuto cinque, sei anni, è una bimba piccola, è tutta nuda, da sola, in un bosco, io sono l'unico adulto che ha vicino e allora… allora mi prende la mano, anzi, il dito, cosí.

Si strinse l'indice, forte, troppo, con le nocche che gli diventavano bianche, poi si voltò e si asciugò una guancia col dorso della mano, veloce, ma non abbastanza, perché De Luca se ne accorse.

– Ho pensato che mai piú, mai piú, – disse al vetro, piano, – se potevo evitarlo, mai piú –. Si schiarí la voce e tornò a De Luca.

– Ecco perché mi chiamano *herzchen*. Ecco perché non discuto niente, ma sono molto contento che siamo riusciti a salvare quei dieci ostaggi, davvero molto contento.

Erano arrivati davanti a Ingegneria. La macchina si fermò e De Luca aprí la portiera, ma non scese.

– E la bambina? – chiese. – Che fine ha fatto la bambina?

– Le ho sparato, – disse il tenente. – Non potevo mostrarmi debole di fronte ai miei uomini, no? Addio, De Luca, *polizei* italiano. Mi ha fatto piacere lavorare con voi.

– Alla fine parlano tutti. Prima o poi. Sai qual è la mia percentuale di successo? Di' una cifra. Te la dico io. Cento per cento.

L'avevano trovato già al ristorante, ultimo tavolo in fondo alla sala, seduto spalle al muro. C'erano soltanto un paio di coppie, a quell'ora, il ristorante era mezzo vuoto e quello non era il posto migliore, cosí vicino alla cucina, ma aveva una via di fuga in piú, e poi, gli disse, la roba arrivava prima, piú calda.

Il Dentista era un toscano imponente, con una voce da baritono che sembrava abituato a tenere a freno. Si era aperto la giacca su una pancia rotonda, scoprendo un paio di bretelle rosse e li salutò con un cenno della mano, largo e rotondo, quando li vide entrare.

Erano in due perché De Luca si era fatto accompagnare dalla Vilma. Quando era arrivato alla palazzina che li ospitava, a Ingegneria si era fermato giú dal piantone, per telefonare piú in fretta. Aveva mandato fuori l'agente, con una scusa, e aveva chiamato l'ufficio di Petrarca, pregando a modo suo che fosse ancora là. C'era, glielo avevano passato e non era stato difficile convincerlo a fare quello che gli aveva chiesto. E in fretta, anche, certo, subito. Piú difficile era stato ottenere che venisse qualcuno dei suoi, o Petrarca stesso, lí da loro, a prendere la roba, perché lui non aveva tempo per portargliela, doveva vedere il Dentista e aveva paura che gli sfuggisse, e alla fine c'era riuscito.

Allora era corso di sopra, al suo ufficio, a prendere la borsa che usava per i documenti e l'aveva vuotata sul pavimento. Ci aveva messo dentro il tesoro del caporale che teneva nelle tasche, compresi i soldi e la pistola, e soprattutto l'orologio del maggiore, che aveva espressamente ricordato a Petrarca, durante la telefonata. Poi aveva lasciato la borsa al piantone, di nuovo di sotto, che la consegnasse a una persona che veniva a nome suo, senza fare domande e senza guardarci dentro, perché erano cose riservate che riguardavano la sicurezza repubblicana, e sapeva di potersi fidare, non tanto perché la guardia fosse particolarmente fedele, quanto perché era uno che teneva famiglia, e non voleva guai.

Durante una delle sue corse su e giú per le scale aveva incontrato Vilma che gli aveva detto che l'amico della Prefettura aveva telefonato a metà pomeriggio.

«E siccome è anche amico mio ha detto a me».

«E cosa ti ha detto?»

«Che avevi ragione. Edore Santelli è uno degli uomini piú ricchi di Bologna. Non il piú ricco, ma ci va abbastanza vicino».

«Impossibile».

La Vilma si strinse nelle spalle e tirò fuori una sigaretta, aspettando che De Luca gliela accendesse. Era sicuro di aver gettato anche il pacchetto di cerini nella borsa assieme ai gioielli cavati a caso dalle tasche, e invece lo aveva ancora.

«Il tuo Edore figura come titolare di tre agenzie immobiliari che possiedono una ventina di palazzi in giro per la città, quasi tutti nel centro».

Vilma soffiò in faccia a De Luca una nuvola di fumo che sapeva di rossetto, e lui socchiuse gli occhi, ma non per quello. Gli era venuta in mente una cosa, che lo fece annuire con decisione.

«Hai detto bene. *Figura come titolare*. Un prestanome. Ecco cosa siamo stati noi per la '22, cosa sono stato io nel caso di una eventuale indagine. Un prestanome. Figuro come titolare del depistaggio nell'omicidio dell'ingegner Tagliaferri».

Vilma sorrise. «Se lo dici tu».

«No, infatti, non voglio dirlo io. Voglio che me lo dica il Dentista. Che fai stasera? Anzi, adesso. Posso invitarti a cena?»

«Noi due soli?»

«No, c'è un'altra persona».

«Una cosa a tre? Non ti facevo cosí ardito».

«Voglio che mi distrai il Dentista mentre provo a farlo parlare».

Vilma uní le labbra per soffiare un filo di fumo sottile. «Guarda che l'avevo capito, – disse. – Stai tranquillo, lo sai che sono brava».

Voleva cambiarsi ma De Luca non le dette il tempo, si stava facendo tardi e aveva paura che il Dentista non volesse piú uscire cosí a cavallo del coprifuoco, e anche quando il piantone dell'altra palazzina, quella in cui stava la '22, gli disse che il comandante era già andato e li aspettava al *Diana*, De Luca le lasciò soltanto il tempo di pettinarsi, perché era troppo nervoso.

Poi presero una macchina e di nascosto, come due amanti clandestini, corsero in centro.

Il Dentista era già alla seconda lasagna. Parlava e mangiava con foga, coprendosi la bocca col palmo della mano per fare tutte e due le cose insieme, diretto soprattutto alla Vilma, che lo ascoltava affascinata, seduta davanti a lui con i gomiti appoggiati al tavolo e il volto tra le mani, come una scolaretta innamorata del professore. Cosí rapita che sembrava impossibile che avesse trovato il modo e il tempo di far sparire la sua, di lasagna, e anche l'attimo per strizzare l'occhio a De Luca, prima di tornare a sgranarli sul Dentista.

Erano lasagne quasi vere, perché anche in tempo di guerra il *Diana* restava il miglior ristorante di Bologna, oltre al fatto che l'essere frequentato dai notabili della città, e soprattutto dai tedeschi, aiutava sicuramente col menu. Prima che arrivassero il Dentista aveva anche fatto un salto in cucina, era conosciuto, aveva detto con orgoglio, e il risultato si sentiva da subito nell'odore fumante della besciamella e del ragú.

De Luca, però, non aveva ancora toccato la sua. E non per il ricordo degli uomini che morivano attaccati alla cancellata, non solo, almeno, aveva deciso di avere altro a cui pensare e c'era riuscito, come sempre. Seguiva attento il discorso del Dentista cercando la pausa giusta per intervenire con le sue domande, ma senza insospettirlo. Lo sguardo sognante della Vilma era di grande aiuto, come anche le due bottiglie di vino quasi vuote. Aveva scelto il piú forte, un chianti che aveva riscaldato subito l'anima toscana del Dentista e che doveva costare un patrimonio al mercato nero. Il problema è che il Dentista, di pause, non ne faceva, e tra parlare e mangiare non si capiva neanche quando riuscisse a respirare.

– Il concetto è molto semplice, l'ho sentito dire a un amico della Decima e l'ho sposato subito, il concetto, non l'amico, a me piacciono le belle figliole come voi, signorina, e se mi guardate cosí mi fate pensare, anzi, no, mi fate sognare, Vilma, Vilma, che bel nome, sembra quello di una stella, del varietà, però, mica del cielo, anche se avete gli occhi che brillano.

Si fermò un momento per tagliare un pezzo di lasagna con la forchetta e De Luca ne approfittò. Gli serviva che restasse in argomento. Il Dentista stava parlando di tortura.

– Il concetto, – chiese De Luca. – Siamo qui per imparare.

– Molto semplice. Il soggetto non deve *essere* torturato, deve *stare* torturato. Ti faccio un esempio. Fanno tutti cosí, mettono i prigionieri a dormire di sopra e torturano di sotto, nelle segrete, segrete di che, poi, sono carogne, son traditori, non sono mica piú italiani se mai lo sono stati, torturarli sarebbe un dovere anche se non avessero niente da dire, dico bene, signorina?, vedo che mi capite.

Vilma annuí e sorrise, complice e maliziosa, tanto che a De Luca tornarono in mente le parole di Rassetto, che le piaceva spegnere le sigarette sulla gente. Non ci aveva creduto piú di tanto, ma quando la vide appoggiare il mento sul dorso di una mano, con quello sguardo cosí rapito, gli venne il dubbio che la sua non fosse soltanto una recita a beneficio del Dentista. Anche se nel frattempo era riuscita a far sparire l'ultimo pezzo di lasagna dal suo piatto, come per magia.

– Occhio, perché è importante. Li molli giú, nel freddo, senza mangiare, li fai stare nella loro merda, scusatemi, signorina, ma so che mi capite, e intanto sentono tutto quello che succede ai compagnucci di sopra, le botte, gli strilli, ci sono quelli della Koch che a Villa Triste sollevano i bischeri che torturano e li buttano sul pavimento, cosí chi sta sotto vive la sofferenza di quelli di sopra e sa che tra poco sarà la sua. E infatti poi li porti giú, conciati in quella maniera, li lasci un po' a marcire assieme, prendi gli altri che intanto sono morti di paura e via di nuovo, a ruota. Meglio di notte, cosí è impossibile dormire, e poi tutto sembra piú strano, di notte, piú irreale, piú spiazzante. Piú magico. Non *essere* e basta, *stare* torturati, per tutto il tempo.

Il Dentista batté il palmo della mano sul tavolo, annuendo soddisfatto, poi indicò la lasagna di De Luca.

– Non la mangi, quella? O come mai?

– Non ho fame e ho un po' di mal di stomaco.

– Vedrai dopo, quando ti toccherà pagare il conto. La si fa a metà io e la signorina, volete?

Il Dentista divise la lasagna con un trancio netto del coltello e ne spazzò una parte nel piatto di Vilma, anche se non era proprio la metà.

– Perché il dolore non basta, – continuò, la mano davanti alla bocca, – al dolore ci si abitua, c'è gente che entra praticamente in coma e sopporta di tutto, tanto non lo sente, gli strappi le unghie, gli sloghi le braccia, li picchi sulle orecchie, gli metti quel cerchio di ferro che schiaccia le tempie, roba da medioevo, ecco, la maschera antigas col tappo chiuso, che gli sembra di soffocare, quella è un'idea nuova. Con le donne, invece, è un po' diverso.

C'era un campanellino attaccato alla porta d'ingresso del ristorante, che suonava quando si apriva. Il Dentista alzò la testa ancora prima di sentire il tintinnio, la mano senza la forchetta giú sotto la tavola, al tovagliolo che copriva la pistola, sulle ginocchia, rapidissimo. Erano due tedeschi, un soldato e un graduato nell'uniforme grigia della Wehrmacht. Il Dentista li salutò alzando il braccio, ma loro non lo considerarono e andarono a sedersi a un tavolo poco lontano, uno di spalle a loro e l'altro alla porta, stretti nei loro cappotti, con i berretti calcati in testa.

– Ecco, per esempio, i cugini, – mormorò il Dentista, tenendo a freno la voce da baritono, – quelli non hanno fantasia, si tolgono la giubba e menano, come fabbri, va bene, ma non sono professionali, guarda, ti dico di piú, cosí *scientifici*, come noi. Ho l'onore e il vanto di poter affermare senza essere smentito che la gente ha piú paura di finire nelle grinfie dei fascisti che dei tedeschi.

Vilma batté le mani. Ne alzò anche una, proprio come una scolaretta.

– Posso fare una domanda? – chiese.

– Ma certo.

– Perché vi chiamano il Dentista?

– Perché lo sono. Odontotecnico, a dire il vero, ma è lo stesso.

– E usate il trapano con vostri… pazienti?

Il Dentista si sporse sul tavolo, avvicinandosi a Vilma.

– Sí, – disse, piano. – E non avete idea di quanto faccia male. Perché è vero che il dolore non basta, ma quello giusto aiuta. E io, in questo, sono bravissimo. Come in tante altre cose.

Troppo vicini, lui e lei. Prima della sua domanda da scolaretta Vilma aveva strizzato di nuovo l'occhio a De Luca, un movimento quasi impercettibile all'angolo della palpebra, ma adesso era andata troppo avanti e qualunque intromissione sarebbe stata accolta con fastidio. Ci voleva un diversivo.

De Luca fece un cenno al cameriere che aspettava a metà della sala. Gli parlò all'orecchio, il cameriere annuí, sparí nella cucina e tornò con un piccolo carrello a rotelle, che spinse discretamente dietro il loro tavolo. Il Dentista si distrasse immediatamente e si sfregò le mani mentre il cameriere sollevava i coperchi delle teglie che ci stavano sopra, liberando una nebbia umida che sapeva di brodo. A De Luca gorgogliò lo stomaco. Lasciò che il Dentista prendesse un pezzo di tutto, aspettò che Vilma si facesse servire, poi scelse un pezzo di manzo bollito, giusto per fare qualcosa, e quando il cameriere si fu allontanato, si piegò verso il Dentista, che stava coprendo una fetta di lingua con una salsa verde che odorava di aglio e prezzemolo.

– Quanto ci hai messo a far parlare Tagliaferri? – chiese. – Scommetto poco.

– Pochissimo, – disse il Dentista, – mica era un partigiano, quello.

Aveva risposto senza pensare, con la bocca piena, ma si fermò subito, corrugando la fronte. De Luca sorrise, anche lui complice. Scolò la bottiglia di vino nel bicchiere del Dentista e la mostrò al cameriere, agitandola per far vedere che era vuota.

– E dài, – disse, – guarda che non me la sono mica presa. Mi avete fatto fare una bella figura da coglione, con quel bigliettino, ma chi se ne frega, anzi. Lo sai perché ti ho invitato a cena?

Il Dentista scosse la testa. Tagliò un altro pezzo di lingua e se lo infilò in bocca.

– Perché non ci fidiamo piú di Rassetto, – disse De Luca, piano. – Il nostro comandante è un coglione. Vogliamo cambiare cavallo.

Vilma annuí, strizzando gli occhi in un sorriso. Si tirò indietro, appoggiandosi allo schienale della sedia e il Dentista si irrigidí con uno scatto.

– Io e la Vilma, – aggiunse De Luca, che aveva capito cosa stava succedendo sotto al tavolo, perché lei gli aveva sfiorato la caviglia col piede scalzo, apposta, prima di alzare la gamba verso il Dentista. – Vogliamo passare con voi. Abbiamo capito che alla '22 si lavora meglio. E si sta anche meglio. Guardati, completo su misura, camicia di seta, cliente abituale, – prese la bottiglia dalle mani del cameriere e ne versò ancora al Dentista. – Scommetto che hai anche una macchina a disposizione.

– Modestamente, – disse il Dentista, sorridendo alla Vilma.

– Che direbbe il vostro comandante? Gli interessano un

vecchio cacciatore e una bella figliola molto, ma davvero molto ligia al dovere?

Vilma raddrizzò la schiena, e tirò indietro il sedere sulla sedia, appoggiandosi al bordo del tavolo, di nuovo composta. Il Dentista infilò una mano sotto la tovaglia, d'istinto, come per afferrare qualcosa, poi sorrise al sorriso provocante di Vilma.

– Sí, – disse. – Sono sicuro di sí. Gliene parlo questa sera stessa, appena arrivo in caserma.

De Luca prese il suo bicchiere, dove c'era ancora lo stesso dito di vino, e lo alzò. Lo batté contro quello del Dentista, che cercò quello della Vilma.

– Ma pochissimo tempo quanto? – chiese lei. – Un minuto, cinque minuti, dieci... quanto tempo ci vuole a far parlare un uomo?

Aveva sempre quel suo sorriso provocante, ma lo aveva detto con tanta genuina curiosità che sembrava le interessasse davvero. Una che spegne le sigarette sui prigionieri, pensò ancora De Luca. In ogni caso era la cosa giusta da chiedere, perché il Dentista si strinse nelle spalle.

– Tre minuti. A trapanargli i nervi degli incisivi, intendo, non le botte. Tre minuti, forse anche meno, e ci aveva già detto dove stava il testamento.

De Luca si sforzò di restare immobile.

Il testamento.

Dava una specie di vertigine quando le tessere di un mosaico cominciavano a sistemarsi al posto giusto con un movimento cosí rapido che tagliava il fiato. De Luca aprí la bocca, pensando alla domanda giusta da fare, ma di nuovo ci pensò Vilma.

– Quale testamento? – chiese. Nonostante gli occhi sgranati non era genuina come la domanda di prima, ma il Dentista ci cascò e sorrise, davvero come il maestro con l'allieva.

– Il testamento del prestanome.

– Edore Santelli, – disse De Luca. Si morse la lingua, perché non era riuscito a trattenersi, e infatti aveva sbagliato a interrompere cosí, perché il Dentista fece *sí*, con la testa, ma poi indicò De Luca con la mano aperta, come per invitarlo ad andare avanti, a spiegare lui, che invece non sapeva cosa dire.

Lo salvarono i tedeschi, perché il soldato si era alzato per andare in bagno e quando era passato vicino al loro tavolo, alle spalle di De Luca, aveva risposto al saluto del Dentista, che cosí si era distratto, e quando era tornato a guardare davanti aveva trovato lo sguardo curioso della Vilma e si era dimenticato del resto.

– Quel pescecane di Tagliaferri aveva intestato tutte le sue case a un prestanome, un poveraccio qualunque, perché non poteva figurare lui.

– Perché? – chiese Vilma.

– Perché era l'ingegnere del Comune. Si comprava le case lesionate dei bombardamenti, quelle messe meglio, naturalmente, e lui lo sapeva visto che era uno di quello che doveva fare le perizie. Le prendeva per un tozzo di pane alla gente che era rimasta in mezzo alla strada e aveva bisogno di soldi subito, e le metteva dentro le sue immobiliari. Intestate al prestanome. Che aveva fatto testamento.

– Perché?

– Benedetta figliola, perché fidarsi è bene ma non fidarsi è meglio. Il prestanome lascia tutto a Tagliaferri che conserva il testamento da un avvocato di fiducia, cosí qualunque cosa succeda al disgraziato le case restano dell'ingegnere.

Ecco, pensò De Luca, tutto a posto. Quelli della '22 vengono a sapere degli affari di Tagliaferri, lo torturano per farsi dire dov'è il testamento, glielo fanno cambiare a loro favore, magari con un altro prestanome, e poi ammazzano sia lui che Edore Santelli. Tutto a posto.

Mancava soltanto una tessera al mosaico. E un dettaglio.

– L'avvocato? – chiese De Luca.

– Sta benone. Ha accettato subito di cambiare cavallo, come dite voi.

Un dettaglio, in mezzo a tanti morti.

– E noi? Perché farci depistare a noi le indagini? Perché proprio io a mettere quel bigliettino?

Il Dentista allargò le braccia.

– Perché quel bischero di Von Senger e quel bucaiolo del Prefetto ci tengono sotto osservazione, ma cosí, andasse male qualcosa, la colpa ve la prendete voi del Nucleo Autonomo. Tanto piú che il papocchio è fatto dallo stimabile e irreprensibile comandante De Luca. Ma non ti preoccupare, ora sei della famiglia e ti copriamo noi.

Ultima tessera. Tutto a posto.

Vilma lanciò un ultimo sorriso al Dentista, poi smise anche di guardarlo, come non fosse mai esistito. Fissava De Luca ma in modo inedito, senza troppa malizia, nonostante avesse ricominciato a grattargli la caviglia con le dita del piede, sotto il tavolo, la trama delle calze che sfregava ruvida sulla sua pelle. C'erano tante cose in quello sguardo, e se De Luca l'avesse ricambiato forse le avrebbe notate. C'era un lampo di forte e concreta soddisfazione che gli induriva gli occhi troppo vicini, appena socchiusi dalla miopia, ma c'era anche un fondo piú morbido, che metteva insieme complice ammirazione, serena riconoscenza e una languida, sospirante dedizione. E sí, anche sensuale malizia. Ma De Luca stava pensando ad altro.

– Qui fanno una zuppa inglese da favola, – disse il Dentista, – ma per 'sta volta non ve la consiglio. I borsari tengono le uova all'ammasso in attesa del prossimo rialzo del prezzo e quelle che ci sono o sono in polvere o sono un po' vecchine. Caffè caffè, nocino, il conto e si va, che dite?

Agitò la mano per attirare l'attenzione del cameriere e fece tre gesti, uno con l'indice e il pollice uniti davanti alla bocca, l'altro con la punta dell'indice, in aria, a svolazzare una firma, e il terzo col pollice, dritto verso De Luca.

Accennò una ristata da baritono che minacciava di crescere, ma il soldato che stava tornando dal bagno si fermò davanti al tavolo, tirò fuori una pistola dalla fondina che teneva aperta e sparò due colpi in faccia al Dentista che allargò le braccia e piantò la testa all'indietro, contro il muro, in mezzo a un'aureola di sangue, ossa e cervello.

L'altro, il graduato, si era alzato e indietreggiava tenendo tutti sotto il tiro di una pistola che spostava dal cameriere alle coppie ai tavoli, ma non si muoveva nessuno, impietriti, a bocca aperta, assordati dalle esplosioni.

Il soldato che aveva sparato al Dentista puntò la pistola su Vilma e premette il grilletto, ma il colpo si inceppò. Era una Luger, e il soldato provò a tirare le rotelle che stavano ai lati dell'otturatore per farlo scorrere, senza riuscirci. Passò la Luger al graduato, scambiandola con la sua pistola, e solo allora Vilma, che fino a quel momento era rimasta immobile a guardarlo con gli occhi sgranati cominciò a urlare. Cadde dalla sedia, di lato, sulle mani e le ginocchia, e cercò di scappare scivolando sul pavimento ma il soldato le sparò due colpi nella schiena, accartocciandola come una foglia.

Poi si girò verso De Luca, il braccio steso e la pistola puntata. De Luca lo riconobbe, era lo studente con i capelli ricci che aveva visto al funerale di Brullo, l'uomo basso e con i baffi che aveva portato via la Sandrina dai tedeschi, al Teatro del Corso. Teneva le labbra strette in una smorfia senza espressione, la pistola dritta sulla fronte di

De Luca, a meno di un metro di distanza. Poi la spostò di lato e rapido sparò due colpi a vuoto, nel muro.

De Luca si ritrovò sotto il tavolo senza neanche sapere come ci fosse finito. Da lí, accucciato dietro un lembo della tovaglia, vedeva la Vilma rannicchiata come un feto, gli occhi spalancati e la bocca aperta. Aveva un braccio teso, con la mano allungata verso la scarpa rovesciata sotto la sedia, quasi volesse riprendersela.

Via Belle Arti numero 5.

Non c'era campanello e cosí De Luca cominciò a picchiare sul portoncino, forte, col pugno a martello, finché Petrarca non si affacciò alla finestra, sopra di lui.

– Aspettate che vi do il tiro. Sto al primo piano, lo vedete.

Lo scatto elettrico della serratura risuonò nel silenzio della strada. Petrarca gli accese anche la luce delle scale, in barba all'oscuramento, e lo aspettò sul pianerottolo, davanti alla porta, con le mani affondate nelle tasche della giacca da camera.

– Questa cosa che a Bologna si dice *dare il tiro* invece che *aprire la porta* mi ha sempre fatto un po' ridere, – disse, facendolo entrare. De Luca lo seguí in un corridoio stretto, su un pavimento di legno che scricchiolava sotto i loro passi. Finiva in una libreria, tutta di legno anche quella, imbottita di volumi dalla costola rigida, che sembravano molto antichi.

– Non è roba mia, – disse Petrarca. – Sono in affitto. Il padrone è contento perché pensa che un poliziotto in casa tenga lontani i ladri ma io credo che siano i libri a non essere in cima alla lista delle cose da rubare, di questi tempi.

Anche il pavimento della stanza era di legno, e scricchiolava. Un velo di fumo sottile ristagnava attorno al lampadario e dava una nota piú dolce all'odore di polvere e incenso dei libri. Veniva da un sigaro tozzo e robusto che stava in equilibrio sul bordo di un portacenere di vetro, bilanciato da un lungo cilindro di cenere, intatto, sulla punta.

Petrarca portava una giacca di lana grigia con i risvolti di raso nero, gli stessi colori delle scarpe, che sembrava molto calda e molto comoda, anche se pendeva da una parte, appesantita da una tasca piú gonfia. Tirò fuori una piccola rivoltella e la appoggiò su un tavolino, sistemandosi la giacca.

– Volete spararmi anche voi? – sibilò De Luca.

– Certo che no. È che non sapevo come avreste reagito a... se sareste arrivato solo o in compagnia, insomma. Tutto qui.

– Santo Dio, Petrarca, santo Dio! Era una trappola! Lo sapevate che ero lí col Dentista! Mi avete usato!

Parlava piano, ringhiando tra i denti stretti, ma Petrarca gli fece lo stesso il gesto di abbassare la voce, schiacciando l'aria con le mani aperte.

– Per favore, De Luca! – sussurrò. – Certo che lo sapevo, me lo avete detto voi. E non vi abbiamo usato, abbiamo approfittato di un'occasione. Lo sapete che carogna era, il vostro Dentista, no? Sapete quello che faceva!

– Avete ammazzato anche la ragazza e quello là mi ha sparato in faccia! Avete fatto fuori anche Campanella! È per questo che non si trova piú, avete ordinato di ammazzare anche lui!

– Per Dio, De Luca, era una spia! E quella ragazza, come dite... voi non ci andate agli interrogatori dei vostri, ma noi sí! Però dall'altra parte! E se la ricordano in tanti, la Guglielmina Cenci detta Vilma, quelli che possono ancora farlo!

Petrarca deglutí, perché lo sforzo di non urlare gli aveva fatto male alla gola. C'erano due bicchieri sul tavolino, accanto al portacenere col sigaro e alla rivoltella, e una bottiglia squadrata dall'etichetta obliqua. Petrarca ne riempí uno e lo porse a De Luca, premendoglielo contro finché non si decise a prenderlo. Poi riempí quell'altro e ne bevve un lungo sorso, che lo fece tossire.

– Io non ordino niente, – disse quando ebbe ripreso fiato. – Io sono solo un soldato, un poliziotto, va bene, ma è lo stesso. Combattiamo una guerra, e in guerra i soldati vengono uccisi, da una parte e dall'altra. La differenza è che quelli che ammazziamo noi non sono innocenti. Sta qui la differenza. Il Dentista, la Vilma, Campanella, non sono innocenti. Non lo sono mai stati. Non lo è il fascismo, questo regime assassino, la Repubblica Sociale, Mussolini, non lo sono i tedeschi come quel nibelungo del vostro tenente… è un elenco lungo e lo conoscete anche voi.

Petrarca bevve un altro sorso e tossí ancora. Andò a sedersi su una poltrona che stava incassata nella libreria.

– Non siete innocente neppure voi, De Luca, e state tranquillo che se Franchino avesse voluto ammazzarvi non vi avrebbe mancato. Vi ha sparato per procurarvi un alibi con i vostri. Che vi hanno detto? Siete un eroe per esservi salvato da un vile attentato dei terroristi antinazionali?

De Luca si strinse nelle spalle. Nessuno gli aveva detto niente perché se ne era andato subito per correre da Petrarca smarrito e furioso. Ma adesso non sapeva piú cosa pensare. C'era un divano accanto alla poltrona, ma non voleva sedersi.

– Sono stanco, – disse, piano. – Ho visto troppi morti, oggi.

Non voleva sedersi ma lo fece. Appoggiò il sedere sul bordo del divano, la schiena rigida, e annusò il bicchiere.

– È whisky, – disse Petrarca. – Black Label, l'ho portato da Londra, quando sono tornato. Potete fidarvi, è buono.

De Luca ne bevve un sorso e contrasse il volto in una smorfia di dolore vero. Ne buttò giú subito un altro, apposta.

– Avete fatto quello che vi ho chiesto con la roba del caporale?

– Sí.

– Lo avete fatto subito?

– Subito. Sono venuto io a prendere il vostro tesoro e le persone a cui l'ho affidato mi hanno assicurato di non aver lasciato traccia. Sono quelli che hanno fregato il radium sotto il naso dei tedeschi, state tranquillo, sono meglio di Fantômas.

Non voleva appoggiarsi. Gli facevano male il collo e la schiena ma sapeva che se si fosse lasciato andare sul cuscino del divano sarebbe crollato. Gli facevano male le orbite e si sentiva le palpebre gonfie, ma non voleva chiudere gli occhi. Bevve un altro sorso. Petrarca si sporse in avanti, sulla poltrona, e gli prese il bicchiere.

– Perché non vi rilassate un po'? – gli chiese.

– Non posso. Mi avete portato le fotografie che vi ho chiesto?

Petrarca sospirò. Si alzò dalla poltrona e si chinò a spostare una fila di volumi dallo scaffale piú basso della libreria. Tirò fuori una cassetta di legno con l'etichetta rossa di una marca di conserve di ciliegie e la appoggiò sul divano accanto a De Luca.

– Le abbiamo messe qui, per sicurezza. Quelle di Brullo sono in cima, cosí non dovete tirarle fuori tutte.

Già che era in piedi prese anche il portacenere col sigaro, e tornò a sedersi. *Vi dispiace*, chiese, giusto per cortesia, perché De Luca neanche gli rispose, impegnato ad aprire il coperchio della cassetta. Petrarca tenne il sigaro tra le dita e picchiò con il polpastrello dell'indice accanto al bordo del cilindro di cenere, delicatamente, finché non cadde. Soffiò sulla punta scoperta, piano, girando il sigaro davanti alle labbra strette, lo sguardo attento sul tabacco che da nero aveva ricominciato a brillare di macchie rosse che a ogni soffio si ingrandivano fino a diventare un cerchio di brace compatta. Allora annuí, soddisfatto, si appoggiò allo schienale della poltrona e aspirò una lunga boccata, che trattenne tra le guance prima di lasciarla andare, densa, verso il lampadario.

– È un vizio che mi sono tirato dietro dall'Inghilterra, assieme al Black Label, va bene, ma a questo ci tengo di piú. Lo so, in Italia si fumano soprattutto i toscani, e adesso poi, con la guerra, il blocco navale, eccetera eccetera, va bene. Ma è una cosa diversa, profondamente diversa. Io sono per i cubani.

Portò il sigaro alla bocca, quasi volesse baciarlo, e aspirò un'altra boccata. Poi lo tenne puntato verso l'alto e soffiò il fumo su quello che già saliva verso la luce.

– Questo è un Romeo y Julieta. Me li ha regalati sua eccellenza Dino Grandi, quando era ambasciatore a Londra e io stavo alla sicurezza dell'Ambasciata. A lui li aveva dati Winston Churchill, pensate un po'. Il gerarca che col suo ordine del giorno ha fatto cadere Mussolini e il capo degli Alleati, due nomi che solo a dirli mi farebbero finire al muro, altro che sigari. Non vi ho chiesto se ne volete uno anche voi. No? Meglio cosí, non me ne sono rimasti molti. Spero vivamente che la guerra finisca prima della mia scorta.

De Luca si era alzato in piedi e si era messo sotto al lampadario, con le fotografie in mano. Non aveva sentito una parola di quello che stava dicendo Petrarca, concentrato a studiare le foto scattate in obitorio, attento soprattutto a quei tre segni paralleli all'attaccatura dei capelli di Brullo. Due graffi, indubbiamente, adesso ne era convinto, e lo disse anche, a mezza voce, tra sé, ma Petrarca era impegnato a parlare dei suoi sigari e neppure lui lo sentí.

Non c'era molto altro su cui concentrarsi, e neanche nelle fotografie scattate sul luogo del delitto, per quanto le guardasse attentamente. Poi arrivò all'ultima, quella con il piccolo buco nero tra due sassi, prima di arrivare al voltone di via Ca' Selvatica, che lo aveva colpito la prima volta che l'aveva vista e di cui poi si era dimenticato.

– Che c'è? – chiese Petrarca, che l'aveva visto irrigidirsi, ancora piú concentrato.

– Non lo so, non riesco a capire.

Petrarca si sollevò, col sigaro tra le dita. Si alzò sulle punte per guardare, perché De Luca era piú alto e teneva la fotografia vicino al volto, per farle prendere la luce.

– È vero, dovevamo andare a vedere ma poi sono successe tante cose.

– Andiamoci.

– Quando? Adesso?

– Adesso, sí. Perché, volete finire prima il sigaro?

– Ma no, cosa dite… è buio, adesso, e c'è il coprifuoco.

– Non importa, c'è la luna quasi piena. E chi se ne frega del coprifuoco, siamo poliziotti, no?

Petrarca si strinse nelle spalle.

– Se lo dite voi.

Poi prese il cappotto e lo indossò direttamente sulla giacca da camera, in fretta, perché stava per togliersela ma De Luca era già nel corridoio a far scricchiolare le assi di legno sotto i suoi passi rapidi.

Si era fidato un po' troppo della luna. Ce ne erano piú di tre quarti, ma era quella di dicembre, velata da un filtro di nuvole che la schermavano come per l'oscuramento, allungando le ombre, gli angoli piú bui che sembravano dipinti con l'inchiostro. Via Ca' Selvatica, poi, era cambiata di nuovo. Per qualche motivo gli animali erano stati portati via tutti, e anche i carri e i covoni di fieno, lasciando una distesa di fango, paglia, penne di gallina, stie rotte e merda di mucca, che ricopriva il terreno come lo spiazzo occupato da un circo dopo che è partito.

Se non avessero saputo dove e cosa cercare sarebbe stato inutile, ma De Luca aveva portato la busta con le fotografie e le teneva in mano mentre girava, seguendole come una bussola. Petrarca, invece, si guardava attorno, a disagio. Ormai erano nel pieno del coprifuoco e una pattuglia dal grilletto facile poteva capitare da un momento all'altro, brigata nera, Gnr, anche i tedeschi, anche i partigiani, perché i suoi lo avrebbero riconosciuto, va bene, ma gli altri, qualche gappista nuovo, qualcuno di fuori, se De Luca avesse tirato fuori il suo tesserino troppo in fretta, gridato *polizia*, e via una raffica.

– Il modo piú stupido di morire, – pensò Petrarca, le mani chiuse attorno al sigaro che si era portato dietro, perché faceva un freddo pazzesco e oltre a calmarlo, quel fumo caldo e dolce e quella brace rossa, un po' lo riscaldavano.

– Avete intenzione di darmi una mano? – chiese De Luca. – Credevo ci teneste a risolvere il caso.

– Ci tengo, ci tengo.

– Pensavo voleste tirare fuori di galera il vostro compagno.

– Lo voglio, infatti, anzi... dobbiamo farlo subito.

– Perché le nostre indagini sono a un punto morto, e se non troviamo qualcos'altro su cui andare avanti...

– Basta, De Luca! Che devo fare?

De Luca alzò il braccio e indicò l'androne che attraversava il caseggiato in fondo alla strada.

– Punti di riferimento. Là c'era Brullo, e sono queste fotografie, queste altre sono state scattate qui, – e batté il piede per terra, – quindi quello che ci interessa sta laggiú.

Indicò l'ombra di una collinetta a pochi passi da loro, contro il muro di una casa. Era poco piú di un rialzo, in uno degli angoli piú bui della strada, ma anche da lí si capiva cosa fosse.

– Letame, – disse De Luca. Ne scavò un po' con la punta della scarpa e scoprí un angolo di sassi piatti e allineati, come il resto di una vecchia pavimentazione di sampietrini.

– Voi dite letame, De Luca, io dico merda. Che fortuna che abbiano spalato proprio qui gli escrementi di almeno un milione di vacche. Dobbiamo scavarli via con le mani?

– Magari troviamo qualcosa, un pezzo di legno, però sí, dobbiamo ripulire la zona come nella fotografia.

– Alt! Chi va là!

De Luca trasalí e gli sarebbe caduta a terra la busta e tutte le fotografie se per reazione non le avesse strette con piú forza. Petrarca, invece, fece proprio un salto, il sigaro gli sfuggí dalle dita e finí nel letame.

C'erano tre ombre scure in mezzo alla strada, e probabilmente la luna sarebbe bastata a distinguerle, ma uno dei tre reggeva una lanterna, tesa in avanti, e cosí controluce se ne vedevano solo le sagome. Si capiva che erano armati, però, perché uno fece scorrere l'otturatore di quello che sembrava un mitra.

Petrarca guardò De Luca, che urlò *polizia!*

Quello con la lanterna si mosse. Si voltò verso gli altri, coprendo la luce, e la luna illuminò i cappotti e gli elmetti rotondi della Gnr Si avvicinarono, tenendoli sotto tiro, due militi col mitra e un brigadiere con la pistola, abbastanza anziani da non innervosirsi troppo quando De Luca mise la mano dentro al soprabito per tirare fuori il tesserino.

– Che ci fate qui a quest'ora? – chiese il brigadiere.

– Indagini di polizia.

– A quest'ora?

– Indagini urgenti. È un vanghetto, quello?

Il milite piú giovane aveva addosso un equipaggiamento da campagna, con borraccia, baionetta, giberne per i caricatori appese alle bretelle come il pettorale di un capo indiano e una piccola vanga attaccata alla cintura, su un fianco, come una spada.

– Potete prestarmelo? – chiese De Luca. Il milite fece per prendere il vanghetto ma il brigadiere lo fermò.

– Faremo di piú. Io vi conosco, ho alloggiato per un po' alla caserma di Ingegneria, voi siete il mitico comandante De Luca.

– Grazie, – mormorò De Luca, piano.

– No, no, mitico, davvero. Stavo in forza all'Upi e il nostro tenente diceva *ce l'avessimo noi, quel segugio!*

– Grazie, – piano, tra i denti.

– Davvero. Diceva *dieci cosí e non resta in giro neanche un ribelle...*

– Brigadiere, per favore! È una cosa urgente.

– Avete ragione, scusate. Siamo a disposizione. Dove volete scavare?

Lo fece il milite col vanghetto, mentre il sergente continuava a parlare e Petrarca annuiva con il suo sorriso da fiducia. De Luca guardava i sassi che emergevano da sotto al letame, una macchia di vecchia pavimentazione, perfino romana, forse, ai margini di una strada incatramata, con l'asfalto bucato e graffiato dal tempo e dalla guerra. Il milite spalò via tutto il letame e alla fine raschiò anche i sassi col bordo del vanghetto, lasciandoli puliti come con una ramazza.

De Luca non ebbe bisogno di riguardare la fotografia, che ormai conosceva a memoria. Trovò subito quello che cercava, in alto, proprio al limite del selciato antico.

Una macchia nera tra due sassi bianchi.

Si chinò, poi si inginocchiò, proprio, picchiando il dito su quella piccola cosa quadrata e dura, mentre il brigadiere smetteva di parlare e si avvicinavano tutti, curiosi. Ne grattò un bordo ma era piantato per terra, incastrato tra i sassi, e non usciva.

– Una baionetta, per favore.

Il milite sfilò la sua dal fodero e la porse a De Luca, che fece leva con la punta, piano, da una parte e dall'altra, finché la cosa non venne su abbastanza da poterla prendere con la mano.

La tirò fuori e il brigadiere rise.

– Siete sicuro che sia un'indagine di polizia? Non è che qualcuno ha la moglie che gli mette le corna?

Era un tacco.

Lungo, appuntito, e nero.

Il tacco di una scarpa da donna.

– Grazie a tutti, – disse De Luca, – buonanotte e saluto al Duce.

Stese il braccio e i militi riposero, sull'attenti, poi si allontanarono ridacchiando. De Luca strinse le dita attorno al tacco, già perso nei suoi pensieri, finché Petrarca non lo afferrò per un braccio e lo scosse.

– Scusate, comandante, ci sono anch'io. Non ho capito niente. Cos'è quello?

De Luca aprí la mano e Petrarca annuí.

– Lo vedo che è un tacco. Otto, dieci centimetri, bella calzatura, molto elegante. Ora, a meno che non siate davvero un feticista, ma delle scarpe, mi spiegate perché avrebbe tutta questa importanza? Ormai ho imparato a conoscervi e avete la faccia di chi ha scoperto qualcosa.

De Luca sfregò il pollice sulla base piú larga del tacco, e la mostrò a Petrarca. Le schegge di legno, la vernice graffiata, i fori vuoti dei chiodi.

– Vedete? Si è spezzato –. Indicò il buco tra i sassi scavato con la punta della baionetta. – È affondato nella terra molle, si è incastrato nei sampietrini e si è rotto.

– Succede, va bene. E allora?

– E allora si può zoppicare perché si ha una gamba piú corta, come Altea De Lellis, ma anche perché si cammina con una scarpa che non ha piú un tacco.

Petrarca annuí, ma si capiva che era perplesso.

– Va bene, è possibile. La nostra donna con la pistola, per come l'ha vista Finzi, poteva zoppicare per un tacco rotto. Quello che non capisco è perché ne sembriate cosí convinto. Solo perché l'abbiamo trovato qui?

De Luca scosse la testa. – No. Perché credo di sapere a chi appartiene.

Era a quello che stava pensando quando Petrarca lo aveva interrotto tirandolo per un braccio. Ce n'era uno identico nell'appartamento segreto di Altea, quando Petrarca aveva dato un calcio, per sbaglio, alla scarpa sotto la poltrona. Una bella scarpa elegante dalla punta rotonda, con una doppia fascia chiusa da un bottone di rame. Una scarpa invernale, a differenza di un paio di sandali estivi con le zeppe, indossati col freddo e la neve perché le altre scarpe sono a riparare. A far rimettere il tacco, un po' piú scuro, perché ancora nuovo.

– Silvia Attanasio ha un paio di scarpe cosí, – disse De Luca.

Poi alzò lo sguardo verso l'androne con i gradini su cui

stava Franco Maria Brullo, con un ginocchio rotto e un buco in un occhio e cercò di immaginare Silvia che scappava, si rompeva un tacco nei sampietrini e continuava a correre, con la pistola in mano. Si girò a guardare verso il fondo della strada, e la immaginò svoltare l'angolo davanti alla cantina in cui stava nascosto Finzi, correre zoppa davanti alla sua finestra, arrivare in vicolo della Neve, la direzione era giusta, dove l'aveva sentita anche il sottotenente Stanzani.

De Luca guardò Petrarca e annuí, piú volte, e piú che altro a sé stesso. Perché c'erano altre tessere del mosaico da mettere a posto, altri spazi vuoti da riempire, ma adesso, finalmente, aveva la sensazione ancora irrazionale, ancora istintiva, ma forte, da poliziotto, che anche quel caso si stesse chiudendo.

– Ma lo sapete che ore sono?

– Non è poi cosí tardi. O preferite che torniamo all'alba? È un'ora da sbirri anche quella.

– Mio Dio, no. Facciamo in fretta, allora. Cosa volete da me?

Il bello delle case padronali con i corridoi lunghi come quel grande appartamento di via Rizzoli, stava pensando De Luca, è che quando la servitú ti ha introdotto fino al cuore della casa, poi è molto piú difficile buttarti fuori. Doveva pensare una cosa simile anche Altea, che lanciò uno sguardo duro alla domestica con la crestina che aspettava sulla soglia della libreria, come in attesa di ordini.

De Luca fece un passo avanti, tolse una camicetta bianca da una poltroncina, la piegò sullo schienale e si sedette. Petrarca restò accanto alla porta. Altea invece era in piedi vicino al divano liberty, il piede piú corto appoggiato alla caviglia che spariva sotto l'orlo di una vestaglia lunga e dritta, abbottonata sul collo come un pastrano militare.

C'era confusione, nella stanza, bottiglie vuote e bicchieri sporchi, e anche vestiti, una gonna grigia, un cappotto, stivali, un paio di calzoni da uomo e un reggiseno appeso alla costola di un libro, come una bandiera. De Luca accavallò le gambe, mettendosi comodo.

– Da voi non voglio niente, – disse. – Cerco Silvia Attanasio.

– Via degli Orefici numero 3.

– Ci siamo già stati ma non c'è. E siccome non volevo correre il rischio di fare come l'altra volta, che era da voi e me la sono lasciata scappare, sono venuto subito qui. A meno che non abbiate un altro passaggio segreto.

Altea sospirò. Sembrava piú stanca e anche piú anziana delle altre volte che l'aveva vista, e non solo perché era già struccata, senza niente a coprire le occhiaie e con una fascia elastica sulla fonte a tenere su i capelli arruffati. Fece un cenno col mento alla domestica, che sparí dalla porta, e sedette sul bracciolo del divano come su una sedia da amazzone, avvolgendosi la vestaglia sulle gambe nude.

– Se avessi saputo di questa visita non avrei lasciato spegnere il camino. Fatemi la cortesia, Paolo Stoppa, attizzatemi la stufa che dovrebbe essere ancora un po' accesa.

Petrarca si affrettò a obbedire. Silvia arrivò qualche istante dopo. La domestica doveva averle detto della polizia, perché non si sorprese della loro presenza ma andò dritta accanto ad Altea, le braccia conserte e una sigaretta accesa tra le dita. Portava una giacca a quadrettini, come la gonna, e si stringeva il cappotto sulle spalle. Altea le accarezzò la schiena, come per riscaldarla.

– Siate gentile, Paolo Stoppa, serviteci da bere, se ne trovate ancora. Abbiamo fatto un po' di festa, questa sera.

Petrarca era in ginocchio davanti alla grande stufa di cotto, con un attizzatoio in mano. Avrebbe bevuto volentieri qualcosa ma stava osservando anche lui le scarpe di Silvia, come De Luca. Eleganti, punta rotonda e un bottone di rame a chiudere la doppia fascia che le avvolgeva il dorso del piede fino quasi alla caviglia. De Luca ne indicò una.

– So che la vostra amica ci farà una battuta, ma posso avere una delle vostre scarpe?

Altea stirò appena le labbra in un sorriso acido ma non disse nulla. Pareva incuriosita.

– Perché? – chiese Silvia. Un filo di voce, dietro la sigaretta.

– Credo lo sappiate. La scarpa destra, per favore.

Silvia guardò Altea, che aveva stretto gli occhi, senza capire. Le mise una mano sulla spalla, per appoggiarsi, piegò indietro una gamba e sganciò il bottoncino di rame, sfilandosi la scarpa. La porse a De Luca, che la prese e tornò a sedersi.

Ricordava bene, il tacco era nuovo, piú lucido e piú nero del resto. Mise una mano in tasca e tirò fuori quello che avevano estratto dai sampietrini con la baionetta del miliziano. Silvia si lasciò sfuggire un singhiozzo, che mascherò stringendo le labbra attorno alla sigaretta. Altea corrugò la fronte, sporgendosi in avanti, ancora piú incuriosita. Anche Petrarca aveva lasciato perdere la stufa e si era avvicinato.

– Volete sapere dove lo abbiamo trovato? – disse De Luca. Parlava con Altea perché Silvia aveva abbassato lo sguardo e sembrava assente, anche se le tramavano le labbra. Altea annuí.

– In via Ca' Selvatica. Incastrato tra due sassi. A pochi metri dal corpo di Franco Maria Brullo.

Altea guardò Silvia. – Questo non me l'avevi detto, – mormorò.

– E cos'altro vi aveva detto? – chiese De Luca. Altea

si strinse nelle spalle, poi tirò fuori una sigaretta dalla tasca della vestaglia, la accese con quella di Silvia e gliela restituí.

– Un tacco rotto, – disse. – Va bene, e allora? Non le fanno piú le scarpe di una volta.

– Basta! – De Luca batté il pugno sul bracciolo della poltrona cosí forte che il tacco che teneva in mano gli sfuggí e rotolò sul pavimento. Si alzò a raccoglierlo e lo schiacciò contro quello sano, la scarpa puntata come un martello sul volto di Altea, che si aggrappò allo schienale del divano per non perdere l'equilibrio.

– Non avete idea di tutto quello che mi è successo oggi, non ce la potete avere, oggi, nelle ultime settimane, negli ultimi due anni, non so neanch'io da quanto, e sono cosí stanco, ma cosí stanco che non ho piú voglia di giocare. Questa, – alzò la scarpa e Altea scostò la testa, istintivamente, – e questo, – le spinse il tacco quasi sotto il naso, – collegano... no, inchiodano Silvia Attanasio, – e la indicò con la scarpa, – al luogo del delitto e a tutto il resto. Il testimone, la pistola, la donna che zoppica, era l'ultimo tassello che mancava e adesso c'è!

Non aveva urlato, ma c'era cosí tanta rabbia in quel ringhio soffiato tra i denti che Altea era impallidita, e anche Silvia aveva fatto un passo indietro, un passo zoppo sul piede nudo. De Luca allargò le braccia indicandola ad Altea con un cenno, poi scosse la testa.

– Ma perché ne parlo con voi, – mormorò, mentre tornava a sedersi con un sospiro esausto, che per un momento gli fece chiudere gli occhi. Dovette forzarsi per riaprirli e focalizzare lo sguardo inumidito su Silvia.

– Ricominciamo, – disse De Luca. – Questo tacco apparteneva a questa scarpa.

– Sí, – disse Silvia, nel fumo della sigaretta.

– E vi si è rotto in via Ca' Selvatica mentre vi allontanavate dal luogo del delitto.

– Sí.

– Con una pistola in mano. La rivoltella calibro 22 di vostro fratello.

– Sí.

– Che avete gettato via. Dove?

Silvia fece un gesto vago con la mano. Si tolse un filo di tabacco dal labbro grattandolo via col polpastrello del pollice e a De Luca venne in mente una cosa. Voleva procedere in ordine con le domande ma stanco com'era aveva paura di dimenticarsela.

– Quando vi ho visto al funerale di Brullo ho notato le vostre unghie, cosí corte. Fa un lavoro d'ufficio, ho pensato, oppure se le mangia. Sbagliavo, le avete tagliate perché almeno due si sono spezzate quando avete graffiato Brullo.

Si toccò la tempia destra con la punta della scarpa che continuava a tenere in mano, facendola scorrere verso il basso, due volte. Abbassò lo sguardo sulla mano di Silvia, la sinistra, ma lei l'aveva chiusa, stretta, le dita piantate nel palmo.

– Perché?

Rispose piano, mordendosi un labbro, la testa voltata di lato e le braccia semiconserte, con la sigaretta davanti alla bocca, come per nascondersi.

– Perché? – ripeté De Luca.

– Mi ha violentata.

Altea cinse la vita di Silvia con un braccio e la avvicinò a sé, stringendola, ma lei si divincolò.

– Mi faceva la corte, me l'ha sempre fatta ma io l'ho sempre visto come un amico, un vecchio amico e basta. Ultimamente, però, era cambiato. Insisteva, troppo, cosí siamo usciti a cena per chiarire la situazione, ma abbiamo fatto tardi, è arrivata l'ora del coprifuoco e io non ho il permesso di circolare, cosí siamo andati a casa sua, in vicolo della Scimmia.

– L'ha fatto apposta, – disse Altea.

– Che ristorante? – chiese De Luca.

– *Il Donatello* –. Silvia lo disse con fastidio, come se quell'interruzione l'avesse disturbata.

– Continuate. Siete andata a casa sua per passare la notte.

– Mi fidavo. È sempre stato un gentiluomo… con me. Ma poi ha ricominciato a insistere e quando gli ho detto che non volevo e che mi ero innamorata di un'altra persona, – le sfuggí uno sguardo rapidissimo, appena con la coda dell'occhio, e De Luca non lo avrebbe notato se Altea non avesse sorriso, – allora è diventato un animale. Non l'avevo mai visto cosí.

– Paolo Stoppa, – disse Altea, – se adesso voleste darci qualcosa da bere ve ne saremmo grate.

De Luca alzò una mano facendole il gesto di tacere e anche Silvia alzò la sua, con la stessa intenzione.

– Un animale. Ha cominciato a baciarmi, voleva spogliarmi, mi ha anche strappato la camicetta. Io l'ho preso per i capelli è l'ho graffiato, ma lui mi ha sbattuto sul letto e…

Silvia si strinse nelle spalle ma non per indifferenza, era stato un brivido violento che l'aveva scossa cosí forte che Altea la prese di nuovo per la vita. Accettò il bicchiere che Petrarca le porgeva, poi incrociò lo sguardo di De Luca. Le stava osservando la gola che usciva dalla camicetta aperta, le falde del colletto bruno su quelle della giacca in una scollatura che scopriva le clavicole. Osservava la pelle, liscia, intatta e senza segni, e lei se ne accorse.

– Ho avuto paura, – disse, tagliente. – Non mi ha picchiata, non mi ha afferrata per il collo e non ho lividi addosso. Ma aveva una voce e uno sguardo che mi hanno terrorizzata. Ho chiuso gli occhi e l'ho lasciato fare.

– La paura è sufficiente, non credete? – disse Altea, e De Luca annuí. Sí, molte volte la paura bastava, e avanzava anche, per tante cose.

– È per questo che l'avete ucciso?

Era stanca di stare in piedi su una scarpa sola. Silvia sfilò anche l'altra, si slacciò dall'abbraccio di Altea e andò ad accucciarsi nell'angolo del divano, tirando il lembo della gonna per coprirsi i piedi. Sembrava che si fosse assentata di nuovo, lo sguardo perso nel vuoto e la punta delle dita a togliersi fili di tabacco dalle labbra, questa volta inesistenti.

– No, – disse invece. – Non l'ho ucciso io. È stato mio fratello.

– Ma per favore...

– Quando Franco si è addormentato ho chiamato Lorenzo. Volevo che venisse a prendermi. Gli ho detto cosa mi era successo e si è arrabbiato.

– Per favore...

– Non l'avevo mai sentito cosí alterato. Temevo che potesse fare qualcosa e allora sono uscita per fermarlo. Franco mi ha seguita, abbiamo incontrato Lorenzo e lui gli ha sparato.

– Per favore!

De Luca si alzò in piedi. Infilò il tacco in una tasca del soprabito e la scarpa nell'altra. Fece un cenno a Petrarca, indicandogli la porta.

– Che intenzioni avete? – chiese Altea. C'era una nota allarmata nella sua voce, che De Luca fu contento di sentire.

– Sapete quello che penso? – disse. – Penso che la violenza sia avvenuta davvero, ma qualche giorno prima. Penso che la vostra protetta abbia dato un appuntamento a Brullo e lo abbia ucciso. Penso che potreste averla spinta voi a farlo.

C'era qualcosa che ancora non tornava. Perché sparare a Brullo per la strada e non nell'appartamento. Il rischio per Silvia di andarsene in giro da sola col coprifuoco. Ma ci avrebbe pensato dopo, adesso era certo, lo sentiva, di essere sulla pista giusta.

– Sono lusingata, – disse Altea. – Almeno non pensate piú che sia stata io a premere il grilletto. Che fate, allora? Ci arrestate?

– Non è compito mio, – disse De Luca. – Non vi scomodate, conosciamo la strada.

Altea si staccò dal divano. Seguí De Luca e Petrarca nel corridoio senza nascondere il passo zoppicante, col tallone del piede piú corto che batteva forte sulle mattonelle del pavimento.

– È stato Lorenzo. Perché non volete credere che sia proprio lui, l'assassino?

– Perché è impossibile, – disse Petrarca. – Vostro marito non c'era, stava da un'altra parte e questo lo sappiamo per certo. Mi dispiace per la signorina, ma è cosí. Fidatevi.

De Luca era quasi arrivato all'uscita, dove lo aspettava la domestica. Altea lo richiamò con un sussurro e gli fece cenno di avvicinarsi grattando l'aria con il dito a uncino. C'erano molte porte che si aprivano sul corridoio. Altea ne aveva socchiusa una e ci guardava dentro con uno strano sorriso, a metà tra malizia e tenerezza. Petrarca era già lí, irrigidito, le labbra strette in una smorfia indecifrabile. De Luca si avvicinò e fece sporgere la testa dallo stipite, infilandola in una penombra calda e umida, acida di sudore.

Sul letto, a dormire abbracciati, avviluppati in un lenzuolo che scopriva una gamba di lei e il sedere di lui, tutti e due nudi, c'erano Sophie e il tenete Manfred.

Altea si portò il dito sulle labbra. – Non svegliamo i piccioncini, – sussurrò. – Hanno bisogno di riposo.

C'era un silenzio irreale nella strada deserta. Dovunque la si guardasse, sia verso i portici neri di via Ugo Bassi che dall'altra parte, alla sagoma storta e sottile delle due torri.

I pochi lampioni dipinti di blu per l'oscuramento velavano di azzurro l'aria cruda della notte. De Luca si rigirava il tacco tra le dita, rotolandolo nella tasca, cosí concentrato che non sentiva neppure il freddo che gli congelava il fiato in un vapore denso, anche quello azzurro elettrico, come l'aria.

Nessun rumore, a parte i passi sul porfido dei portici, piú secchi quelli dei tacchi risuolati di fresco delle scarpe bicolori di Petrarca, piú nervosi. Il commissario si schiarí la voce arrochita dal silenzio.

– Abbiamo fatto carriera, – disse. – Dal farci prendere per i fondelli siamo arrivati all'intimidazione piú o meno diretta. Che ne pensate?

Piú morbidi i passi di De Luca, anche se piú pesanti. Forse le suole consumate, o la stanchezza che cominciava a friggergli dentro la testa.

– Penso che sia una sciocchezza. Ha inventato la storia del fratello arrabbiato cosí, di sana pianta. O gliel'ha suggerita quell'altra.

– Questo è ovvio. Ma non mi riferivo a loro, pensavo a noi. A che punto siamo?

C'era quell'odore di fumo vecchio, cenere e sporco bagnato che aveva sempre Bologna in quell'anno e mezzo di guerra. Umido e appiccicoso d'estate, secco e tagliente d'inverno, puzzo di cavolo bollito e olio bruciato, urina ed escrementi, sudore e polvere, freddo e ruvido come ferro arrugginito. Entrava nel naso e si fermava in gola all'attaccatura della lingua, come un tappo.

– Per inchiodare la ragazza dobbiamo collegare la notte della violenza con quella dell'omicidio. Bisogna andare in quel ristorante e interrogare proprietario e camerieri, anche i clienti, se necessario. Vedere se ricordano quando...

– Non mi avete capito. Chi pensate che abbia ucciso Franco Maria Brullo? A.d.r., a domanda risponde, come nei verbali.

– Silvia Attanasio.

Petrarca batté le mani. – Bravo De Luca. Avete risolto il *vostro* caso, – e puntò il dito su di lui, – complimenti. A noi però interessa Lorenzo Attanasio, ricordate? È questo il *nostro* caso, – e puntò il dito su di sé. – Vi faccio una domanda. Abbiamo raccolto abbastanza elementi per tirarlo fuori di galera? Odio dirlo, ma considerate che stiamo parlando di uno stimato professionista, un ricco pupillo della Bologna bene, non di un poveraccio come me e voi, o tutti quelli per cui si butta via la chiave senza tanti ripensamenti. Il professor Lorenzo Attanasio non è Gino Girolimoni, che ci hanno messo piú di un anno a scagionarlo anche se lo sapevano tutti che il Mostro di Roma non era lui. Che dite, De Luca, abbiamo abbastanza elementi di dubbio per il giudice istruttore? A.d.r, De Luca, per favore.

Aveva anche un sapore, l'odore di Bologna. Restava sulle labbra e bruciava sulla punta della lingua. Acido, metallico e dolce fino alla nausea, come qualcosa di andato a male. Uno spicchio d'aglio marcio.

De Luca annuí. – Sí. Con il tacco e un po' di cose emerse anche dalla mezza confessione di prima, esposte nel modo giusto e dalla persona giusta, sí.

– E siete voi quella persona giusta?

– No. Ma forse la conosco. Ho avuto un'idea.

– Anche se quella strega mette in mezzo i tedeschi?

– Ho avuto un'idea.

Erano arrivati in via Belle Arti. Petrarca mise una mano nella tasca del cappotto a cercare le chiavi.

– Restate da me. Avete ancora mezza città per arrivare a Ingegneria e sembrate un fantasma che cammina. C'è pure il coprifuoco. Vi prometto che non cercherò di abusare di voi.

Petrarca sorrise e un po' anche De Luca, che scosse la testa.

– Però andate a dormire. Lo so che non volete fermarvi se no è un guaio. Lo so che guardate fisso da una parte perché avete paura di vedere tutto il resto, fate quello che volete, ma dopo. Se ci restate secco per un infarto prima che tiriamo fuori Attanasio, allora è stato tutto inutile. Buonanotte, De Luca.

– Buonanotte.

– Davvero, buona notte.

De Luca non rispose. Affondò le mani nelle tasche per stringersi addosso il soprabito e si allontanò, il sapore di aglio e ruggine in bocca, l'odore di fumo bruciato nel naso, il fiato che gli usciva tra le labbra, denso ma nero, perché di lampioni, lí, non ce n'erano.

In piazza della Vittoria d'Etiopia risuonavano soltanto i tonfi opachi e pesanti dei suoi passi.

Gli sembrava di camminare nell'acqua.

«Il Resto del Carlino», domenica 10 dicembre 1944-XXIII, Italia, Impero e Colonie cent. 50.

Cronaca di Bologna: Annunci mortuari. Nel fiore della gioventú, dopo lunga e penosa malattia sopportata con cristiana rassegnazione, rendeva l'anima buona a Dio raggiungendo in cielo la sua adorata Mamma, il soldato GIORGIO BENASSI, 6° autieri - Il giorno 6 dicembre, per scoppio di ordigno esplosivo trovava tragica morte la prof.ssa LUISA CAPRARA IN MIGNANI – Il giorno 3 c.m., alle ore 21.30, in seguito a barbara incursione nemica in Monte San Pietro, spirava serenamente IVO SASSI, di anni 60 – X Flottiglia Mas. I compagni d'arma superstiti del battaglione «Barbarigo» esaltano la memoria eroica del già sergente della 4° compagnia «Tarigo» GIORGIO BRUNO TROMBETTA. La morte che lo risparmiò sul campo lo colse tragicamente per mano di proditori assassini stroncandone la giovinezza gagliarda cimentata negli impulsi piú generosi sino al sacrificio supremo – La sera del 7 corrente spirava serenamente CARLO MONTI di anni 74.

V'è tanto gelo e nel candore dorme la città, il sogno di un bimbo vola in cielo, perché il Natale i doni porterà...

Il segretario particolare Spagnuolo stava in piedi davanti al grammofono e muoveva il dito avanti e indietro come la bacchetta di un direttore d'orchestra. Fasciato da un cappotto color senape che lo faceva sembrare ancora piú lungo, arricciava le labbra in un sincrono perfetto e chi l'avesse visto da lontano avrebbe potuto pensare che stesse cantando davvero lui, se non fosse stato per il fruscio opaco che usciva dalla grande tromba di ottone e per la voce affusolata del tenore, che ogni tanto saltava sotto la puntina. Sembrava che si stesse divertendo molto.

Campane a festa, nel cuore la speranza si desta, anche a chi soffre nella povertà...

In fondo alla navata De Luca aspettava il momento per farsi notare. La chiesa non era grande, ma c'era tanta roba e tanta gente, giovani suorine vestite di bianco e vecchie dame di carità vestite di nero, col cappellino inamidato e il seno rinforzato dalle pettorine. Si muovevano frenetiche tra sacchi di iuta e scatole di cartone che aprivano e chiudevano sopra lunghi tavoloni di legno. Ogni tanto una dama piú vecchia e piú robusta delle altre si avvicinava a Spagnuolo, che stringeva le labbra e annuiva, senza smettere di muovere il dito a tempo, un guanto di camoscio calzato e l'altro agganciato al bottoncino sul polso che oscillava come un metronomo. Poi ricominciava a cantare.

La sorridente piccola italiana, del Fascio i doni lieta va a portar...

Finalmente lo notò. Il segretario spostò il dito con un colpo di virgola e De Luca ci mise un po' a capire che non stava piú dirigendo la sua orchestra immaginaria ma gli indicava la colonna della navata laterale, la piú lontana e la piú nascosta. Si incontrarono laggiú, dietro l'acquasantiera.

Ora non v'è piú gelo che può far triste il cuor, ma tanto sole in cielo l'Italia ha un solo cuor...

– Avete visto di quante cose mi occupo, comandante? Tutto di persona, sempre, e faccio bene. Mi stavano confondendo il Natale del Piccolo Profugo con quello del Reduce, avremmo dato pacchetti di sigarette e bottigliette di cordiale ai bimbi e gessetti e bamboline di stoffa ai mutilati. Avete una faccia, che c'è, non avete dormito?

No, non aveva dormito. Non ci aveva neanche provato. Aveva passato gran parte della notte con Rassetto, che si era bevuto sia la storia che De Luca e la Vilma fossero usciti insieme e avessero trovato il Dentista al *Diana*, sia quella che poi lui avesse vagato per la città in stato di choc. Non erano un granché, come versioni dei fatti, ma Rassetto era troppo furioso, pensava soltanto alla rappresaglia e si era attaccato al telefono per tirare giú dal letto il Capo della Provincia, il Segretario del Fascio Repubblicano, il Questore, la Gnr, le Brigate Nere, la Kommandantur, l'Sdi e la Gestapo. Non era mai arrivato oltre i piantoni.

– Quando mi avete chiamato, questa mattina, ho temuto che fosse ancora per la nostra povera comune amica, e invece dicevate di avere qualcosa per me. Mi compiaccio per la vostra celerità. Spero che sia davvero importante. È lí dentro?

Spagnuolo indicò la borsa che De Luca teneva a terra, tra le caviglie. De Luca si chinò ad aprirla, tirò fuori una busta gialla e la consegnò al segretario.

Aveva passato gran parte del resto della notte a scrivere il rapporto sul caso Tagliaferri, dall'analisi delle ferite all'interrogatorio dell'omino a casa di Edore Santelli, fino alle confidenze del Dentista. Aveva aggiunto anche i risultati delle ricerche della Prefettura sulle agenzie immobiliari di cui Edore era il prestanome e pure il proprio ruolo nel depistaggio, col bigliettino infilato nel cappotto dell'ingegnere. Solo delle fotografie di Petrarca non aveva parlato. Tre pagine scritte a mano con la sua calligrafia minuta e ordinata come i caratteri di una macchina da scrivere.

Spagnuolo le lesse in fretta, con gli occhi sgranati e le sopracciglia alzate in un semicerchio che seguiva perfettamente l'ovale del viso, poi annuí e le rimise nella busta.

– Ottimo lavoro, – disse. – Abbiamo raccolto tante cose sulle violenze della Brigata Nera, ma questo farà la differenza. Ottimo lavoro davvero. Ometteremo il vostro nome, naturalmente, sia dalle parti negative che da quelle positive di questa vicenda, ma non vi preoccupate. Avete degli amici in Prefettura che vi devono un favore.

V'è tanto gelo e nel candore dorme la città…

Spagnuolo alzò un dito di camoscio e lo mosse come per toccare le note del disco che avevano ricominciato a frusciare nella chiesa.

– Avevamo regalato alle Dame un giradischi nuovo con tante carole natalizie, ma se li sono fregati i tedeschi, sia l'apparecchio che i dischi. C'è rimasto soltanto un vecchio Tamagno a manovella e *Natale Fascista*, che è un po' monotono a risentirlo sempre, ma meglio che niente. Grazie di tutto, comandante, restiamo in contatto.

– Se permettete, – disse De Luca, – vorrei riscuoterlo subito, il mio credito.

Spagnuolo tornò dietro l'acquasantiera e guardò De Luca, incuriosito.

– Se ben ricordo mi avete parlato di quel vostro nipote che sta in Questura qui a Bologna, quello *molto ambizioso ma anche troppo stupido*, se cito bene le vostre stesse parole.

Spagnuolo annuí. Aveva stretto gli occhi e anche un po' le labbra, la testa inclinata su una spalla e le braccia conserte sul petto, sopra la busta gialla.

Campane a festa, nel cuore la speranza si desta...

– Ricordate benissimo. Continuate.

De Luca prese la borsa che aveva tra i piedi, l'aprí e tirò fuori un'altra busta gialla.

Parte della notte l'aveva passata a scrivere il rapporto sul caso Tagliaferri, ma tutto il resto, fino a mattina, l'aveva speso a vergare sui fogli le indagini sulla morte di Brullo, testimonianze, indizi, considerazioni, sospetti, quello che aveva potuto riportare, naturalmente, ma era molto. Cinque pagine scritte nel modo giusto, come aveva detto a Petrarca.

– Come certamente sapete hanno accusato dell'omicidio il professor Attanasio, ma è molto piú probabile che la signorina Silvia...

Spagnuolo alzò un sopracciglio e De Luca smise di parlare, perché era come se avesse alzato una mano per dirgli di stare zitto. Strinse ancora di piú gli occhi, mentre leggeva, il labbro che si piegava in una piccola *v* appuntita, che poteva essere un sorriso.

La sorridente piccola italiana...

Spagnuolo finí di leggere, poi gettò un'occhiata dentro la borsa che De Luca teneva aperta per fargli vedere la scarpa di Silvia e il tacco rotto. Per un momento le labbra gli tornarono a forma di *o*.

– Interessante, – disse. – Immagino che mi state chiedendo di passare questa vostra, chiamiamola cosí, controindagine, al mio stupido nipote della Criminale perché possa portarla lui al giudice istruttore, visto che per voi non è possibile. È cosí?

– È cosí.

– Un'indagine che demolisce quella precedente e instrada il caso Brullo su ben altre e piú promettenti piste, è cosí?

– Sí.

– E perché ci tenete tanto a che il professor Attanasio sia scagionato?

– Perché è innocente.

Or non v'è piú gelo che può far triste il cuor...

Il consigliere Spagnuolo si strinse nelle spalle. – È una ragione anche questa, – disse. Infilò le pagine nella busta, chiudendola con cura. Stava ancora riflettendo.

– Non nego che sarebbe un bel colpo per la carriera del mio stupido ambizioso nipote, cosa che renderebbe felice sua madre, cioè mia sorella, e anche lo zio, che sono io. Chi è il giudice istruttore?

– Il dottor Zanella.

– No. Meglio De Pasquale, è piú, diciamo cosí, in sintonia. Affare fatto, comandante, anche se sembra che questo sia piú un beneficio per noi che il contrario. Ma certo, quando si tratta di un innocente...

Spagnuolo mise le buste nella borsa e la prese dalle mani di De Luca, che tenne un dito agganciato al manico, come un uncino.

– Ancora una preghiera.

– Dite.

– Vorrei essere tenuto al corrente dell'indagine. Collaborare, insomma, restando dietro le quinte, è ovvio. Penso che potrei...

– Sí, certo, se ce ne sarà bisogno, indubbiamente, il mio stupido nipote non mancherà di contattarvi, che lo voglia o no. State tranquillo e non forziamo le cose.

V'è tanto gelo e nel candore dorme la città...

De Luca mollò la borsa e Spagnuolo se la mise sottobraccio. Restò a guardarlo mentre si allontanava verso il centro della navata, il dito alzato e anche un passo di danza, un piccolo saltello, ridicolo, ma che in quella figura lunga color senape in qualche modo ci stava.

Continuò a guardarlo, perché anche se il sonno e la stanchezza gli facevano tremare le gambe, sfocandogli la vista con un biancore lucido agli angoli degli occhi, assieme alla sensazione di sollievo che gli aveva aperto il respiro quando il consigliere aveva stretto la borsa, c'era questo senso di angoscia che lo pugnalava allo stomaco, quest'ansia, rabbiosa e smarrita, che lo spingeva a corrergli dietro, al consigliere particolare Spagnuolo, e strappargliela, quella borsa, per riprendersi tutto, i fogli, il tacco, la scarpa, tutta la sua indagine ancora da finire.

Ma non fece niente. Si aggrappò all'acquasantiera con un sospiro che lo fece ubriacare di aria fredda, poi si dette una spinta per rimettersi in moto, e se ne andò.

A metà di via Roma si sedette sotto un portico perché gli girava la testa. Era rimasto solo un arco, tutto il resto erano macerie che coprivano la strada a mucchi affiancati come onde, sotto panni stesi su fili piantati da muro a muro, gonfiati come vele da un vento ruvido che prometteva neve e si rifletteva, abbagliante, sui cocci dei vetri delle finestre. Sembrava di stare in mezzo al mare, un mare di mattoni rotti.

De Luca si sedette su una pietra staccata da qualche parte, bassa e piatta come un cuscino, appoggiò i gomiti sulle ginocchia, la fronte agganciata al palmo delle mani, e di colpo si addormentò. Dormí appena qualche secondo, incastrato in quell'equilibrio circolare di angoli e leve, con la lingua amara e il ricordo di aver sognato il gorgogliare del sangue, ma erano bastati a schiarirgli la mente.

C'era ancora qualcosa che poteva fare, una cosa piccola e non piú cosí importante, ma per lui sí, perché era qualcosa su cui potersi concentrare per non pensare ad altro.

E infatti fu riflettendo su quella che si alzò, dimenticando tutto il resto, e ricominciò a camminare, rapido, le mani piantate nelle tasche e i denti stretti contro quel vento freddo che tagliava la faccia ma che lui, in quel momento, neanche sentiva.

Anche la Sandrina si era addormentata. Rannicchiata su un sacco di farina, le gambe su e gli zoccoli per terra, appoggiava il fianco contro un altro sacco e teneva la testa nell'incavo del braccio, come un cuscino. Dormiva con gli occhi serrati e le labbra strette, il pungo chiuso sul petto, come una bambina. Qualcuno le aveva messo sulle spalle un sacchetto di iuta, quasi fosse una coperta.

De Luca era già stato alla caserma Boldrini, a cercarla, ma aveva trovato soltanto l'uomo senza un braccio, la sorella e i ragazzi, sistemati in fondo a una camerata con altri profughi. L'uomo era stato brusco e sgradevole, piantato davanti a De Luca a ringhiare *lasciatela in pace* quando gli aveva chiesto dov'era la Sandrina.

De Luca non aveva reagito, distratto da altre cose. I pantaloni gessati dell'uomo, troppo corti sulle caviglie, macchiati e spiegazzati, ma di buona lana pettinata. Il cappotto annodato in vita da una corda che portava uno dei bambini, il piú piccolo, che non era proprio un cappotto ma una giacca a righe, gessata, di lana pettinata. Quello steso sulla branda, invece, il ragazzino che aveva la febbre e che anche adesso era lucido e arrossato, stava sotto un cappotto vero, macchiato e spiegazzato anche quello, aperto come una coperta, ma un bel cappotto color cammello. La sorella della Sandrina era seduta sul bordo della branda, accanto al ragazzino, e cercava di fargli bere qualcosa da una ciotola, e De Luca si era chiesto come avesse fatto a non notare prima la camicia bianca che le usciva da sotto la sciarpa annodata sul collo, ma soprattutto gli scarponcini che portava l'altro ragazzo, quello piú grande, accucciato dietro di lei, contro il muro, a mangiare un pezzo di pane. Spuntava il bordo di un pezzo di stoffa infilato dentro, sotto al tallone, perché erano troppo grandi, e seduto com'era, con le gambe stese, si vedevano sulle suole le punte di ferro che avevano tutte le calzature militari tedesche.

Istintivamente, senza accorgersene si grattò la punta di un polpastrello con l'unghia del pollice, come per togliersi una scheggia piantata sotto la pelle. Poi smise di sorridere, guardò negli occhi l'uomo senza il braccio, e si fece dire dov'era la Sandrina. Al mulino di piazza di Porta Ravegnana, a lavorare di domenica per un chilo di farina.

De Luca si sedette sul sacco accanto alla Sandrina, piano, per non svegliarla. Stette per un po' a guardarla poi le mise una mano sulla spalla, per scuoterla, ma gli bastò soltanto toccarla perché aprisse gli occhi spalancandoli sotto la fronte ancora contratta, sulle labbra strette. Lo vide e fece per alzarsi, ma De Luca la tenne ferma con la mano, premendo appena sulla spalla, e si chinò un po' su di lei, perché aveva paura che gli scappasse.

– Ecco perché era nudo il caporale, – le sussurrò. – Per non perdere i vestiti. Roba buona, tutta nuova, come si fa a buttarla via?

Sandrina si rannicchiò sotto di lui e lo guardò, dura.

– Lo sapete quanto costa un metro di stoffa? Trecentocinquanta lire nei negozi dell'Eca, ma lí non se ne trova e allora duemila lire al mercato nero. Tremila lire un paio di scarpe. Avevo i cinni con le pezze al culo, certo che li ho presi, i vestiti, mica li lasciavo là a marcire.

– Perché l'hai ucciso?

Aveva fatto bene a tenerla cosí, perché Sandrina cercò di alzarsi con uno scatto, la durezza nello sguardo che era svanita e la paura che le allargava gli occhi. De Luca le prese un polso, piegandole il braccio sul petto come prima, quando dormiva, una mano sulla spalla e l'altra davanti, sembrava un padre che mette a letto la figlia piccola, mancava solo che le rimboccasse le coperte.

– Non ce l'ho con te, – disse, – nessuno ce l'ha con te. Hai capito? Nessuno –. La schiacciò dolcemente sotto il sacchetto di iuta, il volto vicinissimo al suo, come per il bacio della buona notte. – I tedeschi credono che ad ammazzare il tuo caporale sia stato il gorilla del borsaro nero, che gliel'ha mandato per riprendersi i soldi. Gliel'ho detto io e non importa se non è vero, se lo meritavano comunque e in quel momento mi è sembrato il male minore –. Una carezza sulla testa, sul fazzoletto annodato sui capelli bianchi di farina. – È tutto a posto, hanno arrestato loro, gli hanno trovato tutto quello che aveva rubato, sono contenti cosí e non ti cerca piú nessuno, nemmeno io.

De Luca si sollevò, senza lasciarla. Sandrina aveva smesso di tremare, però teneva gli occhi spalancati, senza guardarlo, aveva appoggiato i piedi per terra e sotto la lana dei calzini si vedevano le dita contratte sul pavimento, agganciate alle tavole di legno, come per scappare. De Luca mollò il braccio ma tenne la spalla, piú salda.

– Un po' di domande, comunque, te le devo fare. Perché anche se mi comporto da sbirro io resto un poliziotto e in fondo al mio caso, con tutte tesserine al posto giusto, io ci devo arrivare, se no muoio. Me lo devi, Cassandra. Io chiedo e tu rispondi. E mi dici la verità.

Le mollò anche la spalla e Sandrina si alzò a sedere accanto a lui, come su un divano.

– Va bene, – disse.

– Hai ucciso tu il *rottenführer* Weber.

– Sí.

– Perché l'hai fatto? Perché voleva lasciarti?

Sandrina girò la testa di scatto, a guardare De Luca, sorpresa.

– No, – disse.

– E dài, Sandrina, l'ho capito che sei incinta. La vegetina fa schifo ma non è quella che ti fa vomitare. E tua sorella è cosí minuta che se aspettasse un bambino già si vedrebbe.

– Ma no...

– La verità, Sandrina, me lo devi!

– No! Non l'ho ucciso perché voleva lasciarmi! L'ho ammazzato perché voleva tornare!

Anche De Luca girò la testa, sorpreso.

– Non capisco, – mormorò.

Sandrina si infilò gli zoccoli, ma non per scappare. Aveva freddo, perché si sfregò le mani sulle braccia, rabbrividendo.

– Erni voleva disertare. La guerra persa, quello che aveva fatto, voleva andarsene al Sud. Diceva che a guerra finita sarebbe tornato in Germania a rifarsi una vita con le cose che aveva. A me andava bene, anche se un po' mi dispiaceva, però era giusto cosí e l'ho aiutato, ma quando eravamo in via del Fossato, e ci siamo salutati perché doveva partire, non so perché ma ho fatto l'errore di dirglielo.

– Che eri incinta.

Sandrina si prese le mani, storcendosi le dita. Annuí, il labbro di sotto su quello di sopra.

– Sí. Non lo so perché, volevo lasciargli qualcosa, non lo so, l'ho detto che mi ero innamorata. Non lo so perché. Però gliel'ho detto, che avevo un ritardo grosso e sicuramente aspettavo un bambino. Da lui.

– E lui?

– È impazzito. Era contentissimo. Ha detto che scappava, aspettava la fine della guerra e tornava subito qui. Era cosí felice.

Sandrina tirò su col naso. Aveva gli occhi asciutti, ma deglutí, come se le lacrime le fossero scese da un'altra parte. Guardò De Luca e vide che stava cercando di capire, la fronte corrugata, come avesse bisogno di altro.

– Voleva tornare per il bambino. Voleva riconoscerlo, dargli il suo cognome.

– Avevi paura di tuo marito?

Sandrina prese il braccio di De Luca e glielo strinse, forte.

– Sí, no... ma non ci arrivate? Valerio, sí, va bene, mi ammazzerebbe di botte, forse, ma non è solo quello... anche la gente, tutti, tutti quanti... come fate a non capire? Il mio bambino, il figlio di un tedesco! Il figlio del nemico!

De Luca alzò il braccio per liberarsi, perché Sandrina stringeva troppo forte e gli faceva male.

– Non è perché ho fatto le corna a mio marito, e addirittura mentre è prigioniero in Germania, quella è roba mia, so io come è accaduto, mi ero innamorata, non importa, sono cose mie. È per lui, per il bambino. Con un tedesco! Come lo guarderà la gente, che cognome avrà, Weber? Come lo chiameranno i compagni a scuola, il Tedeschino? Il figlio della puttana dei crucchi, il figlio di un nemico? Mi capite? Dovevo proteggere il mio bambino. Come fate a non capire, mi capite?

Non lo sapeva, ma non gli importava. Gli interessava solo quello che era successo. Le fece cenno di continuare.

– Allora gli ho detto che non si poteva. Che doveva andarsene e non farsi piú vedere. Perché io il bambino volevo tenerlo, ma non cosí. Faremo finta che sia di mia sorella, c'è cosí tanta confusione di questi tempi, e se Valerio torna prima ci inventeremo qualcosa, non lo so.

Sandrina si strinse nelle spalle, persa in altri pensieri. De Luca aspettò un po', poi disse *e quindi?*

– Quindi lui si è arrabbiato e ha cominciato a urlare. Non l'avevo mai visto cosí. Ho urlato anch'io e lui mi ha dato un pugno –. Si toccò la fronte, dove c'era il livido sotto al fazzoletto. – E ho battuto la testa contro un sacco. E allora non ci ho visto piú, gli ho dato una ginocchiata nei coglioni, l'ho buttato per terra, gli sono montata sopra e l'ho strozzato.

La Sandrina serrò insieme le mani come quando strizzava i panni sulla riva del canale e a De Luca sembrò di sentire l'osso ioide del caporale Weber che si spezzava. Mani molto forti, aveva detto il dottor Mayer, e tutti avevano pensato a un uomo, istintivamente.

– Poi gli ho preso i vestiti, l'ho rotolato in acqua per non farlo trovare e sono scappata.

La Sandrina allargò le braccia, la voce chiara, senza piú lacrime da nessuna parte. Oltre la porta la macina del mulino aveva ricominciato a girare. Un uomo in tuta si affacciò alla soglia e batté la mano sul fondo di un secchio.

– Signorinella, la pausa è finita. Se vuoi la tua farina te la devi guadagnare.

De Luca stava per tirare fuori il tesserino ma poi pensò che non aveva piú niente da chiedere. La Sandrina, intanto, si era alzata e senza dire nulla neppure lei si era caricata un sacco sulla schiena, tenendolo per gli angoli da sopra le spalle.

Si allontanò, curva sotto il peso, e De Luca la seguí con lo sguardo, quella ragazzotta robusta e concreta, che aveva fatto rischiare la pelle a dieci ostaggi innocenti, che gli aveva mentito come una professionista mentre piangeva sinceramente, che spogliava un morto perché non si buttano via i vestiti buoni per i cinni ma non le veniva in mente di cercare un tesoro, che si era innamorata di un tedesco ma l'aveva ucciso perché suo figlio non fosse un figlio del nemico.

Non sapeva se fosse riuscito a capirla, e davvero, non gli interessava. Voleva soltanto sapere cos'era successo, tutte le tesserine a posto, e adesso che c'era riuscito si sentiva soddisfatto.

Tornò in ufficio, si sedette alla scrivania, la testa indietro, contro lo schienale della poltrona, e scivolò finalmente in un sonno cosí profondo che non lo svegliò neanche la mano adunca della Vilma protesa verso la scarpa o il gorgoglio dei partigiani che annegavano nel sangue.

«Il Resto del Carlino», mercoledí 13 dicembre 1944-XXIII, Italia, Impero e Colonie cent. 50.

IL RADIOMESSAGGIO DEL DUCE AI GOVERNANTI E AI POPOLI DEL TRIPARTITO. Ribbentrop e Shigemitsu esaltano la volontà di lotta e la certezza di vittoria che animano i combattenti dell'Italia repubblicana, della Germania nazionalsocialista e del Giappone imperiale.

Cronaca di Bologna: IL NATALE DEL PROFUGO. Appello alla generosità del popolo bolognese – LA DISTRIBUZIONE DELLO ZUCCHERO. Trecento grammi ai bambini e cento a tutti gli altri consumatori.

NUOVE PROVVIDENZE PER LE FAMIGLIE DEI LAVORATORI IN GERMANIA. Il lavoratore italiano può insomma partire a cuor leggero, con la certezza assoluta che lui e i suoi cari non rimarranno senza protezione. Se poi lo crede opportuno può addirittura trasferirsi in Germania con la famiglia.

Se lo immaginava piú alto, il Notaio, un omone imponente, e invece il professor Attanasio era un ometto sottile, smagrito e ingobbito dalla galera, certo, ma comunque piú insignificante, piú fragile, di quanto si sarebbe aspettato. Restò anche un attimo sulla soglia del portone del carcere e alzò il naso come per annusare l'aria, le mani strette sul bavero della giacca sollevato fino alle guance scavate, nere di barba vecchia, gli occhi rossi che si guardavano attorno smarriti.

De Luca lo osservava da dietro una delle colonne rosicchiate dalle bombe di gennaio, in cima alla scalinata che portava alla chiesa, dall'altro lato della spianata del carcere di San Giovanni in Monte. Le macerie non c'erano piú, spalate via per essere utilizzate da qualche altra parte, restavano soltanto mucchi di terra smossa e un muretto di mattoni rotti, tirati su come un fortino per riparare un presidio della Gnr, lasciato accanto al portone con una mitragliatrice dopo che i partigiani avevano attaccato la prigione, in estate, liberando piú di trecento detenuti.

Ad attendere il Notaio c'erano Petrarca e lo studente con i capelli ricci che aveva sparato al Dentista e alla Vilma. Avevano due biciclette e quando Attanasio uscí dal portone Petrarca smontò dalla sua e aiutò il professore a salirci sopra, mentre lo studente la teneva ferma per il manubrio. Poi Petrarca fece un passo indietro, senza dire niente, senza neanche salutare, e li guardò allontanarsi, il professore che premeva sui pedali, a fatica, tremando sulla ruota e lo studente che lo sosteneva per un braccio. Passarono accanto a un'auto scura che stava entrando nel piazzale e sparirono lungo via santo Stefano.

Petrarca affondò il mento nel bavero del cappotto e si girò, perché l'auto si era fermata davanti al portone del carcere e ne erano scesi due uomini robusti con i cappotti di pelle, che spingevano un ragazzo in camicia, con i polsi ammanettati dietro la schiena. Poi il commissario vide De Luca in cima alla scala e si affrettò a raggiungerlo salendo rapido i gradini smangiucchiati dalle schegge.

– Alla fine siete venuto, – disse, e De Luca si strinse nelle spalle.

– Gli ho dato la caccia per cosí tanto che volevo la soddisfazione di vederlo almeno una volta. Dove lo portate?

– Non lo so. Attanasio è un patrimonio di informazioni e competenze, ma di sicuro qui non resta. O clandestino da qualche parte o di là dal fronte con gli Inglesi. Non lo so, ed è meglio cosí. Anche per voi. Ha fatto presto il vostro amico a farlo liberare.

Lo stupido nipote di Spagnuolo era stato velocissimo e deciso. Un giorno per portare le indagini al nuovo giudice istruttore, un altro per farlo decidere e già la sera di martedí c'era l'ordine di scarcerazione e l'apertura di una nuova indagine. Un paio di telefonate del segretario e una anche del Prefetto era state senza dubbio d'aiuto.

I due uomini col cappotto di pelle spinsero il ragazzo nel portone ci sparirono dentro con lui. Un altro uscí dalla macchina, guardò verso la chiesa e restò un po' a osservare De Luca e Petrarca, poi si avvicinò ai militi della Gnr e si mise a chiacchierare con loro. Petrarca appoggiò una delle sue scarpe bicolori su un morso nella colonna che sembrava fatto apposta e la ripulí dalla polvere della spianata con un fazzoletto che aveva tirato fuori dalla tasca.

– Continuerete la vostra indagine su Silvia Attanasio? – chiese, e De Luca scosse la testa.

No. Lo stupido nipote aveva accettato il suo aiuto ed erano andati subito in via degli Orefici, ma Silvia non c'era. Allora erano corsi in via Rizzoli, da Altea, ma non c'era nessuno neppure lí, neanche la cameriera con la crestina. Passare da via Volturno, allo studio della Diva, sarebbe stato inutile. La portinaia di via Rizzoli gli aveva detto che li aveva visti partire la sera prima, la signora, la sua amica Silvia, quella biondina tedesca, pure la domestica, tutti su un macchinone carico di bagagli. Lo guidava un tenente tedesco biondo e bello come un dio. Le avevano detto che se ne andavano tutti in Germania.

L'uomo col cappotto di pelle stava fumando una sigaretta con i militi. Ogni tanto guardava in su, verso di loro, poi tornava a chiacchierare. Petrarca finí di lucidare anche l'altra scarpa, nervoso.

– Quel tizio della Gestapo ci fissa in un modo che non mi piace, – disse, – per cui è meglio che facciamo in fretta, senza tanti convenevoli.

Mise una mano sotto la falda del cappotto spinato e tirò fuori una busta bianca, di quelle da lettera. La porse a De Luca, che la prese e la tenne tra le dita, senza capire.

– Lí dentro ho scritto tutto quello che avete fatto per noi, – disse Petrarca, aspirando le parole tra le mascelle socchiuse, l'accento romano piú forte. – Il vostro decisivo, fondamentale contributo alla liberazione del Notaio, e anche la storia della Sandrina, con la mancata fucilazione degli ostaggi. Piú qualche considerazione mia, in libertà.

– Petrarca...

– Se le cose andranno come speriamo noi, no, anzi, come vogliamo noi, e doveste trovarvi in difficoltà, magari davanti a gente cosí arrabbiata che dirgli *sono un poliziotto* non basta, perché non basta, e i casi della guerra volessero che io non possa esserci a mettere una buona parola, ecco, credo che quella potrebbe esservi utile.

– Petrarca...

– Se volete ringraziarmi, per favore non fatelo. Non so perché l'ho scritta e anche adesso non so se sia stato giusto farlo, ma non importa, mi andava cosí. La saluto, comandante, la Gestapo mi guarda e non mi piace. Ci vediamo in giro.

De Luca annuí, confuso. Piegò la busta in due e la infilò nella tasca interna del soprabito. Poi allungò la mano verso Petrarca. Non sapeva se gliela avrebbe stretta, ma il commissario lo fece, un gesto rapido e nervoso, come sopra pensiero, spiando l'uomo col cappotto di pelle.

Si allontanò in fretta e De Luca si abbandonò a un sospiro interrotto da un singhiozzo improvviso, come quelli dei bambini.

Gli veniva da piangere, ma c'era l'uomo della Gestapo che lo fissava, con la sigaretta in mano, cosí alzò il bavero del soprabito, incassandoci dentro la testa, e si allontanò anche lui.

Uno schiocco, secco, come un ramo che si spezza, ma piú forte.

De Luca si svegliò di soprassalto, perché si era addormentato di nuovo alla scrivania, e ci volle un po' prima che il ricordo di quello schianto indistinto si precisasse fino a diventare un colpo di pistola. Rimase ancora fermo, a bocca aperta, cercando di capire cosa potesse essere successo e soprattutto cosa fare, poi sentí i passi di corsa nel corridoio e allora si alzò, ma ancora restò immobile, smarrito e spaventato, finché non sentí la voce di Rassetto che bestemmiava.

Prese la pistola dalla tasca del soprabito appeso allo schienale della sedia e uscí dall'ufficio. Davanti alla stanza di Rassetto c'era il Tenente, col Mab imbracciato, ma lo teneva puntato verso il basso. Anche Franchina, dietro di lui, era armato, col braccio giú, però, lungo la gamba. Guardavano dentro.

De Luca si affacciò sulla soglia e vide Rassetto davanti alla finestra aperta, con la Beretta d'ordinanza in una mano e una bottiglia di liquido chiaro nell'altra.

– E allora? – gridava. – Ho sparato un colpo fuori dalla finestra! Sono il comandante di questa squadra di merda e se voglio faccio il cazzo che mi pare!

Era ubriaco, e lo si sentiva. Quando si arrabbiava la voce gli diventava acuta e l'accento sardo piú deciso, ma quando aveva bevuto arrivava a un falsetto dalla cadenza legnosa. Non barcollava, non farfugliava e teneva le labbra ferme sul sorriso da lupo, come sempre, gli cambiava solo la voce.

– Via! Fuori tutti! Tu, invece resta!

De Luca entrò nell'ufficio e chiuse la porta. Rassetto si era seduto sulla finestra e stava bevendo un sorso lunghissimo dalla bottiglia. Gli indicò la sedia davanti alla scrivania con la punta dell'automatica.

– A dire il vero stavo caricando la pistola quando mi è partito un colpo, – disse, – e fortuna che è uscito dalla finestra. Spero di non aver colpito nessuno. Anzi, no, chi se ne frega. Sono ubriaco.

– Ecco, appunto, – disse De Luca. – Dammela, per favore.

Si allungò sulla scrivania tendendo il braccio verso Rassetto, che scosse la testa e gli passò invece la bottiglia.

– Bevi anche tu. Facciamo un brindisi. Sai a cosa?

– Alla povera Vilma.

– Ma no, chi se ne frega anche di lei. Era una troietta schizzata, mi piaceva ma ne trovo altre venti, come lei. Lo sai che faceva la spia?

De Luca trasalí. Guardò la pistola che Rassetto teneva puntata sul pavimento, il braccio inerte tra le gambe e lo sguardo perso da qualche parte nell'ufficio. Sembrava davvero una domanda.

– No, – mentí.

– L'ha sentita Franchina una volta che telefonava. Brigata Nera, la Prefettura, i tedeschi, non lo so, ma faceva la spia per qualcuno. Chi se ne frega.

Rassetto tirò su la pistola ma era solo per far cenno a De Luca di bere. La usava per indicare come fosse un dito, ma aveva l'indice sul grilletto e De Luca si affrettò ad assecondarlo perché la spostasse. Era un liquore dolce che gli esplose nello stomaco vuoto con un bruciore cosí forte che era come se gli avessero sparato davvero. Doveva essere sambuca, o forse anice. C'era differenza ma in quel momento non riusciva a sentirla.

– Dammi la bottiglia, che brindiamo. Lo sai a cosa?

– Alla vittoria, – sussurrò De Luca, senza fiato e Rassetto rise, una risatina corta e acuta, piú da iena che da lupo.

– Magari. Lo sai cosa mi ha detto il capo della Provincia? Perché alla fine sono riuscito a parlarci con quel finocchio. Prima mi ha detto che non me li davano i miei cinque ostaggi da fucilare perché la Vilma, per quanto dei nostri, era una donna e non valeva come un milite. Allora l'ho stanato, gli ho detto *va bene, datemene due, anzi, due e mezzo*, due partigiani e una staffetta, la metà, e lui sai cosa mi ha risposto?

La voce gli si era alzata di un'ottava e aveva ricominciato ad agitare la pistola. De Luca gli porse la bottiglia sperando che si fermasse per bere, ma Rassetto lo ignorò.

– Mi ha detto che non era il caso. Che nella presente congiuntura dello sforzo bellico non era il caso di alienarsi ulteriormente il favore della popolazione con una rappresaglia, che spaventano la gente. Hai capito? Mi ha detto che erano d'accordo anche i tedeschi, anzi, che lo chiedevano loro? Hai capito? – urlò. – Hai capito? Spaventiamo la gente! Perché, fino a ora cosa abbiamo fatto? Quanta gente abbiamo fucilato, fino ad adesso, a quanti abbiamo sparato in testa, eh, lo sai?

De Luca si piegò di lato, coprendosi la faccia con una mano, perché Rassetto era sceso dal davanzale e gli aveva appoggiato la canna della Beretta sulla tempia, spingendo cosí forte da fargli male. Per un attimo pensò che gli avrebbe sparato, apposta o per sbaglio, invece Rassetto gli prese la bottiglia e tornò a sedersi sul davanzale.

– Troppo pochi, – disse, il braccio di nuovo inerte tra le gambe, in sicurezza. – Allora non lo sai a chi brindiamo?

No, disse De Luca, ma solo con la testa, perché non aveva piú voce. Rassetto alzò la bottiglia.

– Brindiamo al nostro culo. Perché il Prefetto, i tedeschi, anche i camerati della Gnr e delle Brigate, hanno già cominciato tutti a tirarsi giú le braghe –. Sollevo il sedere dal davanzale per fare il gesto con le mani impegnate. – Perché lo sanno che gli Alleati e i ribelli sono fermi per l'inverno, e un po' questa calma ci aveva fatto sperare, ma appena arriva primavera ripartono tutti e Bologna si riempie di negri a stelle e strisce, polacchi, badogliani e comunisti, assatanati, bramosi di farci un culo cosí, e allora io brindo a lui, al nostro povero culo scoperto.

Bevve un sorso cosí lungo che sembrava dovesse finire la bottiglia, ma ce n'era ancora, e ne dovette bere un altro anche De Luca, che cercò di fare finta, col liquore che gli bruciava tra le labbra. Non era sambuca, e neanche anice.

– Ma io me ne frego, – mormorò Rassetto. – Ci sono otto colpi qui dentro, – alzò la pistola, – sette sono per loro, – la puntò su De Luca, – ma l'ultimo per me, – e se la piantò sotto il mento, il dito cosí stretto sul grilletto che De Luca chiuse gli occhi aspettando la botta dello sparo.

Quando li riaprí, Rassetto era sceso dal davanzale e si era lasciato cadere sulla sua poltroncina dietro la scrivania, le braccia aperte, pistola e bottiglia da una parte e dall'altra. De Luca l'aveva già visto cosí e sapeva che da un momento all'altro si sarebbe addormentato. Si alzò e prese prima la pistola, poi anche la bottiglia e li mise dentro il cassetto di uno schedario.

– È il fil'e ferru di mia sorella, – disse Rassetto con gli occhi socchiusi, – lo distilla proprio lei, è il piú forte che conosco. Me lo sono portato dietro dall'inizio della guerra e lo volevo aprire alla vittoria, ma l'ho tirato fuori per il Notaio.

– Il Notaio?

Rassetto annuí, gli occhi che si chiudevano.

– È quella cosa che ti ho detto, volevo farti vedere che eravamo bravi anche noi, stavamo per catturarlo ma non ha funzionato.

De Luca accennò un sorriso, che nascose dietro la mano, anche se era sicuro che Rassetto non riuscisse a vederlo, e tantomeno a capirlo.

– Non importa, lo prenderemo, – mentí ancora, e girò le spalle per avvicinarsi alla porta e andarsene via.

– Non c'è andato alla radio, – disse Rassetto.

De Luca si fermò.

– Quale radio? – chiese.

Rassetto si strinse nelle spalle e si abbandonò a un sospiro che sarebbe finito nel sonno se De Luca non l'avesse scosso per un braccio.

– Quale radio? Dove, quale... che radio?

– In via Zamboni, all'Università.

– E quindi? Dài, Rassetto, dimmelo... e quindi?

– Un milite della Brigata Universitaria ha trovato un apparecchio clandestino nascosto nel soffitto di un'aula della Facoltà di Lettere. Cosí, per caso, perché l'avevano già scoperta una radio all'Università e non ci pensa mai nessuno a guardare nello stesso posto due volte –. Rassetto aveva aperto gli occhi e sembrava piú sveglio, ma si vedeva che non sarebbe durato a lungo.

– E allora?

– E allora Campanella, te lo ricordi Campanella, l'hanno trovato nel canale della Beverara, lo sapevi?

– No, non lo sapevo. E allora?

– Campanella ha raccolto una voce, era bravo lui, te lo ricordi?

– Me lo ricordo sí. Una voce, va bene. Che diceva questa voce?

– Diceva che il Notaio sarebbe venuto a installare la radio con qualcuno, cosí l'Ufficio Politico della Gnr l'ha messa sotto sorveglianza, per prenderlo, ma sono stati lí ad aspettarlo e non si è visto nessuno.

– Quando?

– Non lo so, ci saranno stati una settimana, hanno detto, poi hanno perso la speranza, ma per me era ancora una pista buona e siccome volevo farti una sorpresa abbiamo rilevato noi l'appostamento. Ci ho lasciato il Tenente per tre giorni, poi ho perso la speranza anch'io. Peccato. Come ci saresti rimasto, eh? Come?

Rassetto chiuse gli occhi sul sorriso da lupo e si addormentò. De Luca rimase fermo per un po', a guardare nel vuoto, la fronte contratta e le labbra strette, ma non per lo stomaco che gli bruciava. Cercò di ricordare quando Rassetto gli aveva detto che il Tenente aveva una buona dritta per il Notaio, era quando cercava ancora Edore Santelli, se lo ricordava, doveva essere sabato, sí, sabato 9 dicembre.

Contò sulle dita, tornando indietro di sette giorni, una settimana circa, dal pollice della destra all'anulare della sinistra, sarà stato attorno al 29 novembre.

Brullo era stato ucciso la sera del 30 novembre.

In quel momento la radio all'Università era sotto sorveglianza e se il Notaio fosse andato ad attivarla lo avrebbero arrestato. E non c'erano dubbi che la radio a cui si riferiva Rassetto fosse la stessa di cui gli aveva parlato Petrarca.

Perché quella radio era l'unico alibi del professor Lorenzo Attanasio.

Ma lui, laggiú, in via Zamboni, non c'era mai andato.

O Petrarca era il piú diabolico dei bugiardi o ci era cascato anche lui. Non c'erano alternative. Attanasio aveva mentito sul suo alibi, De Luca non aveva nessun dubbio, quindi o Petrarca lo sapeva e aveva contribuito a crearlo, quell'alibi, o ci aveva creduto e cosí glielo aveva raccontato, candidamente.

De Luca propendeva per la seconda ipotesi. E non solo perché la prima avrebbe significato che si era fatto ingannare pure lui, e molto, dal momento che era proprio perché pensava che Attanasio fosse innocente e che il colpevole fosse ancora tutto da scoprire, che aveva accettato di indagare.

Quando gli aveva raccontato la storia del Notaio e della radio Petrarca gli era sembrato sincero. E lui, se proprio da poliziotto non doveva fidarsi di nessuno, almeno del suo fiuto da poliziotto sí, di quello si fidava.

Certo, tutto poteva essere. Anche che ci fosse un'altra spiegazione al falso alibi di Attanasio e che non fosse lui l'assassino di Brullo. O che ci fosse un'altra alternativa anche per Petrarca. Ma voleva discuterne con lui. Metterlo alle strette, se necessario, o farsi dare qualche altro elemento, perché adesso il suo caso, il caso Brullo, in qualche modo era di nuovo aperto.

Si era attaccato al telefono e l'aveva chiamato in ufficio, ma gli avevano detto che non c'era, sia la prima che la seconda e la terza volta che lo aveva fatto. Tutte e tre le volte, però, il brigadiere che gli aveva risposto le prime due e il maresciallo la terza, gli erano sembrato strani, evasivi, troppo sbrigativi, nonostante si fosse qualificato, sia come grado e ufficio, che come amico.

Cosí De Luca aveva preso la bicicletta di Massaron, anche se aveva giurato di non farlo piú, e si era lanciato giú per viale del Risorgimento e poi ancora piú in giú per via Saragozza, fino alla porta, dove aveva tirato i freni a bacchetta e puntato le suole per terra, saltellando su una gamba per non cadere quando si era fermato, perché a vederlo arrivare cosí forte i soldati della Feldgendarmerie avevano già alzato i mitra.

Tirò fuori i documenti con le dita irrigidite dall'aria gelida che gli aveva grattato le mani nude, passò il posto di blocco e si rimise a pedalare piú in fretta che poteva, e intanto pensava a quello, al suo caso, con Attanasio tornato in cima alla lista dei colpevoli e sua sorella Silvia di nuovo al secondo posto, e poi sua moglie Altea, e anche a come dirglielo, a Petrarca, *volete sapere una cosa, commissario?*, o partire da arrabbiato, *mi avete preso in giro ancora!*, per vedere come avrebbe reagito.

Arrivò in Questura, appoggiò la bicicletta contro il muro proprio dietro al piantone che stava sotto il portico ed entrò nell'atrio. Voltò subito a sinistra, perché se lo ricordava, e superò la vetrata dell'Ufficio Passaporti, dove entrò senza bussare.

Nella stanza c'era un'attività frenetica. Due uomini, uno piú giovane e uno piú vecchio, tiravano fuori fotografie e documenti dai cassetti e li infilavano alla buona dentro una valigia, mentre un terzo, calvo e grassottello, se ne stava fermo in un angolo, le braccia conserte con le mani sotto le ascelle, quasi avesse paura di toccare qualcosa. Quando si accorse di De Luca lo indicò agli altri con un gemito spaventato, e anche loro si fermarono di colpo. Il piú giovane era quello che De Luca aveva visto l'altra volta, mentre stava per nascondere le fotografie formato tessera ma Petrarca gli aveva fatto cenno di smettere, che ci si poteva fidare. De Luca puntò su di lui.

– Cerco il dottor Petrarca. Dov'è?

– Non c'è, – disse il piú vecchio.

– Lo vedo che non c'è, ma ho urgenza di parlargli. Tornerà? Dov'è andato? Come posso trovarlo? Per favore, sono un amico oltre che un collega, abbiamo collaborato insieme a una indagine che...

– L'hanno portato via, – disse il piú giovane.

– Portato via? Chi?

– I tedeschi, qui fuori. Stava rientrando da un servizio e c'era un'auto con quattro SS che l'hanno preso, l'hanno caricato in macchina e se lo sono portato via.

– L'ho visto io dalla finestra, – disse quello piú anziano, con le lacrime agli occhi. Il giovane gli strinse un braccio, poi lo scosse perché ricominciasse a riempire la valigia.

– Le SS... – mormorò De Luca.

Il giovane e il vecchio finirono di vuotare l'ultimo cassetto, chiusero la valigia e presero cappotti e cappelli.

– Aspetta ancora un po' ad avvisare il Questore, – disse il giovane a quello calvo, – se no scendono subito quelli dell'Upi, dacci un po' di vantaggio.

Quello calvo annuí, poi però guardò De Luca, come se gli fosse venuto un dubbio.

– Io resto qui, – disse, – io non c'entro niente con loro, mai fatto niente di niente. Non è che rischio, vero? Voi lo sapete, a me mi lasciano stare, vero?

De Luca stava ancora pensando a Petrarca e alle SS, il commissario in macchina sul sedile di dietro, stretto tra due soldati come era successo anche a lui, ma quello calvo interpretò il suo silenzio in un altro modo e si affrettò a prendere cappello e cappotto.

Prima di uscire, il giovane gli si fermò davanti.

– Potete aiutarlo? Io lo so chi siete, avrete degli amici, sicuramente, gente importante, potete fare qualcosa? Aiutatelo, per favore, ma fatelo subito. Subito.

Il numero 6/2 di via Santa Chiara era una palazzina dai mattoni rossi circondata da una siepe. Aveva inferriate alle finestre e un posto di blocco all'inizio della strada, verso i Giardini Margherita. De Luca ci arrivò con la bicicletta a mano e l'aria scura del tardo pomeriggio che gli friggeva nel naso, carica di neve, lo passò mostrando i documenti e superò anche le guardie davanti al cancello. Lasciò fuori la bicicletta, che appoggiò al muretto dietro la siepe ma da come la stavano guardando i soldati sulla porta era quasi sicuro che al suo ritorno non l'avrebbe piú rivista.

A metà dell'atrio c'era un tavolo, alto e lungo come un bancone. Dietro, in piedi, c'era un graduato che fece cenno a De Luca di avvicinarsi. Faceva molto caldo, oltre il bancone c'era un corridoio sul quale si affacciavano due file di porte, e a un lato della sala un paio di ufficiali stavano seduti su un divano, vicino a una grande stufa di ghisa. Sembrava di essere in un piccolo albergo di montagna, o in una locanda della Baviera, piuttosto che nel comando della polizia di sicurezza delle SS, uno dei luoghi piú temuti di Bologna.

De Luca salutò col braccio teso, mostrò i documenti al graduato e chiese del capitano Niemann. *Haupstumführer*, si corresse, *haupstumführer* Niemann. Il graduato osservò il suo tesserino e alzò la testa solo quando De Luca ripeté il grado in tedesco, segno che non capiva l'italiano. Si voltò a guardare nel corridoio alle sue spalle e fece un cenno a un sottufficiale che era uscito da una delle porte. Il sottufficiale si avvicinò, ascoltò quello che gli diceva il graduato, prese il tesserino che gli porgeva e poi guardò De Luca senza dire niente. Era un uomo tarchiato, con le mani molto grandi e occhi grigio cenere, chiarissimi, che facevano paura.

– *Ich suche*... – inziò De Luca, cercando le parole, – *die, no, der*...

– Parlo italiano.

– Ah, bene. Sto cercando l'*haupstumführer* Niemann. Vorrei parlare con lui, per favore.

– E perché volete parlare con l'*haupstumführer*? – Aveva un accento acido e netto, altoatesino.

– Avete arrestato una persona, qualche ora fa. Vorrei... vorrei parlargliene, spiegargli di chi si tratta. Vedete...

– Per quale motivo? – Gli occhi color cenere non si muovevano, cosí fissi che sembravano quelli di un cieco. Anche le palpebre restavano aperte, immobili su quello sguardo che sí, faceva paura.

De Luca deglutí. Guardò le mostrine sul colletto del sottufficiale, le due rune a forma di *s* da una parte e il bottoncino argentato in mezzo a quell'altra, il bordino rosso che correva lungo le spalline, si concentrò per ricordarsi il grado, sergente, ma in tedesco, perché sapeva che a loro piaceva. *Untersharführer, untersharführer*, sí. *Herr*, prima, signore.

– Vedete, *herr untersharführer*, io credo che si tratti di un errore. Se potessi spiegare al...

– Volete chiederne il rilascio.

– Ecco, sí, *herr untersharführer*... vorrei chiederne il rilascio.

Il sergente sollevò una mano per attirare l'attenzione di uno dei due ufficiali sul divano. Era un giovane magro, con un paio di occhiali dalla montatura rotonda, che si alzò di malavoglia, calzò il berretto che prima teneva sulle ginocchia, prese i guanti di pelle che ci stavano dentro, li batté sul palmo della mano con uno schiocco e si avvicinò. Ascoltò il sergente che gli disse poche parole in tedesco e poi guardò De Luca, che intanto si era studiato le mostrine, tre bottoncini e un filetto argentato sul fondo, e bordi dorati sulle spalline, un tenente.

– Liberare, voi dite. Chi?

– Ecco, *herr oberführer*...

– *Obersturmführer*.

– Scusate, *herr obersturmführer*, si tratta del dottor Petrarca, che ricopre il ruolo di commissario presso la Questura Repubblicana, Ufficio Passaporti.

Non era sicuro che il tenente avesse capito tutto, e infatti il sergente glielo ripeté in tedesco.

– Liberare, voi dite. Perché?

– Perché ci deve essere sicuramente un errore. Il commissario Petrarca è un poliziotto, uno dei nostri. Ma se potessi parlare con l'*hauptsturmführer* Neimann... – attese che il sergente traducesse, – che mi conosce bene perché abbiamo lavorato insieme, di recente... ecco, potrei spiegargli tutto.

Il tenente annuiva, ascoltando il sergente che gli sussurrava all'orecchio, poi alzò i guanti per interromperlo e disse qualcosa al graduato, che si allontanò in fretta dal bancone, si infilò nel corridoio ed entrò in una delle porte. Ne uscí con un uomo in borghese, che lo seguiva infilandosi una giacca sulla camicia bianca. Aveva qualcosa di familiare e anche se non portava il cappotto di pelle, De Luca capí dall'insistenza con cui lo guardava che era l'uomo della Gestapo vicino alla macchina davanti al carcere di San Giovanni in Monte.

Parlarono in un tedesco rapido e stretto, di cui De Luca non capí una parola, poi il tenente annuí e l'uomo della Gestapo se ne tornò in corridoio, sfilandosi la giacca prima di rientrare nella porta. Anche il tenente se ne andò, tornò a sedersi sul divano e De Luca rimase da solo con il sergente, che lo fissava con quegli occhi grigi che facevano paura.

– Il dottor Petrarca, dite. Lo conoscete bene, questo dottore?

– Sí, è un commissario di polizia, siamo colleghi.

– E siete anche amici. Molto.

– Sí, molto. Ma se potessi...

– Garantirebbe per lui?

– Sí. Però se potessi parlare con...

– L'*hauptsturmführer* Niemann, sí. Ora non c'è, ma tornerà presto. Vi porto in un posto dove potrete aspettarlo.

Aveva due SS alle spalle, De Luca se ne accorse solo in quel momento, cosí vicine che non avrebbe potuto fare un passo indietro. Il sergente aveva tenuto il suo tesserino e stese una delle sue mani enormi, lo sguardo di cenere dritto su De Luca.

– La vostra pistola, prego.

Ci sono freddi diversi, anche in inverno. Ci sono quelli che fanno male alle ossa, quelli che strizzano la testa e ci sono quelli che bruciano la gola e i polmoni. Ma il suo era un altro, perché non era entrato con l'aria ghiacciata della stagione, e neanche con quella umida di quella stanza gelida e nuda. Veniva da dentro il freddo che gli stringeva lo stomaco e il cuore. Era il freddo della paura.

Anche se stava in fondo al corridoio, la stanza in cui lo avevano portato era la prima, la numero 1, come era scritto sulla porta con un gessetto. Un cubo senza finestre, con piccole macchie di salnitro che fiorivano su un intonaco bianco sporco, cosí grigio che sembrava cemento. C'era soltanto una lampadina che scendeva dal soffitto, appesa a un filo, ma era molto forte. Illuminava un divano verde, una sedia di metallo e la rete nuda di un letto di ferro a maglie fitte, appoggiata su due piedini. Se non avesse già sentito parlare dell'ufficio numero 1 di via Santa Chiara 6/2, sarebbero bastate le manette che penzolavano dallo schienale delle sedie e quelle agganciate alla testiera del letto a fargli capire a cosa servisse quella stanza.

Il sergente dagli occhi di cenere gli indicò il divano, aspettò sulla soglia che De Luca si fosse seduto, poi annuí e chiuse la porta, a chiave.

Rigido, con la schiena dritta, le gambe ad angolo retto e le mani sulle ginocchia, De Luca restò fermo a farsi ghiacciare il cuore dalla paura, immerso in un silenzio freddo che gli ronzava nelle orecchie. Sedeva sulla punta del divano e non osava appoggiarsi allo schienale e non solo perché sulla stoffa verde c'erano grandi chiazze scure e sentiva un odore acido e dolciastro che quello pungente della muffa non riusciva a coprire. Era sicuro di essere sorvegliato attraverso lo spioncino rotondo che si apriva nella porta e aveva l'assurda impressione che con quell'atteggiamento cosí provvisorio, cosí impaziente, l'attesa sarebbe durata meno.

Restò cosí finché poté, poi le gambe e la schiena cominciarono a fargli male, come se milioni di formiche gli fossero entrate nelle ossa e gli stessero risalendo sulla nuca, fino al cervello, e allora si alzò di scatto e cominciò a camminare, su e giú per la stanza, evitando di guardare le manette, perché si era detto che lo avevano messo lí perché gli altri uffici erano occupati, e questo gli bastava.

C'era un sacco di tela in un angolo, non l'aveva visto prima. De Luca ci passò davanti un paio di volte, poi, per distrarsi, si fermò ad aprirlo. Era chiuso con una corda, la sciolse, ne aprí la bocca e poi la allargò di piú, per guardarci meglio dentro, perché alla prima occhiata non aveva capito.

Era pieno di scarpe.

Tutte diverse, piú o meno usate, piú o meno nuove, tante paia ammucchiate una sull'altra.

Poi De Luca sentí la chiave che girava nella serratura della porta, lasciò il sacco e voleva tornare al divano, ma non fece in tempo.

– Comandante De Luca, mio piccolo *herzchen*... avete preso il posto del nostro Manfred a quanto sento.

Niemann era entrato nella stanza di slancio, a braccia aperte. De Luca sorrise di sollievo perché sembrava che volesse abbracciarlo, e invece il capitano si fermò prima, appoggiando le mani allo schienale della sedia di metallo.

– Mi dicono che siete qui a chiedere il rilascio di un nostro ospite. Siete un cuore d'oro anche voi, comandante?

– No, no, – disse De Luca, – è che il commissario Petrarca è un funzionario integerrimo che sicuramente...

Era entrato anche il sergente, che indicò il divano e poi agganciò i pollici al cinturone, attento col suo sguardo da cieco che De Luca si sedesse. Il capitano arricciò il naso, infastidito dall'odore della stanza, e tirò fuori un pacchetto di sigarette dal taschino della giubba.

– Insomma il vostro commissario sarebbe un funzionario integerrimo, amante della Patria, fascista convinto fedele al suo Duce e buon amico del camerata tedesco. Un po' come voi, insomma. È cosí?

– Sí, è cosí, – disse De Luca.

– Un collega e un amico.

– Sí.

– E vi sentireste di garantire per lui.

– Sí.

Non l'aveva ancora accesa, la sigaretta. Se la rigirava tra le dita fissandola distrattamente, le labbra piegate in una smorfia pensosa. Non portava il berretto e un ciuffo di capelli corvini gli era sceso sulla fronte. Lo scostò indietro con un pollice.

– Sí, – ripeté il capitano. – Noi però abbiamo informazioni diverse. Pensiamo che il vostro Petrarca sia un membro della Resistenza, che faccia parte delle formazioni cittadine di Giustizia e Libertà, che fornisca documenti ai ribelli attraverso il suo ufficio e che col suo gruppo abbia messo in atto anche altre azioni.

Si prese il tempo di accendere la sigaretta e di tirare una lunga boccata dietro la mano che gli copriva parte del volto, soffiandola fuori con lentezza, tanto De Luca non diceva nulla e sarebbe rimasto cosí a lungo perché non riusciva neanche a parlare. Il capitano si strinse nelle spalle, levandosi un filo di tabacco dal labbro.

– Pensate che ci stiamo sbagliando? Sí, è possibile, ma io non credo. Ho la massima fiducia nei miei uomini.

Era il momento di dire qualcosa. Ogni secondo di silenzio in piú era un'altra ammissione di colpevolezza, ma De Luca non riusciva a trovare le parole per farlo, e neanche la voce.

– Come mai siete cosí amico di questa persona? Dicono di avervi visti molte volte insieme, e in grande confidenza.

– Siamo poliziotti, – disse De Luca, la voce arrochita dal silenzio forzato strappata a fatica dalla gola, – abbiamo collaborato a molte indagini importanti per la sicurezza della Repubblica. Come quella che ho fatto per voi, il *rottenführer* Weber, l'orologio del maggiore.

De Luca stava per alzarsi dal divano ma il sergente aveva già sganciato il dito dal cinturone, e cosí non si mosse. Niemann soffiò fuori il fumo, scuotendo la testa.

– Per favore, De Luca... cosa sarebbe questa, una captatio benevolentiae? Siete venuto a riscuotere la ricompensa per il vostro favore?

– No, *herr haump... – al diavolo*, – no, signor capitano, io...

– Converrete che tutto questo è un po' sospetto. Lo pensereste voi stesso di chiunque altro, come immagino sia già successo. Credo sia meglio approfondire, non trovate? Forse è meglio che restiate nostro ospite, mentre facciamo le opportune verifiche. Avremo modo di parlare ancora, De Luca.

Niemann si voltò per andarsene, vide il sacco di tela che stava nell'angolo, aperto. E di nuovo scosse la testa.

– Ecco, perché ci ostiniamo a recuperarle, le scarpe, io proprio non lo capisco. Sarà una cosa dell'Amministrazione. E perché stanno qua?

Niemann sferrò un calcio contro il sacco, piano, senza rabbia, un colpo leggero con la punta dello stivale, che però bastò a rovesciarlo.

De Luca restò immobile. Avrebbe voluto alzarsi e urlare, ma non lo fece, inchiodato a quel divano lurido che puzzava di sangue e urina, le mani cosí strette sulle ginocchia che le nocche gli erano diventate bianche e le dita gli facevano male. Neanche si accorse che il capitano Niemann se ne era andato e il sergente aveva richiuso la porta a chiave.

Non riusciva a togliere gli occhi dalle scarpe che erano rotolate fuori dal sacco. Ce ne erano un paio molto eleganti e molto discrete. Bicolori, ma su due sfumature di nero e di grigio.

Le conosceva, quelle scarpe, e nonostante la rabbia e la paura che gli premevano dentro come se dovessero scoppiare, non riusciva a fare altro che fissarle, immobile e muto, inchiodato sul divano.

Pensava: *cosa avrà detto*.

Pensò: *niente*. Gli interrogatori durano tempo, giorni, anche settimane. Preparati prima da una serie di privazioni. Petrarca l'avevano arrestato quel giorno stesso. Se le sue scarpe erano in quel sacco voleva dire che era morto. Doveva essere successo qualcosa, un incidente, qualcosa, probabilmente neanche erano riusciti a interrogarlo.

Provava: rabbia. Si erano lasciati quella mattina, gli aveva stretto la mano, si era abituato a quel suo sorriso che chiedeva fiducia. Avevano risolto un caso insieme, da poliziotti. Quasi risolto.

Provò, per un attimo: vergogna. Per come aveva pensato alla morte di Petrarca, cosí superficialmente, sperando anzi che se ne fosse andato in fretta, prima di riuscire a parlare. Non importava come. Colpito in un tentativo di fuga. Ucciso subito da un pugno troppo forte, magari proprio su quella sedia. O forse si era ammazzato da solo, con una dose di veleno, come le spie, o con i lacci delle sue scarpe, e De Luca le guardò, istintivamente, ma le stringhe c'erano ancora.

Vergogna, ma per un attimo, perché soprattutto provava: paura.

Pensò: *cosa vogliono da me*. Spaventarlo, fargli capire chi comanda. Stupido *polizei italiano*. Povero piccolo *herzchen*, cuoricino d'oro. Era Niemann che voleva fargliela pagare per aver sostenuto quel nibelungo biondo di Manfred, per aver salvato i dieci ostaggi, per essersi dimostrato cosí bravo, stupido *polizei italiano*. Perché lui non aveva niente da dire. Non aveva fatto niente. Lo sapevano chi era, il vicecomandante della Squadra Autonoma di Polizia politica, De Luca, un poliziotto.

Pensò: *ma chi voglio prendere in giro*. La gente si arresta per un sospetto. E per un sospetto si trattiene. E soprattutto si interroga.

Provò: paura, ancora ma piú forte. Non partecipava agli interrogatori ma sapeva quello che succedeva. Non ci andava nella cantina che avevano assegnato alla sua squadra, a Ingegneria, ma sapeva quello che facevano Massaron e il Tenente, e adesso anche la Vilma. E bastava un sospetto. A lui no, lui approfondiva le indagini, lui voleva la sicurezza, una certezza ragionevole di una molto probabile colpevolezza, che si dimostrava sempre azzeccata, ma era lo stesso, perché anche se non scendeva, non andava a vedere o si tappava le orecchie quando sentiva urlare, lo sapeva cosa facevano giú di sotto. Erano le stesse cose che facevano lí in via Santa Chiara.

Provò, ancora solo per un attimo: vergogna.

Poi si appoggiò allo schienale del divano, la testa piegata all'indietro, e chiuse gli occhi, li serrò, forte, sotto quella luce che gli arrossava l'interno delle palpebre e si disse: *stai tranquillo*.

Il capitano Niemann sarebbe tornato con il sergente, gli avrebbero fatto qualche domanda a cui avrebbe risposto, forse avrebbe anche mentito, ma poi l'avrebbero lasciato andare.

Perché non sapeva niente e non aveva fatto niente.

Era soltanto De Luca.

Soltanto un poliziotto.

All'improvviso il terrore gli fece spalancare gli occhi nella luce nuda della lampadina, strappandolo al dormiveglia. Perso in quel mezzo sonno malato dentro cui galleggiava, si era accoccolato contro lo schienale del divano, aveva chiuso le braccia sul petto e l'aveva sentita frusciare, forte, nella tasca interna del soprabito.

La lettera.

La lettera di Petrarca.

Si era sollevato a sedere di scatto, senza fiato, col cuore che batteva, aveva infilato una mano dentro l'impermeabile e ne aveva anche toccato il bordo, ma si era fermato. Guardò verso la porta, allo spioncino rotondo con il timore, non sapeva neanche lui se ragionevole o soltanto paranoico, che lo stessero osservando. Allora restò immobile, rigido e dritto, con le mani lungo i fianchi.

Se lo avessero interrogato ancora, forse lo avrebbero perquisito. E se lo avessero perquisito avrebbero trovato quella lettera che si portava addosso, dimenticata nella tasca. E se avessero letto quello che Petrarca aveva scritto di lui, quello che aveva fatto e cosa rappresentava, sarebbe stata la fine.

Senza scampo.

Gli ci volle tempo ma alla fine riuscí a muoversi e si alzò dal divano. Per un momento aveva pensato di chinarsi sul sacco delle scarpe, come per guardarci dentro, e di infilarci la busta, ma era un'idea stupida, perché prima o poi lo avrebbero svuotato, c'erano il suo nome e cognome sulla lettera, e sarebbero venuti ad arrestarlo. Ma non c'era nessun posto in cui nasconderla, la rete del letto, la sedia di metallo, il divano, niente.

Poi gli venne un'idea.

Andò ad appoggiarsi al muro accanto alla porta, fuori dalla vista dello spioncino, sperando che non lo stessero osservando proprio adesso. Si frugò nelle tasche, freneticamente, sperando che ci fossero ancora e lo trovò.

Il pacchetto di cerini che gli aveva dato la Vilma.

Tirò fuori anche la busta, la mise sotto il braccio, staccò un cerino e lo sfregò sulla striscia ruvida che stava in fondo al cartoncino. Ma doveva essere umido, perché fece soltanto una scintilla e si spense subito con un filo di fumo grigio che sapeva di zolfo. Strinse il pacchetto tra le mani, con l'assurdo scopo di asciugarlo, poi ci provò di nuovo con un altro cerino e questo si accese.

Prese la busta e la mise sulla fiamma, ma la carta era troppo compatta e riuscí soltanto ad annerirne un angolo prima che anche quella fiammella si spegnesse, unendo l'odore di bruciato a quello di zolfo.

Aprí la busta, tirò fuori la lettera, l'aprí perché era piegata in quattro, accese un altro cerino e ce la tenne sopra. Era un foglio a quadretti, coperto da una calligrafia fitta e minuta come la sua, righe strette a inchiostro blu, che De Luca evitò anche di guardare mentre scomparivano dentro l'alone arancio del fuoco che le divorava. Tenne la lettera per un angolo, stretta tra le unghie, e si scottò anche un polpastrello prima di lasciare l'ultimo pezzo di cenere nera a volteggiare fino al pavimento. Poi bruciò anche la busta.

Era ancora lí, appoggiato al muro, quando sentí risuonare gli stivali nel corridoio, rapidi e decisi. Schiacciò i frammenti di cenere con la suola di una scarpa, li spazzò via con le dita, raccolse i cerini e se li mise in tasca mentre correva al divano, sulle punte, per non fare rumore.

La serratura fece l'ultimo giro che si era appena seduto. La porta si aprí e sulla soglia c'era l'altro ufficiale che aveva visto sul divano nell'atrio, un sottotenente delle SS con una pancia rotonda che gli tendeva la giubba sopra il cinturone. Dietro c'era Rassetto.

– Che cazzo mi combini, De Luca? Fortuna che il mio amico Karl ti ha visto e mi ha chiamato, se no chi ti ritrovava piú?

Rassetto aveva in mano il suo tesserino e la pistola. Lo prese per un braccio e lo tirò su, perché De Luca era cosí sorpreso che non sapeva cosa fare.

– Ma che c'è, ti hanno menato? Dài, che ce ne andiamo…

Il sottotenente sorrideva. De Luca si alzò, riprese pistola e tesserino e se li mise in tasca. Dovette scollare le labbra per parlare.

– Il capitano… Niemann… aveva ordinato…

– A Harry piace giocare a gatto e topo. Ci sono cose piú importanti, – disse il sottotenente aspirando le *c* come se quel poco di italiano lo avesse imparato in Toscana.

– Visto? Non gliene frega un cazzo a nessuno di te, De Luca. Karl mi doveva un favore e ci ha messo una buona parola col tuo capitano, ma sbrighiamoci perché questi fanno presto a cambiare idea.

Rassetto batté insieme i tacchi degli stivali, salutò il sottotenente col braccio teso, dritto davanti a sé, e disse anche *heil Hitler*, aspirando lui le *h*.

De Luca lo seguí fuori dalla porta, nel corridoio, prima ancora quasi barcollando, poi veloce, il piú in fretta possibile senza correre.

Un pezzo di cenere nera della lettera di Petrarca gli era rimasto appiccicato sotto una scarpa. Resistette qualche passo, poi si staccò dalla suola e si sbriciolò sul pavimento.

Era già l'alba. Faceva un freddo cane. Rassetto sollevò il bavero del pastrano chiudendoselo sulla gola e salutò le guardie che sonnecchiavano in piedi contro la siepe. Prese De Luca sotto braccio.

– Facciamo due passi. Ho lasciato Franchina con la macchina in fondo alla strada, visto quello che è successo alla 1100 non volevo che ci fottessero anche questa.

Sembrava euforico. C'era una patina di ghiaccio sulla strada che li costringeva a camminare piano, come pinguini, ma Rassetto accelerava, e un paio di volte dovette aggrapparsi a De Luca, per non cadere.

– Vogliono cacciarci via, – disse. – Ho saputo che i tedeschi e il Prefetto hanno raccolto un dossier sulle Brigate Nere di Bologna che vogliono mandare al Duce. Dicono che c'è una cosa sulla '22 che farà incazzare un sacco di gente. Come se non facessero lo stesso anche loro, ma si sa, quando ti beccano è sempre colpa tua.

In un altro momento De Luca avrebbe almeno sorriso. Dentro, naturalmente, perché se Rassetto avesse saputo quello che aveva fatto lo avrebbe riportato indietro, all'ufficio numero 1. In un altro momento, forse. Adesso non voleva altro che starsene in silenzio, senza parlare, senza ascoltare, andarsene nella sua stanza, scavare un buco nel materasso e infilarci la testa dentro. Invece Rassetto sembrava davvero euforico e non riusciva a stare zitto, o a camminare piano.

– Dicono che ci siamo dentro anche con la Squadra, ma prima che ci caccino loro ce ne andiamo noi. Ho preso contatti con gente della Muti, su al Nord, che ci aspettano a braccia aperte. In questi giorni facciamo le valigie, aria nuova, vita nuova. Squadra di Polizia Politica Legione Autonoma Ettore Muti, come ti suona?

Rassetto scivolò ancora e per poco non si tirò dietro anche De Luca.

– Stai tranquillo, dovunque, in qualunque momento, ci sarà sempre bisogno di gente come noi.

Era già l'alba, ma il sole non si vedeva ancora, nascosto dietro una patina di giaccio che sembrava vetro smerigliato e gli dava un riflesso livido, verdastro, quasi fosse marcio. Rassetto continuava a parlare.

– Senti, per ieri, quando stavo un po'… ecco, dimenticatelo. Ero ubriaco, forse mi aveva dato fastidio quel fatto della Vilma o magari solo il fil'e ferru di mia sorella… comunque lascia perdere quello che ho detto. Appena arriva primavera ricacceremo gli anglonegri fuori dallo stivale, impiccheremo tutti i senzapatria e faremo piazza pulita anche dei nostri che non valgono niente. E se poi ce la vediamo brutta il Führer tirerà fuori le sue armi speciali. Ecco la macchina.

Rassetto canticchiava *a primavera s'apre la partita*, ma De Luca non lo sentiva.

Pensava che anche se l'avesse fatto davvero un buco nel materasso e ci avesse infilato dentro la testa non sarebbe riuscito comunque a togliersi dall'orecchie il gorgogliare del sangue, l'odore di urina e di muffa dal naso, tutto quello schifo, quella paura e anche quella vergogna dallo stomaco.

Che non c'era piú una direzione in cui voltarsi perché quel gelo livido e marcio, quell'aria gonfia che lo soffocava, erano dappertutto, e non bastava girare lo sguardo per evitarle.

Se lo sarebbe portato dentro per sempre, quell'inverno.

Quell'inverno cosí ruvido e freddo.

Cosí nero.

Ringraziamenti.

Gli scrittori rubano. Gli scrittori di romanzi, intendo, magari rubano anche gli altri, non lo so, parlo per me.

Rubiamo alla vita, alla gente, ai loro ricordi, a quello che sentiamo camminando per la strada, registrato con le nostre orecchie da pipistrello e succhiato con denti da vampiro. E ai cassetti degli altri scrittori, come diceva Raymond Chandler.

Gli scrittori di romanzi storici rubano anche alla Storia, che ha sempre la esse maiuscola anche quando è la storia di uno, da solo, per i fatti suoi. Ed è sempre cosí meravigliosamente incredibile e banalmente illogica da sembrare ogni volta romanzesca.

C'era veramente un poliziotto nella Questura di Bologna di quegli anni che ha messo insieme l'archivio di fotografie che ho descritto. Si chiamava Riccardo Parisi, ha lavorato su questo con il medico Filippo D'Ajutolo, tutti e due di Giustiza e Libertà e con Guido Gherardi, barbiere e custode dell'obitorio, piú altri del suo ufficio, e la storia di quell'incredibile documento è stata ben raccontata in *Un passato che non passa*, di Carlo D'Adamo e William Pedrini, per le edizioni Pendragon. Non ha fatto solo questo, il vicecommissario Parisi, che meriterebbe di essere conosciuto piú di quanto non lo conoscessi io e che dal mio punto di vista rappresenta un valido contraltare al mio De Luca, col quale, mi sembra, e giustamente, non sono stato tenero. Il personaggio di Petrarca si ispira un po' a lui.

Sono usciti un sacco di libri belli e precisi sulla incredibile Bologna di quell'anno nero. *Bologna in guerra* a cura di Brunella Dalla Casa e Alberto Preti, per Franco Angeli; *La svastica a Bologna* di Luciano Bergonzini, per il Mulino; *Fascismo e tortura a Bologna* di Renato Sasdelli, per Pendragon; *Ingegneria in guerra* sempre a cura di Sasdelli, per la Clueb; *Un ateneo in camicia nera* di Simona Salustri, per Carocci; e il fondamentale *Bologna 1938-1945. Guida ai luoghi della guerra e della resistenza* pubblicato dalle Edizioni Aspasia. A questi ho aggiunto *Tortura* di Mimmo Franzinelli, per Mondadori.

Sulla città schiacciata e mangiata dalle bombe ci sono libri fotografici da fissare per ore, come *Delenda Bononia* (Patron Editore), con anche un sacco di informazioni scritte; *Bologna ferita*, di Filippo D'Ajutolo, quello dell'archivio (Pendragon); e *Bologna trema*, che mette a confronto quella di adesso con quella di allora (Pendragon).

E poi *Figli del nemico* di Michela Ponzani, per Laterza; e *Matite sbriciolate, i militari italiani nei lager nazisti* di Antonella Bartolo Colaleo, per Rubettino; chi ha letto il libro (e se siete arrivati qui spero lo abbiate fatto) sa perché li ho usati.

Non finisce con i libri citati, naturalmente, e non finisce con la carta, ci sono anche un sacco di cose su internet (www.bibliotecasalaborsa.it o www.storiaememoriadibologna.it, solo per citarne qualcuno).

Va bene, rubiamo ma mica tutto. E mica tutto lo teniamo cosí com'è, scriviamo romanzi e non saggi. Per esempio, nonostante cerchi sempre di essere il piú aderente possibile alla realtà, non per partito preso ma perché quella realtà è molto piú incredibile (lo sto usando apposta cosí tanto, questo aggettivo) di quanto potrei immaginare io (guardate il Teatro del Corso nelle foto dei libri citati, per esempio), ogni tanto facciamo a modo nostro.

Dettagli, tipo i titoli del «Resto del Carlino» del mio lunedí 4 dicembre, che in realtà erano usciti il giorno prima ma mi servivano cosí, le pubblicità del lavoro in Germania che avrebbero un'altra progressione, o il Teatro Manzoni che non aveva quella programmazione lí quel giorno lí, soltanto dettagli, spero. Qualche errore piú grosso l'avrò sicuramente fatto, e non mancherà, giustamente, chi me lo farà notare. Lo ringrazio fino da ora.

Non solo gli scrittori rubano, ma non li fanno neanche da soli, i libri. C'è un sacco di gente che lavora con loro, e nel mio caso, visto che spazio e memoria, ancora sempre di piú, sono quello che sono, accennerò solamente a Beatrice Renzi, la mia assistente, a Roberto Santachiara, il mio agente, la casa editrice Einaudi tutta e in particolare Paolo Repetti e Francesco Colombo, di Einaudi Stile Libero, e Chiara Bertolone. Francesco, Chiara e Beatrice hanno avuto la pazienza di leggerselo praticamente capitolo per capitolo, 'sto libro, mentre lo scrivevo, come un romanzo a puntate di quelli di una volta.

Spero che li abbia appassionati (vabbè, se no mica me lo pubblicavano), come ha appassionato me scriverlo.

E spero che appassioni anche voi.

Inziato a Mordano (BO), a casa mia, giovedí 9 maggio 2019, ore 10:56 e finito a Libreville (Gabon), sabato 7 dicembre 2020, ore 09:26. Non è per fare il fighetto esotico alla Simenon (neanche mi paragono), ma salvo continue riscritture successive, le ultime parole le ho scritte lí, a casa di un amico.

Nota.

La citazione a p. 3 è tratta da Carlo Castellaneta, *Notti e nebbie*, Interlinea, Novara 2018.

Il verso a p. 40 è tratto dalla canzone *Pippo non lo sa*. Testo di Mario Panzeri e Nino Rastelli. Musica di Gorni Kramer. Copyright © 1939 by Sugarmusic S.p.A. - Milano. Tutti i diritti riservati per tutti i Paesi. Per gentile concessione di Hal Leonard Europe S.r.l. - Italia.

I versi a p. 76 sono tratti dalla canzone *Le donne non ci vogliono piú bene*, inno dei militi fascisti durante la Repubblica sociale italiana. Testo di Mario Castellacci e musica di Gino Fogliata (1944).

I versi alle pp. 176-77 sono tratti dalla canzone *Dove sta Zazà*. Testo di Raffaele Cutolo e musica di Giuseppe Cioffi. © 1945 Edizioni Leonardi S.r.l. - Milano.

I versi alle pp. 221-23 sono tratti dalla canzone *Ho detto al sole*, interpretata da Armando Gildo. Testo di Ettore Petrolini (versione satirica dei versi originali di Arturo Mancini e Giuseppe Cataldo) e musica di Morbelli - Falco (1935).

Il verso a p. 301 è tratto dalla canzone *Battaglioni M*. Testo di Auro D'Alba e musica di Francesco Pellegrino (1942).

Indice

p. 5 Parte prima *Gli omicidi*
29 Parte seconda *Le indagini*
155 Parte terza *Gli assassini*

301 *Ringraziamenti*
304 *Nota*

*Questo libro è stampato su carta contenente fibre certificate FSC®
e con fibre provenienti da altre fonti controllate.*

FSC
www.fsc.org
MISTO
Carta da fonti gestite
in maniera responsabile
FSC® C115118

*Stampato per conto della Casa editrice Einaudi
presso ELCOGRAF S.p.A. - Stabilimento di Cles (Tn)
nel mese di marzo 2020*

C.L. 24244

Edizione								Anno			
1	2	3	4	5	6	7		2020	2021	2022	2023